"在场丛书" | 中国当代中青年作家作品巡展 | 01

火车与匕首

张爽 著

北京时代华文书局

图书在版编目（CIP）数据

火车与匕首 / 张爽著. -- 北京 : 北京时代华文书局，2017.10（2019.5重印）
ISBN 978-7-5699-1865-6

Ⅰ. ①火… Ⅱ. ①张… Ⅲ. ①中篇小说一小说集一中国一当代②短篇小说一小说集一中国一当代 Ⅳ. ①I247.7

中国版本图书馆CIP数据核字（2017）第246620号

火 车 与 匕 首

HUOCHE YU BISHOU

著　　者 | 张　爽

出 版 人 | 王训海
选题策划 | 梁明德　邵鹏军
责任编辑 | 周连杰
装帧设计 | 格林文化
责任印制 | 刘　银　訾　敬

出版发行 | 北京时代华文书局　http://www.bjsdsj.com.cn
北京市东城区安定门外大街136号皇城国际大厦A座8楼
邮编：100011　电话：010-64267955　64267677
印　　刷 | 三河市三佳印刷装订有限公司　0316-3650105
（如发现印装质量问题，请与印刷厂联系调换）
开　　本 | 155mm×220mm　1/16　印　　张 | 21.25　字　　数 | 203千字
版　　次 | 2018年1月第1版　印　　次 | 2019年5月第2次印刷
书　　号 | ISBN 978-7-5699-1865-6
定　　价 | 48.00元

目录

上编　短篇小说卷

下编　中篇小说卷

上编

Short volume

短篇小说卷

我的两个世界

老早就发现那辆亮银色的小轿车了，在那条只允许一辆汽车通过的灰白色的水泥路上，它开得很慢，像个心事重重的老人，心不在焉，走走停停。

那时，我正往一口棺材上刷油漆，我是泥瓦工，对刷油漆这件事本不在行，可我仍然刷得有声有色，棕毛刷在已经开裂了的柏木棺材上走过，鲜艳的油漆争先恐后地顺着缝隙渗进去了。

我已经为这口棺材刷了五年的油漆，一年一次，五年的时间已经把一个普通泥瓦工变成了一个相当不错的油漆工。棺材摆放在堂屋里，我从南刷到北，又由北刷到南，刷刷刷，棕油刷子像是长了腿一样在棺材上跑来跑去，带着几分欢快。刷完最后一刷子，我几乎是带着点享受地欣赏起这口棺材了，虽然经过了五年多的时间，棺材板上已经裂开了许多细小的缝隙，可整体看上去，它依旧坚固、结实、簇新，像刚刚打出时一样。

棺材是为父亲准备的。那一年母亲过世，我也从口里回到了四顷地的波罗沟。母亲的死是在人们预料之中的，那时她已经78岁，被一种莫名的疾病折磨了两年多时间。80岁的父亲几次托人打电话给我，让我早点回来给病重的母亲砌个墓穴，父亲对于母亲的墓地并无特别要求，甚至没用风水先生勘探，就在一块山坡地上随手一指，说就是这里了。父亲对母亲的墓穴施工进行的全程监督并要求我用红砖水泥打地基砌墓室。父亲说，你母亲为这个家忙忙碌碌一辈子了，不能简单挖个坑就给埋了。父亲还说，这不光是你母亲一个人的墓，我死后也要葬在这里的。我在挖地基的时候，父亲又再次要求让我把基础做得更大一点，他说墓大一点住着舒服。那时他虽然80岁了，可还一点不糊涂，他像一个苛刻的监工，督促我干这干那。后来，我才意识到，父亲要我把墓基做大还有另外一层意思。他是希望我死之后也像他们一样住到这个墓里去，和他们一起生活。

“你是个光棍，没个一男半女，死了之后怎么办？别落个像大鹿圈树才一样的下场。”那天，已经八十五岁的父亲突然对我说。大鹿圈的老光棍树才是在去年冬天被村里的女书记发现横尸路边的，当时人都冻成了一个冰坨子，四顷地的冬天多冷啊，树才像根被冻僵了树枝卧在路边一动不动，看样子死去不是一天两天，而是有些日子了。多亏是冬天，要是夏天，人怕是早臭了。

女书记逢人就说，早就让树才搬出大鹿圈，他说什么也不听，说是在大鹿圈一辈子离不开了。大鹿圈有什么离不开的，那么偏僻的小山沟？他是村里的五保户，可以到镇上养老院养老嘛！

女书记说这话时，波罗沟那户李姓人家还没搬走，女书记说过这话不久，他们就很快般到沟外二队去盖房居住了。

看来父亲深谋远虑，都为我的后事做好打算了。

父亲说，多亏四顷地还允许土葬，可以死后成个浑仑身子，听说树才是被人拉到火葬场一把火给烧成灰了，他要是有个一男半女也不会落得个这样下场。

父亲话里有话，我一句话不说，拿着笤帚就去扫他棺材上的灰尘，棺材上的尘土颗粒愉快地在空气中蹦来蹦去，我听到父亲的笑声在他的肚皮里酝酿，他很满意，满意有这样的一口和母亲一模一样的棺材和像棺材一样老实得有些笨重木讷的光棍儿子。

给棺材上好油漆，我又到了红莲的院子里，我每天都要到那里扫一遍院子，把院子收拾得就像红莲没离开时的样子。扫完院子，我进了屋，坐在红莲睡过的那铺炕上抽了两根烟，又在红莲常睡的地方躺了会。我伸出手，就像那些年搂住红莲的身体一样搂了下空气，那时候，有一束光顺着破败的窗棂照进来，在那束光束中，我发现了很多微尘舞蹈着，多少个日子，我和红莲就这样搂抱着，看着同样的一束光，看着同样光束里精灵一样舞蹈着的微尘。

红莲那时候已经微微发胖，我的手在她逐渐凸起的腰部游走，红莲说，你看你，树生，趁年轻出去寻个女人，哪怕做个上门女婿，生个一儿半女也是你的福气，何苦恋着我这破身子？

我说：皇帝招我做女婿，路远迢迢我不去。

红莲说，瞧你酸的，都会吟诗作赋了，还愁找不到个女人?

我嘻嘻笑，翻身把红莲压在身下，说，我找啊找啊找啊找，怎么不找，你就是我要找的女人。

红莲作势把我掀下，说混说，我是你叔的女人，怎么成了你女人了。

我还是嘻嘻笑，把手伸到红莲的胸前去摩挲那对大乳房，说叔又不在，你可不就是我的女人，叫他叔是沟里瞎论，他年龄没大我几岁。

摩挲着，摩挲着，红莲的身子就软了，气就咻咻地喘上了，我再次翻身上去，这次她没拒绝，只是叹了口气，说你呀，你个可怜的光棍子树生!

可是后来呢，后来红莲还是嫁外面去了，那年，我那个叔被砸死在外面的煤窑里，红莲得了一笔丧葬费，几乎是一夜之间就把自己嫁走了，只留下了这个空院落。

即使这个空院落，我也是天天要来一回，扫一扫院子，到屋里炕上躺一会，并随口唱一句：皇帝招我做女婿，路远迢迢我不去。

这可不是我作的诗，是我在京东平谷给人家建筑队做泥瓦工时，在一本卷了边的破杂志上读到的，当时随手翻看，就看到了这首诗。我非常喜欢这首诗，这首诗就像是为我这样的光棍子写的。

从红莲家出来，看到那辆亮银色的小车停在山下的路口处，那个路口，一个往波罗沟，一个往大鹿圈。红莲家在高处，所以，那个小车被我看得一清二楚。只见那车，却没见车上的人，车上的人哪儿去了呢？

从红莲家院子往下走，走了不多远，就听到了人的说话声，声音不高，一男一女，我听得清楚，肯定是车上下来的男女，这条沟，虽然有新修的平展水泥路，却一年半载见不到生客上来，更不要说有小车和车上陌生的男女说话声了。我听到看到的多是路边庄稼地里蛤蟆叫，树上的虫鸣，以及草丛里翻飞的细腰蜂和花蝴蝶。

我听到男人说，这条沟，我至少三十年没来过了，当年我是孩子的时候滑着冰车上来过。

女人说，这条沟好静好美，住在这里的人多享受啊。

男人说，怕是住久了你就不这样说。

女人说，那要看和谁住，要是和你住，住多久也愿意。

男人没说话，好像是过去搂了女人的腰肢了。女人的声音里就有了撒娇的成分。女人说，在这里住着多好啊，哪怕什么都不干，就静静地待着，心都是踏实的，什么叫现世安稳岁月静好？什么叫生生世世？到这条沟里走一走就都明白了。

男人说，我可不想静静地待着，大活人总得干点什么吧才不辜负这良辰美景奈何天。

男人说，你知道我现在想和你干什么吗？

女人说，想干什么？

男人说，想把你拉到棒子地里做爱。

女人吃吃笑，说棒子地里怎么做爱啊，棒子叶好扎人的。

男人说，娇气，四顷地的男人女人想了还不就棒子地里做。

我听着，差点笑出了声，觉得这男人连在棒子地里做那事都清楚，肯定也是沟里出来的人，我就想到了和红莲的第一次，也是在红莲家的棒子地，那一次我帮红莲在她家的地里除草，她在前，我在后面，锄着锄着的，我就控制不住了把她按在地里把事情做了。

女人看沟里什么都新鲜的样子，看到玉米叶子浓郁的苍绿新鲜，看到红果结满枝头新鲜，看到废弃人家院外蓬勃的向日葵也新鲜，她指着我种的一片黍子，问是不是谷子，男人就摘下一支，讲给她谷子和黍子的区别。

我的角度正好能看到他们，看到女人不断依偎上去，有时把胳膊挎到男人的臂弯，有时用手摘掉男人肩上挂的草屑或毛发。样子亲密，不知道是不是夫妻。女人还戴着副挺好看眼镜，像城里的知识分子。我还拿这个女人和红莲做了比较。我又有些想红莲了。

我转到母亲的墓地去看了看，母亲的墓地就在我家的自留地里，在一面朝南的山坡上，我想告诉母亲，我已经好几次在黄昏时看到她了，她出现在我家老屋的门口，胖胖的身子，灰白的头发，她站门口遥望，是在遥望我和父亲吗？

父亲在这个月里开始犯糊涂了。昨晚他和面烙饼的时候，把在灶膛烧火的我当成母亲，说你个笨老婆子，连个火你都烧不好，饼又烙糊了吧？我说，爸，我是树生。父亲说，我就说你个笨老婆子呢，自从你嫁给我，哪次不是我做饭你烧火，和别人家正好拧着。我说，爸，我是树生。父亲说，你个笨老婆子，还犟嘴，不是看你头发都白了，我还像年轻那样拿烧火棍打你，打不到的老婆揉不到的面。

父亲 85 岁了。母亲死后，我就没再出去打过工。我得照顾父亲，为他养老送终。可有时候，我却想，父亲除了糊涂一点外，他的身子还算得上强健，我怕有一天我走到老人的前面去。有一件事，我从来没对人说过，对父亲更不能说，我已经熬过了两个年头，离大限日子不远了，我得为自己提前做些准备，我想死神来敲门的时候，总会给我一些暗示。

从母亲墓地回来，又看到那两个城里人，他们从沟里转回来了，波罗沟本就不深，最里面的那个房子是我家老屋。通老屋的路只有一条碎石小路，估计他们走到老屋就回来了，其实，从我家老屋往里走，还有一段路，可以通到波罗沟的最里面。波罗沟最里面有一眼泉。我很想过去告诉他们，让他们到里面看看泉水。但女人突然要方便，问这沟里有厕所吗？

男人说，这里要什么厕所，刚才碰到那个老太太的时候，怎么没想起去她家方便一下。

女人说，你没看到那老太太看着咱们那种眼神吗，我看了老太太不知怎么就有点毛骨悚然了，尿也被吓回去了。

男人说，你去红果林方便里好了。

女人说，会被人看见。

男人说，你到林子深处去，这沟里没人，除了鸟叫半天听不到人声。

女人说，怎么没有人声，我刚才还听到有男人在唱歌。

男人说，唱歌？唱什么歌，我怎么没听到？

女人说，我听到了，他翻来覆去唱的就一句，皇帝要我当女婿，路远迢迢我不去。

男人哈哈笑了，说口气不小，肯定是个老光棍。

女人说，真的，我听得清清楚楚，就是刚才下车时听到的，像从岗上哪个屋里传出来……哎呀，我真憋不住了。

男人说，憋不住，就这里方便，我给你看着。

女人说，那怎么行，这是路边。

男人说，这里没人来，你没看到我们来了这么久了连个人影子都没见，连声狗吠都没听到？听我的，没事。

女人说，可我那会真听到有男人在唱歌。

男人说，你到底方便不方便，不方便就憋着，憋死你。

女人妥协了，说，好吧，那你给我前后看着点，我实在憋不住了。

我无声地笑了。确实很好笑。在我想来，在山里解手是很自然的一件事，随便在哪里，棒子地，高粱地，红果林，草径，路边。不过女人是聪明的，她如果真在红果林，我在上面会看得很清楚，我这个位置正好可以看到红果林，而且可以看到红果林的更深处。但在路边，我就看不到了。

看不到女人撒尿，我多少有些遗憾。

他们说出的话也让我感到惊讶。女人怎么能听到我唱歌呢，我只是在红莲屋里想红莲时哼了哼，哼的时候怕是没有蚊子声音高，她怎么就听到了？还有，他们说碰到一个老太太了，波罗沟哪里来的老太太呢，最后一个老太太，是我母亲，她在五年前已经死去了。难道他们看到的真是我母亲？昨天晚上，我烧火，父亲和面，烙饼，父亲老是把我当成母亲，说来说去。最后我被父亲说烦了，我说，爸，你老糊涂了？我是树生，不是我妈。父亲就突然把面盆扣到了面板上，说，滚，你给我滚，你这个死老婆子，你这是在叫我还是叫树生，你是想让我们都过去陪你吗？我告诉你老东西，我还没活够呢，我还且活着呢，你叫不走我，也叫不走树生，只要我活着一天，树生就一天不会死，树生才五十多，离死更早着呢，你趁早滚回你的坟地里去。

父亲是真糊涂了，还是真看到母亲了？活人看到死鬼可不是什么好兆头。我已经几次看到她了，现在父亲也看到她了。今天早晨，父亲起来后对我说，树生啊，今天你别去地里干活了，你到大队小卖部那里买些烧纸回来给你妈烧了，今天是阴历七月十五，是鬼节，该烧鬼袄儿了。

鬼节要烧鬼袄儿。这个道理我懂，烧鬼袄儿的东西，一大早就买回来了，刚才去母亲墓地，我还和她唠叨这事，也是奇怪，我没说这事的时候，母亲墓地旁的小树小草和庄稼以及虫的叫声响成了一片，我一唠叨这事，母亲墓旁立马安静了。

烧鬼袄儿不能太早，太早，那些纸钱就会被游荡在路边的鬼魂野鬼给收了去，山里的鬼魂野鬼也是有的，比如去年大鹿圈死去的树才。他死得可真惨。暴尸于野，冻死路边。不过，今天，我想烧得稍微早一点，我希望烧鬼袄儿时，给树才也顺便烧一点。我希望树才在那个世界活得稍微体面点。

想到傍晚时要烧鬼袄儿，我就没心思听那对男女说话了。我想母亲昨天出来，今天又出来，肯定有事，要不就是缺钱花了，我今晚得多烧些鬼袄儿给她。

我想说说早晨到四顷地买烧纸的事。四顷地卖烧纸的小卖部只有一家，就在村委会的下边，我一拐过山弯，老远就看到村委会那栋两层小白楼了。过去的四顷地，一条黄泥路，曲曲弯弯，出去一趟要一天时间，现在的道路不光打到了我们最偏远的波罗沟，甚至一直打到了大鹿圈去了。过去的村委会，就是一个土坎上的一排小房子，借用供销点的房子办公，就那么几间破屋子，还没有我们家宽敞。现在的村委会气派堂皇。

办公楼前聚了很多人，正围着我们四顷地著名的女书记，有说事的，有打听事的，也有看热闹的。有一个熟人认出了我，他是二队的老光棍，叫红四，光棍和光棍之间的友谊也是颠扑不破的，我觉得我和红四就是这样，我们曾经在一起打工多年，我们是那么不同，他把打工挣来的钱都给了外面的女人，花在了赌博上，我却把打工的钱都留了下来，为父母打了两口像样的棺材，建了个带墓穴的坟茔，厚葬了母亲。

树生，树生！红四喊我。

红四红四！我喊红四。

红四递给我一根烟，我也递给了红四一根烟。我的烟通常要比红四的好，这次拿到红四的烟后，却吃了一惊，因为，他抽的是玉溪。

我说红四你发财了。

红四说，还没发，快要发了。

发什么财了，让你这么高兴？

你在波罗沟把自己圈傻了，也不出来转转，没看到这些人都围着书记嚷嚷什么？

我也奇怪怎么今天这么多人，正想问你呢。

高铁要从咱四顷地过，线都架好了。

高铁的事我是知道的，几年前就听人嚷嚷，说高铁要从四顷地走，沟里很多脑筋活泛的人都搬出来了，搬到相对宽敞一些的一队和二队，据说高铁就从一二队之间通过，有人当时还劝过我，让我找找村委会也搬出来住。我父亲八十多了，我又是个无儿无女的老光棍。连父亲都对我说，要不你也搬出去吧，说不定好事也会摊你头上，父亲还说，我是打死也不会出去的，我得守着咱这两处老宅子和你妈。我走了你妈一个人会孤单。

我怎么能把一个八十多的老人独自留下来？母亲死后，为了照顾父亲，我甚至连打工都不出去了，就和父亲一起侍弄这沟里的几块薄田和零散的果树以及那片红果林。

想不到红四发了。

红四说，占了我的地和树了，没想到我红四老了老了还摊上这么件天上掉馅饼的事。

那该祝贺你呀。我真心实意地对红四说，这次得赔偿你不少钱吧。

具体方案还没下来，说是少不了这个数，他摊了个巴掌。

五万？

五十万！

五十万？乖乖！

嗯，最少五十万。

那么多钱，你怎么花啊。

红四说，我也想了，我也得换换花法了，我想给自己买个小车，还想把房子翻盖一下，要是碰上合适的，再娶个年轻点的女人……谁知道呢，谁知道呢！红四很兴奋！

我开始替红四高兴，回来时却差点哭了，我想到红四还在为日后的好日子着想，做加法，红四是要改邪归正了，可我却不得不每天都在做减法了，我不知道我的日子什么时候就到头了。两年前的秋天，北京那家医院的医生说了，我最多能活两年，现在秋天到了，怕是离我走的日子也不远了。

本来以为他们都走了，没想到又碰到了他们，两个人肩挨肩坐在一颗放倒的白杨树树干上，那是去年我放的树，如今树已经干了，显出了苍黑的颜色，夏天的傍晚，我一个人经常过来在树干上坐，用手摸摸它，它上面有一些树刺，手指的缝隙绕过那些树刺，你会发现它的身子如绸缎般光滑。

男人坐在树干上抽烟，女人坐在男人身边吃桃子。

我看了眼他们，发现他们也在看我。此时黄昏已近，他们怎么还不走呢？我把要烧的鬼袄儿放下来，走过去。我先笑了。我见人总是要先笑一下。

老乡，这里是波罗沟吗？男人问。

我说，是波罗沟，你找谁？

我找……也不找谁，进来转转。

我走过去，坐到树干旁的一块石头上，把红塔山递过去一根。他却用手拦了，随手递给我一根中华。我就把自己的烟拿回接过他的中华。他凑过来给我点火，说，这波罗沟里还有人家吗。我说有啊，我就是波罗沟的。不过，这沟里就剩下我和我爸两个光棍了。男人问，怎么，你没有个女人？我笑了，没有，光棍一条。旁边的女人也凑过来说，还是有个女人好。女人的话说得很直接，也很实在，我当然也知道有个女人好，不过那都是两年前的事情了，现在我不这样想，我不忍心让女人成为寡妇。

年轻时就没有过？还是……

年轻时就是光棍一条，年轻时，还有女人找上门来呢，不过，我都没要。

是吗，男人女人都饶有兴趣地看着我，从他们的神情上来看，他们并不相信我这句话。当然，我说这句话，也不是为了让人相信的。我现在不喜欢谈论年轻时，年轻时有什么好呢，懵懂、冲动、无知、为了糊口到处奔忙，像一只被人抽打的陀螺。

后来没想过再找？比如出去……

我知道男人的意思。我说，不想了，年岁大了，出去也只能是替人卖命。不如一个人过。

话题就此打住。我们抽烟，眼望着路边的庄稼，这块庄稼地就是我和红莲做爱的地方。我想了想自己的过去，除了红莲，还真没有一个可以称得上是我女人的，其实，红莲也不是，她不过是我的一个“婶婶”。这份不伦之爱，其实波罗沟很多人都知道，不过，没人把这太当回事。他们可能都知道我是个光棍汉。光棍汉总是很容易被人不屑和怜悯的。

你认识一个叫王福学的人吗？男人问。

没听说，他是波罗沟人吗？

可能是吧，很早了。当年闹日本，王福学当了游击队，后来出去当了解放军，南下……

这些事情我不知道。我爸爸可能知道。我爸爸说他当年替游击队送过鸡毛信。

正说着，一扭头，见父亲正从树林旁的小路向这里走过来，他很瘦，很高，虽然85岁了，可从行走的脚步看上去依旧硬朗。

他是我爸。我说。

老人家多大年岁？怎么看上去这么精神，仙风道骨的。

他85了。

是吗！男人女人同时惊讶了声。

我替他们问父亲是不是认识一个叫王福学的游击队。

父亲说，我和你说的正是这件事，你妈刚才又找我来了，说她一个人睡觉寂寞，说她那里的被子棉袄又冷又硬，说树生不是个孝顺的儿子。

他又糊涂了。

女人过来问父亲，说老人家，你认识一个叫王福学的老八路吗？是王福学。女人把声音提高了。她真是个聪明的女人，知道父亲耳朵背。她要是我的女人就好了，说不定她还真和我有点缘分呢，不然，为什么我在红莲家哼的那句歌，她能听到。

王福堂，他死了。父亲说。

不是王福堂，是王福学。

王福堂死了，早死了。父亲说。他就埋在波罗沟里的聪明泉旁边。坟荒得到处是草。他有五个儿子，也都死了。他的坟上好几年不见一抔新土，是去年清明，我让树生给他添了坟。

我说爸，人家问的是王福学。

王福学是个混蛋，他在广州当了海军少校，差点不要了波罗沟的老婆孩子，后来是他哥王福堂带着弟妹侄女奔了广州……

男人说，王福学是我姥爷。

你姥爷也该死了。好多人都该死了。我也该死了。树生啊，你快点给你妈烧鬼袄儿，多烧点，顺便给我也烧点，我也快死了，你妈又在叫我了，她现在就在门口等着我，这个臭婆娘，她是缠上我了。

父亲说完转身就走，脚步又轻又快。女人上前，把一个洗好的新鲜桃子递到父亲手里，父亲站下，接了桃子，看一眼女人，回头问：树生，这是你从哪里找的女人，怎么还戴着眼镜？

我脸红了，对身边的男人说，我爸一时清醒一时糊涂。

男人却笑了。

父亲说，我们树生是个孝顺孩子，为了我，他连个女人都不找了。他本来是可以找到女人的，是我们耽误了他，没想到现在还有女人看上他，他真是有福气，我现在放心了，死也放心了，我回去就和你妈说，让她也高兴高兴。

说完，父亲就像一阵小风消失了。我觉得今天父亲的举动有点奇怪，走得像逃一样，他离去的身影不像过去那样沉稳，走路的样子像飘又像飞。

我突然有种不祥的预感。

他们还没有要离开的意思，我必须烧鬼袄儿了。我用一个干树枝，在路口地方划了三个圈，然后把烧纸放进去，然后我又从口袋里拿出了三个牌位，上面分别是：刘素英、王福建和王树生，然后把牌位放在地上。

牌位刚放到地上，男人女人就感兴趣过来了，问是什么东西，男人还一个个拿起来看，问刘素英是谁，王福建是谁，王树生是谁。我告诉他们，刘素英是我母亲，王福建就是你们刚见过的我父亲，而王树生，我顿了一下，说，就是本人。然后，我看到他们同时瞪大了眼睛，我看到女人退却的目光，她好像用手抓住了男人的衣襟。还是男人要镇定些，他用疑虑的眼神看向我，问为什么人没死就有牌位，人没死，就烧纸钱，而且，他说：你怎么能自己给自己烧纸钱呢？

我说这是提前给自己烧的。

女人拉着男人上了车，他们上车后，好像是，嗖的一下就开走了，和来时的走走停停寻寻觅觅完全相反。

他们走后，我开始点燃烧纸，在一片突然蒸腾起的火焰里，那辆亮银色的小车很快不见了踪影。

我父亲王福建是鬼节那天晚上突然离去的。

父亲走得突然，也在我意料之中，父亲魂魄消散的一刹那，我甚至有了种解脱的快感，这快感很快被一种突如其来的恐惧袭击了。我想，父亲现在死了，我终于不用担心自己会死在他前面了，可问题是，父亲死了，我怎么办？

第二天，我为父亲穿好早已预备下的装老衣，然后把父亲放到刚刚刷好油漆的柏木棺里，这些都是我一个人做的，我一个人能做好的事情绝不会麻烦第二个人，但把父亲的棺材放到墓穴中去，却不是我一个人能做的，只好求助别人，我骑车出沟到了二队找到红四，又让红四找了几个人进沟帮我把父亲葬了。

把父亲的棺材放到墓穴中去，和母亲的棺材肩并肩放好，我开始跪在墓地给父母烧纸，看着纸钱化成灰在风中打着小漩涡纷飞，我还是忍不住哭了一鼻子。我想，此刻我哭的不完全是父亲母亲，还有我自己。

葬好父亲的第二天，我开始找人帮忙，把道口的那个干杨树破成了板子，我开始准备为自己打一口棺材了，对我这个光棍来说，能有一口杨木棺材就不错了。现在，趁着四顷地还允许土葬，我得为自己准备后事，我不想像王树才那样，最后被人拉到火葬场化成了一缕青烟，连个像样的魂魄都留不下。

我从三队请来了两个木匠，让他们连夜为我打一口杨木棺材，他们听说，我是为自己打寿材的时候，还笑话我，说这么早给自己打棺材在整个四顷地都是蝎子拉屎独一份。我说，闭上你们的鸟嘴，如果你们不说话，好好打棺材，我可以多开你们一份工资。结果这两个饶舌的家伙立刻闭嘴开始干活了。

我家的小院迎来了最为繁忙和热闹的日子，拉锯扯锯声，刨子刮木板的吃吃声，还有斧子凿子在木板上用力的声音，听起来就像是一曲大合唱。我跑来跑去，为这两个棺材匠帮忙，乐乐呵呵，一点都不像个将死之人，我甚至还给他们唱了两句我经常唱的歌：“皇帝招我当女婿，路远迢迢我不去。”唱来唱去就这么两句。我唱得那么津津有味。好像多唱几句，就能绕梁三日，就能把这份快乐带到正在打造的棺材中去一样。

两个棺材匠的活儿挺细，一口普通的杨木棺材，他们也用了五天时间，五天后，棺材做好了，就停在我家的院子里，像是一艘刚建好的小型航船，停泊在雪浪花一样的锯末中间。我围着那口棺材看了又看。从今天起，这口棺材就属于我了，是我到另一个世界报到的通行证，也是我在另一个世界睡觉的床。我用手一遍遍抚摸它，这口棺材看上去可真不赖，它又白又亮，崭新、漂亮、结实，里面的空间也足够大，而且通体散发着杨木的清香，如果不是两个棺材匠在，我真想翻身躺里面去好好歇会。不过，急什么呢，我距离真正在里面歇着的时间已经不远了，这两天，我白天忙里忙外，可夜晚却整宿睡不着觉，我已经听到死神遥远的呼唤，恐惧、惊心，又带着些许无奈。还好，棺材终于打好了，我已经不再惧怕死亡的幽灵在窗外肆意徘徊的声响。

棺材做好的当天，我开始给棺材上油漆。打底漆，刷油漆，最后再刷一遍清油。我刷的很认真。刷最后一遍漆的时候，是一个下午，就像为父亲刷漆那个下午一样，我老远听到了汽车的响声。我当时就想：他们又来了！然后就跑到院子里，果然又是那辆亮银色的小汽车，它在山道间不再像过去那样犹豫徘徊，而是目的明确地直奔波罗沟过来了。

我没想到他们自己会顺着那条林间小道找到我家来，我那时正被一种清油的漆香所包围，他们来后煞有介事地问我，还认不认识他们，我笑了，说即使此刻躺在棺材里也能认出他们来。他们问我在干什么，我说为自己的棺材刷油漆，他们并没紧张和恐惧，后来他们问起我的父亲，我说他已经死了，就在你们走后的那天夜里，就是在七月十五的夜里。男人痛心疾首地说，哎呀，老人家怎么说走就走了呢，我回去给我姥爷打电话，他想找的人正是这个王福建，老人家当年救过他一命！

我一点都不吃惊，但我还是为父亲感到了某种遗憾。

男人说，他姥爷现在美国，已经是九十岁高龄的老人，他坐在轮椅上，怕是这辈子也回不到波罗沟了，他想找到当年救过自己王福建，谢谢他，谁知，电话中他记错了名字，错过了上次当面感谢老人的机会。

男人说完，和女人把手里拎的满满的东西放在堂屋中，他们眼中的遗憾让我觉得对不起他们，好像父亲的死，是我的错，我不该让父亲那么早就死掉。可父亲确实死掉了。

我劝他们把东西拿走，说父亲死掉了，用不到这些东西了。

他们说老人家走了，还有你啊。

我？我苦笑了一下，想说，我也用不着了，我也快死了，可我最终没说出这句话来。

我想请他们进屋坐下来，一起说说话，也许他们是最后陪我说话的人了，但这次，男人和女人都很坚决，说今天还必须赶回北京，不能耽搁了。

那……你们还会来吗？

会，男人说。

会的，女人也说，一个星期后我们还会回来。

那我……求你们帮我一件事。我吞吞吐吐地说，

说吧，只要我们能帮得到的。

我顺手指向家门前的那个土坡，土坡上的那个墓地，我说，如果七天之后，你们回来找不到我，就请你们到那里去看看，那里有一个墓

穴，那个墓穴会有一睹没完全堵上的墙，到时候你们替我把墙给堵上就行了。

他们瞪大眼睛吃惊地看着我。

就是两块砖头的事。我突然轻松下来，还冲他们笑了笑。

男人愣了愣神，说那好吧。

男人领着女人走了。我去送了他们，一直把他们送到路口，看到他们上了那辆车子，看到他们摇下车窗和我告别，看到那辆车子像一支离弦的箭一样飞出波罗沟。

三天后，我让红四帮忙找人把棺材放到墓穴里，那个墓穴建得合理、宽敞，正好放进三口棺材，棺材放进去的时候，我还对红四说，下次你来找我就要到这里来了，红四说，我才不找你，我现在忙得很，如果不是你求到我头上，我连给你搬棺材的时间都没有，高铁征地就要开始了，树生，我就要发大财了。说完这句话，他就像个兔子一样从墓穴里跳了出来，我才不会上这个鬼地方来，染一身晦气。你这个晦气的老光棍，想死就快快死吧，我还要好好快活几年呢！

红四走后，我开始处理家里的用具，葬父亲和为自己打棺材我已经花掉了所有的积蓄，我现在是真正一文不名的老光棍了。我想把家里没用的东西都卖掉，然后给自己和父母买下足够花几辈子的纸钱，处理家里的旧东西时遇到了麻烦，我连着出去转了两天居然没一个人想买我这屋里旧货的，最后，只好在买纸钱的小卖部那里，委托他们碰到外面来收东西的小贩，让他到我家里一趟，钱多少不管，好赖都卖给人家得了。

我在家里差不多又等了三四天，就在死神向我发出召唤的前一天下午，一个小贩上门来了，他进屋看了一圈后，什么旧家具都不肯要，他把我家里的旧家具贬得一文不值，而且语气相当不屑，说这些东西就是白送他他都不要了。这个小贩是三河人，我一听口音就知道了。年轻时，我跑了那么多地方，三河人给我留下了恶劣的印象，他们欺生、势力、霸道，我在那里时没少挨他们那里的人欺辱。现在居然有个三河的小贩上门来了。这个小贩在贬斥了我屋里所有的物件后，只看中了家里那个旧彩电，那是我家中最值钱的东西了，本来我想把它带到坟墓里去的，现在没办法也想卖掉了。但他说我这彩电最多只值五块钱，还说五块钱都是多给我了！那一刻，我的肺都差点没被他气炸了。我一生没干过恶事，他的到来却让我想干一件恶事了。我想，他真是找死，我真想弄死他！我不由地就把身边的瓦刀拿到手里了。

我说你说什么？

他说，五块钱，这破彩电，五块钱顶到天了。

我说你再说一遍！

他说五块钱！

我说你有本事再说一遍！

他说，五块钱，真的不少了！

我说，你说这话就是该死，是找死！

他说，你想干什么，你不卖可以，我走人。

我说，你想走？想走？想走！

他说，我不买了还不行吗，我走还不行？

我说：不行，不行，别人行，你们三河人不行！

他说，你在威胁我吗，大哥？

我说，我威胁你，威胁你？我今天弄死你信不信？

他看了看我手中的瓦刀，说，你要杀人吗，大哥，杀人是要偿命的。

我说，不偿命也要死了，你没看见我给自己打的棺材吗？

他说，大哥，你饶了我吧，我不过是个收破烂的，我没钱，也没害过人。

我说，你收我个彩电给我五块钱还不是害我！

他说，我多给你钱你是不是就不杀我了？

我说，那看你给多少了，给的少，我照杀不误，反正我就要死了，拉一个陪绑的一起死，正好给我做个伴儿。

他哭了，说大哥，我手里只有五十块钱，大哥，你就放过我吧。呜呜呜。

他从口袋里掏出五十块钱，哆嗦着递给我，转身要跑。

我大喝一声，你回来！

他就像被钉子钉在那里一动不动，样子像头待宰的羔羊。

他说，大哥……

我说，进屋，抱上你的彩电，给我滚蛋！以后再也不许你到波罗沟来了！

他愣怔着看我一眼，又看我一眼，然后进屋，小心地把彩电抱出来，到院里时，他又看了我一眼，说，谢谢大哥！

我说，滚……滚吧。

他就滚了。

我开始做活着能做的最后一件事了。我进到了墓穴里，墓穴里充满了奇异腐败的尸臭，那是我父亲死后的身体散发出来的，我甚至看到父亲身体的汁液顺着棺材的缝隙虫子一样爬出来，墓穴里满是苍蝇的轰鸣和到处乱爬的蛆虫。我毫不在乎，我打开棺材，留下个能容我进去的空隙，然后到墓穴口，把早已备好的水泥和沙子活好，拿出那把最漂亮的几乎陪伴了我一生的瓦刀，把运棺材进来时推倒的墓穴的墙重新垒起来。我是个出色的泥瓦匠，这点活难不倒我，我的力气还够我把这堵墙垒起来。我不但要把这堵墓穴的墙垒起来，还要留下最后的力气让自己顺利地爬到棺材里去，再把棺材盖上，那样我就可以安心地告别这个世界，到另一个世界去见我的父亲母亲，还有红莲了。对了，忘了说，红莲也死了，两年前，改嫁后的红莲，在鹰城街上被一辆没有牌照的三马车给撞出了老远，到医院抢救了一个星期后，人还是死了。红莲当初改嫁，我恨过她，可后来不恨了，何况红莲嫁走也没什么错，谁不愿意走出波罗沟呢，只有像我这样的光棍才留在这里。我就是在红莲死去的医院突然晕倒，后来到北京查出那个莫名的绝症的。

墓穴的砖墙砌好，我留下两块砖没砌，只有这样，我才能保证在爬进棺材时不会因缺氧而憋死，那两块砖，就是我拜托那对城里男女做的事，我不知道他们会不会来，会不会帮我做这件事。

垒完最后一块砖，我真的有些累了，我靠着砖墙歇了会，然后借着那两块砖透进来的微弱光亮摸索着来到自己的棺材前，让人意外的是，我翻进自己的棺材居然没费什么事，就像当年翻身进入红莲家的院墙那样轻而易举，就在我进入棺材的那一刻，在我还没来得及把棺材板重新盖好的时候，我隐隐听到了汽车进入波罗沟的声响。

我笑了，那是我留给这个世界的最后一个微笑，然后巨大的棺材板被我举重若轻地盖上了，一个黑暗而幽秘的世界瞬间拥抱了我。

坐在树上看风景

我老叔死之前是四顷地最温柔的一个酒鬼，他一生未娶，连个到女人家入赘的机会也没捞到。他除了是个酒鬼外，还是个拐子，不走路时还好，一走路，尤其一快走的时候，就成了个前后左右相当招摇的残疾。

老叔是个拐子，穷，又没有女人，却是个快乐的穷光蛋和光棍，老叔的家是四顷地一帮小光棍的大本营。我们没事了就都约好了似的出现在他家里。我们通常是这样几个人：我，双岁、四条、二小还有东来，有时东来的弟弟春来也来。

我们在四顷地坏事干尽，把偷回来的鸡和狗拿到老叔家让他做给我们吃，老叔明知原委，也睁只眼闭只眼。他是个好人，但不是个高尚的和脱离了低级趣味的人。

没有鸡狗可吃，我们就吃老叔的豆腐菜。老叔自己是不做豆腐的，他的豆腐都是用玉米或黄豆来换，他能把豆腐做出很多花样：熬、炖、煎、炸，哪怕就是用水煮过就盐水吃，在我们眼里都是一顿丰盛大餐。

老叔不是个小气的人，在我们没法偷鸡摸狗的日子，也照吃老叔的豆腐，他非但没流露出不满，每天还乐呵呵的。老叔说过一句话，我这辈子没有女人却交了你们这帮四顷地的小混蛋，我死而无憾。

我们在老叔家吃饱喝足后，会先后离去，那时候老叔家的小院子一下子变得鸦雀无声，夏天的阳光懒洋洋地透过老叔家低矮的门窗，照到他家的瓦灶绳床和漆黑的屋顶，老叔此刻会安静下来，脸上挂着他招牌一样的温柔笑脸，他正背着手在他的小屋里逡巡，样子像个微服私访的大员，在他的频频颔首，色胆昭昭的时刻，他的小屋正蓬荜生辉，贴满了明星画报的一周墙裙。

老叔不知道，这一切都逃不过我的眼睛，此刻，我正躲在一颗高大榆树的顶端，把老叔的样子看了正着。我生下来就暴露出猴子一样善于攀爬、瞭望和机警的天性，我白天大部分的时间里是藏身在一棵树上，梨树，苹果树，杨树或者榆树，我对树的热爱，让我疑心自己是树的儿子，而不是老海的儿子。我心中是看不起老海的，他除了会下窑挖煤，除了会喝酒，做一锅东北乱炖，简直一无是处。好吧，我们不提老海。还是说说我，我叫树生，这是我母亲给我起的名字，这名字和我对树的依恋有着某种遥远隐秘的关联。我疑心自己的母亲前身就是一棵树。但我没法把自己的想法说给她，因为，说后注定要遭到一顿暗无天日的毒打。我的母亲像个歇斯底里症患者，有关她打人的经典场景在四顷地流传甚广。

我有时会爬上老叔家前面的老榆树，那树上，恐怕只有我一个人敢爬上去，那树就长在老叔家的祖坟的中央，我在上面向下看的时候，会看到那些年轻女人乳房一样的土堆，那里生活着一些被我们称之为鬼的祖先。但我不知道他们都是谁，姓甚名谁或年龄几何。别人都不敢爬的老榆树，我敢爬。而且我爬上去就不想下来了，我在老榆树上看到温柔的老叔陷入一群不要脸的女人的包围之中，我看到老叔鬼鬼祟祟地看了眼门口，然后，把手放到裤子里。

我看到了王斌，没错，这个四顷地著名的杀猪匠人，如今已混到批发站，当副站长了，他身材不算魁梧，眼神凶凶的像个煞神。我很少听到王斌说话，更很少看他笑，我看到他出现我们四顷地场院那里，他没有走大路回家，却顺着一条小路奔了另外一个院落。我听到那个院落的门吱呀一下打开了，一个年轻的女人露了半个粉白的脸，王斌机警地往身后看了看，闪身进了小院。小院的门关上了，小院里的房门也关上了，然后，我就什么都看不到了。没办法，即使我在全村最高大的榆树上面也有我看不到的风景。

在树上差不多待到黄昏，我发现我的手一直在裤子里放着，那里的坚硬早已不在，我的胡思乱想消耗了我少小的欲望。我手搭凉棚看着老叔家，老叔这时正躺在他的炕上酣睡，他有二两酒就可以美美得睡上半天，有时候我很羡慕老叔，我甚至想过，自己长大了最好也变成老叔那样，有酒喝，有温柔的脾性，有满屋的女人和做一手好豆腐菜的本领。

王斌此刻已经从小院出来，重又回到了大路上。他在大路上又迈开了方步，他脸上依然杀气腾腾，一副吃饱喝足后的杀气腾腾了。他顺大路拐来拐去，走到一个大院子前面去了，那才是他的家。此刻他的女人正忙里忙外地抱柴、烧火、做饭、熬猪食，她矮小的身影沉默着，转动得像个陀螺。

我刚要从老榆树上下来，就听到二小家里传出杀猪一样的叫声，那叫声凄厉、悠远如同旷野狼嚎。此刻，王开肯定已经把二小吊在门框之上，他正在从腰间往下抽皮带。王开的腰很神奇，他即使把皮带完全抽下来，也不用担心裤子会掉下去，那么他系裤带又有什么意义呢？难道，就是为了打儿子二小。十岁的王二小已经长得豹头环眼，老叔说过，现在的王二小和当年一起穿开裆裤长大的王开长得一模一样，过去王开偷他父亲的烟叶卷了抽，而现在王二小偷了王开的烟叶卷了抽，不同的是过去王开是被父亲抽嘴巴，现在王开却要把二小挂到门框上用皮带抽。

看你还偷我的烟叶，看你还偷我的烟叶！王开的皮带抽到二小身上，噼啪作响。他抽二小一下，问二小一句。二小呢，在皮带落到身上后，反而不哭了，皮带在他身上像祖父的耳光抽到王开脸上一样响亮。有那么一刻，他好像已经进入了某种冥想的境界，好像在温习着祖父抽打父亲耳光的美好时光，那是他不曾见过的美好时光，他的脸上漾出一种幸福混杂着痛苦的享受，王开却因为二小的这个样子而越发恼怒了，他的皮带抽得更狠。我让你美，我让你美！二小终于从遥远的冥想中清醒过来，他的哭声如石破天惊的狼嚎，然后，几乎所有的四顷地人都听到了他的叫骂。

我笑了，开始从榆树上迅速滑落。此刻王开也笑了，他把二小从门框上卸下来，就像卸下一头待宰的猪，王开把皮带重新系回腰间，他抬脚踹了一脚二小，说，王八犊子，你有种，是我王开的种！

二小一直没掉眼泪，此刻他的眼泪却像雨天房檐下的滴水一样拉不断扯不断了，他还在骂着！

王开说，混蛋小子，再骂我还抽你，我妈是你奶奶，我八辈祖宗是你九辈祖宗。

黄昏的四顷地到处弥漫着一种酒香，那酒就是普通的高粱酒，散装的，被马车拉来存放在四顷地小学前面的供销点里，那里有几个硕大的黑漆大缸，那些酒就储存在那几个大缸中，四顷地的人谁想喝了，就会拿着空瓶子或塑料桶过来，喊过那个脸上的肉像沙皮狗一样垂到脖子上的瘦子售货员。来打酒是一般都是孩子，比如我，二小，双岁，四条，东来，有时候东来的姐姐英子也来。我是个早熟的孩子，比如我会常常想到英子，想到英子静静地坐在她家窗前。她那么小，却能做很多针线活，给两个弟弟缝补衣服，给父亲王宝贵画鞋样、纳鞋底，英子有个针线笸箩，笸箩里有各种颜色的线和针，笸箩里还有个颜色金黄的铜顶针，那顶针过去戴在母亲的手指上，现在戴在英子的手指上，母亲的手指粗，英子的手指细，英子戴上顶针，顶针会显得更大，也就更衬得英子的手的纤细和苍白。我发现，自己看到英子戴着顶针做针线时，心会疼。就像一个男人心疼他的女人。

我有时候会借着找东来春来玩的机会去英子家，我不知道为什么经常看不到王宝贵，王宝贵自从自己的女人死了后，他就好像是一棵树长在了外面，长在了别人家，只有在黄昏后，他这棵树才会回家，而那时的他通常是喝醉了酒的黄昏，你也不知道他是在谁家喝的酒，不知道他怎么就醉成了那样。那时候，我会趁人不注意，悄悄爬到他家门前的那棵大梨树上去，那棵梨树真的是又高又大，春天开满雪白的繁花，夏天浓荫匝地，秋天，金黄的梨子挂满枝头，冬天，树上就只剩下了苍黑的枝干，有时，枝干上挂着白雪或冰凌，若干年前的一个冬天，四顷地有个著名人物吴志军把自己挂在那棵大梨树上，伸出后来被冻得僵硬的舌头，成了个吊死鬼。那个人不是别人，就是我拐子老叔的亲哥，也是我母亲的第一任丈夫。某种意义上说，没有那个吊死鬼，就没有我。吴志军吊死了，我父亲老海才有机会结束自己旷日持久的光棍生涯，也才有我的出生。我出生时就耳聪目明，机敏得像个猴子，但却羞于讲话，五岁前除了哭，一个字都讲不出来，这一点不妨碍自己日后迅速成为一个攀岩爬树的高手。

我喜欢待在树上，就像英子喜欢待在家里一样，自从英子的母亲过世以后，英子就很少出现在外面了，把自己的影子深深埋藏到自己家里，大门不出，二门不进，像旧社会待字闺中的贤良姑娘。这时候，王宝贵踩着凌乱的脚步顺着大路回来了，嘴里骂着一连串的人，他的骂声和他的意识一样混沌不清。

此刻，英子像她的母亲一样叫着已经被吓傻的两个弟弟东来春来，到院外，迎接他们的酒鬼父亲。王宝贵说，王东来，王春来。他说英子你把老子要喝的酒打来了吗，老子要喝酒，还要喝酒。英子就说：爸，你醉了。爸你别喝了。

东来说，爸你醉了。

春来说，爸你别喝了。

王宝贵说，王东来，王春来。儿子管起老子来了。

王宝贵是真醉了，几次摇晃着差点倒在门前，英子就叫东来过去扶住他。

王宝贵看着最小的儿子春来说，你盯着老子看干什么？

春来就赶紧把眼睛低下来，去看眼前院子里的新鲜的泥土。

王宝贵说，你看那土干什么？那土是你爹还是你妈？

春来的眼泪就下来了。春来长着一双和英子一样好看的眼睛，睫毛很长，眼睛很大，春来的眼泪大得像珠子一样掉下来，啪嗒一个，啪嗒又一个，砸在土地里，那被太阳晒了一天的土地，就一砸一个坑，一砸冒出一股烟尘。

王宝贵说，去，拿铁锨去！

春来到窗下取了铁锨，又站回原来的地方。

王宝贵说，王春来，你给我装傻是吧，挖坑，给我挖坑。

春来没动。春来不知道爸爸让他挖坑干什么。春来也就六、七岁吧，铁锨沉沉的，几乎带歪了他的身子。

王宝贵看春来没动，想像过去那样，走过去一个耳光，再踹一脚，耳光会打春来一个趔趄，那一脚会让春来一下跌倒在几米之外，王宝贵大概想到了自己那无数次对春来干过的事，那事他都已经上瘾了。可今天他实在醉深了，他的手伸出来软绵绵的，原来还离儿子很远，他的脚伸出来也软绵绵的，不像踢人，倒像做一种奇怪的广播体操，而且，那脚伸出后好久不知怎么收回来，就那样晃荡着，晃荡着，等收回来时，那脚就像在为自己画圈了，多亏有英子和东来扶着，不然是必倒下无疑了。

看什么看，挖，给我挖，挖个坑，把自己埋了。王宝贵下达着他不可一世的命令。

春来眼泪掉得越来越厉害了。他偷眼看了一眼哥东来，又看了一眼英子。

春来说，姐！

英子说，听爸的，挖吧。

英子的语气越来越像她母亲。

春来就吭哧吭哧挖起来。

王宝贵被英子和东来架着往屋里走，走到门口的时候，脑袋歪过来看春来，王宝贵说，春来，你好好挖，挖个大大的坑，挖好，把自己埋了，把你哥你姐也埋了，统统都埋了。

我有时候会爬到杨树上去，爬得比喜鹊窝还高，我甚至想像喜鹊一样，躲进它们的窝里，或者像喜鹊一样，衔来树枝，给自己筑一个巢，生活在树上。

我不怕住在老叔家的祖坟中间的榆树上，也不怕住在高大的杨树上，只是怕住在大梨树上，我还怕看到喝醉了的王宝贵，怕看到吭哧吭哧挖坑的王春来，春来这孩子也怪，如果没有父亲的命令，他是不会停下挖坑的铁锹的，东来和英子在王宝贵睡着了以后，已经出来“命令”春来“别挖了”，可春来就是不听，春来还在一直挖，好看的眼睛掉着眼泪，粗大的铁锹把儿已经把手磨出血泡，可他的劲儿实在太小了，他什么时候才能挖出一个足够把自己埋进去的坑呢？王宝贵什么时候才会醒过来呢？只有王宝贵清醒过来，才会止住春来不停为自己挖坑的铁锹。

我在大杨树上如鱼得水，我在大杨树上会忘记春来和他的眼泪，会暂时忘记英子愁眉不展的面容，四顷地的黄昏太可怕了，一股股不安分的酒气四处游荡，很多人都喝醉了，我爸爸老海喝醉了，正骂着姐姐，他骂我姐姐给他脸色看，欺负他这个后爹；我老叔也醉了，他正绕着那圈浪荡的美女在唱情歌，他哼哼唧唧，手上还打着拍子，有毛病的脚一点一点地点着地，倒也跟得上那歌的节拍。好像他那脚是故意那样走，那样走才合辙押韵，才会使他的情歌更动听一样。四条和他爸爸王贵也喝醉了，四条和他爸在划拳，王贵说，四条啊四条，你牛×，你是我爸爸行了吧，四条就说爸啊，谁不知道你牛×，吐个吐沫成个钉，脚一动，四顷地就要晃一晃的。王开也醉了，他抽下皮带，在打他的儿子王二小，王二小是自己把自己吊在门框上的，王开打一下骂一句，看你还偷我的酒喝，看你还偷我的酒喝……

整个四顷地一到黄昏就像演一出生旦净末丑全五行的热闹戏来了。

只有王斌家是安静的，王斌当然也醉了，不过他醉得安静，他醉后就躺在他家东屋的炕上，他一脸餍足，不停地吹着酒气，打着酒嗝，他很快睡着了，确实是睡着了，睡得就像死去了一样安静。

四顷地的天黑下来了。四周群山像一群蜂拥而至的怪兽，而笼罩在四顷地上空天空则像这群怪兽拉扯过来的一张网，那些星星就像是漏洞百出的网眼。我在夜里的杨树上开始有了恐惧，我的恐惧就像与生俱来的一样，但不久，我的恐惧就消失了，因为我看到了双岁，这个和我同岁的王斌的儿子，正从他家院子里走出来，走过大路，然后走到场院那里，然后拐进了那条小路，在一家院门前，他谨慎地站住，然后大胆推门进去，在里屋门那里，他的手没有推开门，门被人从里面插上了。

他敲门。

谁啊？里面灯影一闪。

我，双岁。

女人把门开了，双岁闪身进了门。

女人开门的时候，正在扣着自己衣服的口子，那扣子刚好扣到乳房那里，好像是她刚刚从床上爬起来，也好像是刚刚给孩子喂过奶。

双岁进去后，里面的灯就关掉了，我看到了一扇漆黑的小窗，就像黑夜里的一只眼。

我在高高的白杨树上看到我的拐子老叔，他在那天夜里也来到那个小院门前，我看到他敲门，听到女人在屋里问谁。女人说，是王斌他叔么？是双岁他哥么？是王贵他爷么？是王开？女人问出了一连串的名字，那些名字在女人嘴里如数家珍，老叔吭吭哧哧，老叔说我是吴志斌啊，女人说，是志斌老哥啊，你有什么事？老叔说，我没事……我想进去说。女人说，没事啊，那就明天说，我已经睡了。女人屋里的灯却关掉了，老叔愣了愣，摇晃着走掉了。

我在大杨树上一待就是几个小时，有时候我就在杨树的枝杈间睡着了，流着口水，打着莫名其妙的呼噜，脑袋里带着一连串的问号，就那么稀里糊涂地睡着了，就像树上栖息的一只猴子。

我还是喜欢爬到大梨树上去，那通常是白天或者黄昏，我在那里更多的时候是想看看英子，看春来的坑挖有多深了。春来几乎每天都在黄昏中挖坑，因为王宝贵几乎每天都会醉着回来。后来，春来一听见王宝贵的摇晃的脚步声就拿起了沉重的铁锹，有时候王宝贵还会夸他几句，说春来你这个龟儿子，快点挖，就这样挖，再挖几天就可以把你自己埋进去了。王宝贵还会问英子，给他买酒了没有，如果没买，王宝贵就会抽她一个耳光，踹她一脚，像过去打春来一样，东来却不知跑哪里去了，王宝贵酒醉的时候，他会失踪，那时候整个四顷地的人都不知道他藏在哪里。

王宝贵开始打英子了。我在大梨树上咬牙切齿。像一只真正的猴子一样抓耳挠腮。可我又毫无办法。英子也毫无办法。春来也毫无办法。春来只好更卖力地在那里挖坑，我后来发现，春来挖的坑竟然方方正正的，像是一个小型的墓地的地基。春来的坑已经挖得越来越像样了。他的姐姐挨打的时候，他正在挖坑，那坑已经深过了他的小腿，新鲜的泥土被他扬在四周，堆得越来越高。英子在王宝贵打她的时候，咬着失血的嘴唇，漆黑的睫毛沾着滚烫的泪珠。英子在挨打的时候想到什么呢？在想她刚刚过世两年的母亲？还是在想自己和弟弟为何这么命苦？

英子掉泪的时候，我也要陪着英子一起掉泪。我希望英子不要看见我掉泪，我把自己隐身在梨树的绿荫中间，像一颗青涩的梨子隐身在苍翠的树叶中间。有一天，我发现自己的眼泪掉在胳膊上，我发现连我的眼泪都是青涩的绿。

我老叔被女人拒绝后不久，出门打工了，在一家砖厂替人看大门，他在那里依然热爱喝酒、女人和吃豆腐，他挣的钱不多，他那些钱都花在了离砖厂不远的两个小卖部里，那时候，我只有爬在四顷地的最高峰卧龙脊上的松树之上，才能隐约看见老叔的样子，没有了老叔的豆腐滋润，我很快变得苍老枯干和忧郁起来，我希望老叔这个温柔的酒鬼能很快回到四顷地，可是他却越走越远，因为他欠下的小卖部账越来越多，而黑心的砖厂老板又处处克扣着他的工资，他就只好远走高飞。

我在树上的岁月越来越单调，有时候我感觉自己就像是长在树上的一枚叶片，经风历雨，正在逐渐凋零，四顷地黄昏的大戏正在变味，王开突然有一天不再把王二小吊在门框上用皮带抽打了，而二小已经不满足偷他的烟偷他的酒，二小从四顷地消失了，据说加入了营子镇的流氓队，他开始在偷火车了，王开虽然每顿仍然借酒浇愁，对儿子王二小却鞭长莫及，皮带抽不到自己的儿子身上，因此，他的酒就喝得有些寂寞，王斌和双岁仍然去女人家，王斌大都是在白天，是他从批发站回来的时候，而双岁则是在晚上，女人的丈夫也是个挖煤的矿工，不知为什么，好像那男人很少回来，女人的家里因此成了很多四顷地男人向往的地方。

王宝贵的酒已经醉得不成样子，他成了四顷地最不受欢迎的酒鬼，因为他酒后把四顷地的人都骂遍了，春来和英子更是被他打得鼻青脸肿，春来还在愤怒地给自己挖着坑，而英子已经很少坐到玻璃窗前为她的爸爸纳鞋垫儿了，她的一双大眼变得越来越无神。

半年后发生的那次离奇事件，至今在四顷地被人津津乐道。那时候春来已经把那个坑挖得高过了他的人头，他正在等待着王宝贵的一声令下，然后，他会毫不犹豫地跳下下去，把自己埋掉，小小的春来早已视死如归，似乎谁也挡不住他把自己埋了的意愿了。然而，他不知道，这个坑最终埋了的不是自己，而是他爸爸王宝贵。

那天黄昏，或许也不是黄昏，也许是黑夜吧，谁能真正把黄昏和黑夜的边界分得那么清楚？总之，在那个黄昏或黑夜时分，王宝贵醉着回来，不知怎么就冲着春来挖好的那个坑过来了，那个坑并不深，也就到他的腰际吧，可就是那么一个坑，他把自己埋进去了。可能，他进去后还有过挣扎，因为他的爪子缝里全是新鲜的泥土，他把那些浮土全都刨到坑里，然后把自己埋了，窒息而死。

四顷地没多少人为这个结局感到悲伤，这个结局甚至带了些喜剧的成分，被四处流传，然而，这毕竟是个非正常死亡事件，很快公安的人来了，在勘察了一番现场，捂着鼻子把浑身酒气的王宝贵挖出来后，在询问了一番已经被吓傻了春来、英子和不知从哪里赶回来的东来后，这个事件最终不了了之。

我想说的是几年之后，几年之后，英子在她十七岁的时候，把自己嫁走了，她下嫁的人家不详，地址不详，因为，在她嫁走之前，我的父亲老海已经死亡，我的母亲带着我远嫁京东，我到那里不久，就彻底丧失了之前攀爬、瞭望机敏的猴子本性，平原沉闷的生活让我变成了一只标准的室内动物。我的名字还叫树生，可我已无树可爬，我像一个废物一样生活着，用一些枯燥的方块字打发漫长的岁月。

后来有一天，我碰到了远道而来的双岁，他因为要做倒煤的生意而来找我，他对我说起了他的第一个情人，如我所料，双岁的第一个情人，正是他父亲的情人。我奇怪的只是双岁的说法，他说，他那样做，仅仅是为了报复自己的父亲。这确实出乎我的意料。

然后他就说到了我老叔的死。

他说我老叔有一天再也在老家混不下去了，他欠下的酒债不多，但那些酒债就像陈年的渔网，漏洞百出，让他狼狈不堪，他最后无处可去，就想到要到京东找我讨生活，因为他听别人说，我已经在京东成了个名人，好像本事大得不得了。然后他就从家里出来了。他当时已经弹尽粮绝，身上一分钱都没有，他最后是二小帮了他，请他吃了最后一餐饭，喝了最后一口酒，临走时又给了我老叔五十元钱。当年加入流氓队的二小如今已成了四顷地最富有的人，在营子镇开了好几家饭馆，二小给老叔买了一张到西厢县城的班车票，让老叔到京东后给我带个好，问问我当年攀岩爬树本领还在不在。我老叔高高兴兴答应了。他到了西厢县城，结果那五十元钱还没被他捂热，就被一个进行残疾表演的坏小子给抢走了，当时那个坏小子是以一个傻子的名义出现的，他卖力地用自己的拳头捶打自己的脑袋，套取旁观者的怜悯的纸币。

老叔看到傻子伸开的手掌心里有人给了他五角钱，他掏了半天口袋，只掏出那张五十的。那是二小给他的仅有的一张纸币。他该怎么办呢？他是告诉这个坏小子用拳头那么猛烈地打自己脑袋是会把脑袋打坏的，那样人就会更傻，人更傻了之后就更不好赚钱养活自己了，他还想告诉那个坏小子，他只有这一张五十块钱，但他不能都给他，他只能给他五角，或五块，因为他还要用这钱坐车去京东来找他的侄儿树生——也就是我。

然而，还没等他把自己想说的话说出来，那个正进行暴力表演的小子就劈手夺过老叔仅有的五十块钱，迅速穿过人群跑了。我老叔愣了一下，开始追，但他怎么能追得上那个坏小子呢？那个坏小子像知道老叔是个拐子一样，他跑得就像一支火箭，很快就不见了踪影。

两天后，有人在班车站的大桥头发现了他被冻僵了的尸体，当时出现场的警察为此询问了不少附近的生意人，他们中有很多人记住了老叔的样子，说他在他们那里打过求援的电话，还说他几次迈上开往京东或回四顷地的班车，但几次都被售票员痛骂一番后，给踹了下来，他被踹下去后，几乎所有人都听到了那两个都肥得像头猪一样的女售票员恶劣的大叫：臭拐子，没钱坐什么车，滚下去，去死吧！

然后，老叔就真的死了。

还说双岁，这个和我同龄，却敢用同样方法报复自己的父亲的坏小子，像当着一个毫不相干的人在讲一个毫不相干的故事一样，说着老叔悲惨的故事，然后，他在喝掉三大扎扎啤，抽掉我一整包烟后，突然对我说起了另一件事：你还记得王宝贵的死吗？

我说，记得。

你知道王宝贵是怎么死的吗？

不是醉酒后被自己埋掉的吗？

双岁说，我也以为王宝贵是醉酒后自己把自己闷死的，可后来才知道上当了，咱们都上东来的当了。王宝贵不是自己死坑里的，是被他儿子东来推倒坑里埋掉的。东来才是杀了他父亲王宝贵的凶手。

双岁说，要不是东来承受不住巨大的心理压力，把这事说了出去，现在也没人知道是他干的，事情过去那么多年，他都没事人一样过来了，现在却说了出去，不光说了出去，还自己到公安自首了。你说他傻不傻？

信使

我没有姐姐，有两个哥哥。他们都是有梦想的人。大哥想当飞行员，他把一架大大的飞机画在我家门旁的语录墙上，他的飞机画得有点四不像，既不是战斗机也不是运输机，有点像是舱位很多的巨型客机，我曾经指出过他画中这个缺点，但他说：“你懂个屁！”因此我希望他的梦想落空，像他画上的那个飞机一样永远飞不起来。

我二哥的梦想是当个养猪专业户，利用四顷地水库大坝下面的那一孔一孔的涵洞，发展养猪事业，他计划最少要养五千头猪。他每天放学什么都不干，先去猪圈观察家里养的两头猪，样子痴迷，口中念念有词，两头猪非常喜欢他，见到他就像见到亲人一样张着大嘴流着口水哼哼着跑过来和他亲热。我二哥还鼓励我将来和他一起养猪，说我们养猪成功后，就给我买张火车票让我到处旅行，我很高兴，希望他梦想成真，把他的养猪事业发扬光大。

至于我，我最大梦想你们可能也猜到了，就是希望在十五岁之前，一个人坐火车出门远行。

十四岁的生日很快到了，我开始对自己的梦想充满了期待，准备随时实现梦想。那年冬天，常年井下挖煤的父亲因风湿卧倒在床，母亲每天愁眉不展地照顾父亲，两个哥哥都在五十里外的寄宿中学读高中，家里开始陷入愁云惨淡的境遇里。就在这时候，家里突然来了封信，信封上是一个我从未见过的地址。

母亲告诉我，信是我从没见过面的老叔从老家平泉寄来的。但信里写的具体什么内容，她却没说。刚收到信的那几天，我常听到父亲和母亲在一起嘀嘀咕咕地说话，高一声低一声神神秘秘的，后来母亲就开始频繁外出，东家进西家出，忙乱得像个妇女干部。我不知道家里究竟出了什么事，但我想这一切肯定和那封信有关。

那究竟是一封怎样的信呢？我不知道，也不想知道得更多。学校已经放寒假，我开始算计着如何度过一个好玩又有意义的假期，有一天，母亲把我拉到一边，问我，你不是一直梦想着自己出趟远门吗？现在，我让你去你平泉老叔家给他送封信，去不去？

我问母亲，去平泉老叔家远吗，信是走着送，坐汽车送，还是坐火车送。

母亲说，当然要坐火车送。

我一听要坐火车，立刻高兴了：娘，我去，我一个人去。

母亲叹口气：可你还从来没一个人坐这么久的火车呢。她对我一个人去有点不放心。

我说：娘，你就让我一个人去吧，我已经十四岁了。

母亲说：可你看上去还是个孩子。

我确实还是个孩子，虽然十四岁了，可身子骨看上十分单薄，个子又小，营养不良，面黄肌瘦，看上去也就和一个八九岁孩子的个头差不多。

母亲不放心，但也没有别的更好办法，因为她要在家照顾几乎瘫痪在床的父亲，而哥哥们的假期还没开始，除了我，谁又能替她充当给老叔家送信的信使呢?

母亲答应我去后，我开始忙碌，很快查清了所有去平泉的火车车次。经往平泉的火车不少，但很多都是朝发夕至，很不方便，只有一趟凌晨一点零一刻出发的火车最合适。坐上那趟火车，只需到上板城倒一次车，我就可以迎着早晨八点钟的太阳准时到达老叔家了。

我要出门的消息很快在四顷地的孩子之间传遍了，他们为我能一个人独自坐火车出远门而激动、兴奋、鼓舞，当然也有嫉妒和不平。三条就说，一个人坐火车有什么好呢，听说往那里去的火车都是比老牛还慢的慢车，车上又脏又乱，到处是垃圾，还有数不清的小偷。

我当然不在乎三条的话，我只发愁自己如何出发，因为火车在第二天的凌晨一点多发车，这就意味着我得提前一两个小时往营子赶，要冒着冬日零下二十度的严寒，走十几里的夜路，而且不能休息，因为一旦躺在候车室的大厅里睡着了就极有可能错过那趟火车，那是趟唯一的列车，只在营子停一分半钟。

就在我愁眉不展的时候，猴子出现了，说他可以天一黑就带我去营子，住在他租住的楼房里。他租住的地方离火车站很近，骑车只有不到五分钟的距离。

我和猴子不熟，他比我二哥还要大。而且猴子早不念了，正在营子一家建筑队干活，我已经很长很长时间没见到他了，他又是怎么知道我要去平泉，而且会想到提前送我去呢？

我看着猴子有些发呆。我还从来没这么认真地打量过猴子。这么认真一打量，我发现猴子确实太像一只猴子了，他四肢又细又长，不光是长，关节处都带着弧度，好像随时可能四肢着地腾空而起，他脑袋呈枣核状，一头乱蓬蓬的短发，一双灰蓝色的大眼骨碌碌地打着转，好像一转就能转出个鬼主意。

猴子见我看他，就又重复了一遍，他说，本来他是可以第二天早晨走的，他七点钟才上班，是因为听说我要坐夜车去平泉，才想到提前带我一起走。“和我一起走，你省得一个人去车站挨冻，省得一个人走那么长的夜路，还可以放心地在我那里睡上几个小时，到点后我会把你喊醒，几分钟后就把你送上火车了。”

猴子为我出行的时间打算得如此精确和细心，对我来说简直是雪中送炭。我回去把猴子要送我的事和母亲一说，母亲也很高兴。猴子和我家离不远，他送我，母亲很放心。她开始给我准备出门带的东西。其实也没什么东西。就是一封信。但母亲还是千叮咛万嘱咐，说这封信无论如何也不能给弄丢了，因为“这封信系着你老叔一家人的性命！”为了证明这封信的重要性，她还把那封鼓囊囊的信用塑料包了两层，然后外面又用一块花布缠好，把它缝在我贴身穿的绒裤里面。她做这一切的时候如此郑重，以至于让我恍若变成了一个重任在肩的信使，感觉前程远大，任重道远。

除了这封信，母亲又塞给了几块零钱和三十块钱整钱，那是我有生以来见过的最大一笔数目的钱，对我来说简直就是笔巨款了，对这笔钱，母亲的交代同样慎重而又慎重，说去平泉的一路上小偷非常多，这钱可不能让小偷给偷了，一旦小偷偷了，我可能连家都回不来了。

第二天黄昏，我刚吃过晚饭，猴子就来了。他骑了一辆半新的二八凤凰自行车，那辆自行车在黄昏的光照中，停在我家的院子里，显得特别扎眼。被我刚刚从水库边赶回来的鸡鸭鹅们立刻上前围观，我家养了两只鹅三只鸭还有七八只鸡，它们叽叽嘎嘎哦哦地围着自行车进行了一番热烈的讨论，两只鹅还张着大嘴对着轮胎啄个不停，好像说，猴子，你这个破车，这么窄的轮子，能带得动我家三哥吗？

事实证明，鹅们的担心完全是多余的，我坐在猴子的凤凰自行车后架上显得富富有余，轻若翩鸿。连猴子都说，棍子啊，你怎么这么轻啊，还没有我搬过的两块地砖沉，你瘦得就像根麻秸秆，轻得就像个屁。

猴子说我什么我都不恼，我恼什么呢？我还有点高兴呢，说明我给猴子带来的负担并不重。

从四顷地到营子是一路下坡，猴子带着我一路如飞，铃铛的脆响就像一首连贯起来的特好听的轻音乐。他很快把我们带到了吊桥头，我抬眼就能看见营子街上的密集灯火了。

推车过吊桥时，猴子对我说，今天晚上，和我们一起住的还有一个叫老开的人，他让我注意点他，因为“老开是在流氓队待过的人”，专门干“偷火车”的勾当。

我没说话，我不知道怎么回答猴子，我不认识老开，但我知道大名鼎鼎的“流氓队”，知道那帮“偷火车”的人的厉害，传说他们都能蹿房越脊，武艺高强，同时也都心狠手辣，六亲不认。猴子怎么会和这样的人住在一起呢？

“他偷火车，还偷人吗？”我傻乎乎地问。

猴子眨眨眼，笑了，“你放心，棍子，有我呢，他不会对你怎么样的。”

猴子的租住地在一片破旧的居民区的二楼房间，房间很小，很乱，一张大床占据了整个房间，我们在床上刚坐下，老开就回来了，他瞪着一双牛铃一样的大眼，指着我，问猴子：“他是谁，这小子是谁？”

“我老乡，四顷地的。”

“他还这么小，你怎么把他弄工地受罪来了？我看他连童工都算不上。”

老开的眼角处有一处明显的刀疤，这刀疤让他的每说一句话都显得凶巴巴的。

“棍子不是来工地干活的，他坐火车出远门，半夜就走。”

老开听猴子这样一说，开始不错眼珠地打量我，问我几岁，出门去哪里，身上带了多少钱……他的话直通通的，不像偷火车的，倒像个明目张胆的强盗。

猴子说：“我可警告你老开，棍子可是我的老乡，你不许动他的心思。”

老开的一双眼睛在我身上游弋，就像一条贪婪的毒蛇吐着两条闪亮的芯子，我感到浑身刺痒，非常不舒服。我已经不由自主地贴着墙站起来了，我不敢看老开的眼睛，但我觉得自己有必要回答他的问话，于是我就告诉他，我十四岁了，这一次是去平泉老叔家玩，我身上没钱，我还是个初中生……我当然不会说到那封信，更不会说到我口袋里的三十多块钱，我没有那么傻。

“什么，你十四岁了？”老开哈哈大笑，简直有点乐不可支了，他手点着我，身子东摇西晃，“十四岁，怎么可能，你怎么可能有十四岁，真可笑，撒谎都不会，你还叫棍子，要我说，你连个小萝卜头都算不上。”

我被他笑得发毛，也被他说得生气，于是我直了直身子郑重地对他说：“我真的已经十四岁了，骗你是小狗。”

“你才是小狗呢！”老开说，“棍子，你再站直些，让我看看你到底够不够十四岁。”

老开说着就用他的大手在我的身上上下划拉了一遍，最后他把手停在我鼓起的腰部，问我：“棍子，老实交代，你这里是什么？不会是揣的钱吧？”

我忙把自己的棉裤往上拉了拉，说不是钱，我哪里有钱，只是衣服穿得厚！说这句话时，我的手一直拽着自己的裤腰，时刻防备着老开过来拽下我的裤子，因为贴身的绒裤里就是给老叔的那封信和三十块钱的整钱。

猴子过来推开老开说：“老开，你干什么，我刚才和你说过了，棍子是我老乡，他要坐火车去他老叔家过寒假，他身上除了几块车票钱，屁毛没有。你要连他心思都动，你就不是人了，是畜生！”

老开说：“臭猴子，轮到你教训我？我老开是那种人吗，我是看他个子小，和他开玩笑呢，你过来看看猴子，棍子穿得像不像怀孕了的女人？”

老开说完又盯着我的肚子哈哈大笑。猴子也过来看了。但他没说什么。我也低头看了下自己，觉得母亲把那封信裹了又裹缝在那里真是失策，它确实使我看上去小肚子那里凸出了一块，像个身怀六甲的丑陋的小媳妇。

因为只有一张床，晚上睡觉时，猴子让我睡在了最里面，他睡中间，老开在最外面，猴子睡觉打很响的呼噜，我听着那像火车笛声一样的呼噜怎么也睡不着，老开刚才的举动也吓到了我，直觉告诉我，老开绝对不是一个善类，我必须加倍小心。

我满腹心事，再加上几个小时后自己就一个人出远门的兴奋，翻来覆去，怎么都睡不着。只闭着眼睛数着一秒一秒的时间过。

猴子的呼噜声时大时小，老开那里却安静得可怕。我想起活动在铁路沿线的“流氓队”，传说中男男女女有二十几口子，他们男女混居，群奸群宿，生活混乱，拍花子，卖小孩，偷火车，乃至杀人越货，无所不干。这些人每天早出晚归，或晚出早回，回来后天天都开庆祝会，共同分享一天的“劳动”所得，他们有组织有纪律还每天练功，常练的一种功夫是徒手从滚烫的油锅里往外夹硬币……据说这种功夫练好了，再去偷火车简直易如反掌，如探囊取物般轻松……我不知老开在“流氓队”里到底又是个什么样的角色，他怎么又和猴子住到了一起？难道猴子……我不敢细想下去，心里的担心像洪水猛兽来得凶猛又澎湃。

谁知，越是紧张，越是害怕，我入睡的速度反而越加快了。我很快睡着了，后来是被一泡急尿憋醒。醒后发现猴子的呼噜已变得匀称而平缓，我慢慢地偷看老开那边，吃了一惊，因为老开不见了。我忙从床上坐起来，还好，钱和信还在绒裤里，鼓囊囊的，一切安然无恙。我放心了，开始下床小解。从厕所回来时，猴子醒了，正翻身，我指了指老开睡的地方，问老开哪儿去了。猴子没回答我，看了下表说，睡吧，早着呢，还两个多小时呢。

差五分钟一点的时候，猴子把我喊醒，说该出发了。老开还没回来。大半夜的，他干什么去了呢？我心中的问号一个跟着一个，好在他放了我一马，或许这和猴子的提醒有关吧。

我坐在猴子的后车架上，外面很冷，我哈出一口气，就像一个冒着白烟的大烟囱，猴子刚睡醒，穿得又少，身子直哆嗦。

我说猴子，谢谢你。

猴子说谢什么，我们都是四顷地的。

我说，老开那么早出去，又去偷火车了吗，怎么半夜了还没回来？

猴子说，谁知道，他早不偷火车了，他是出去习惯了吧，也没准是梦游。

猴子骑得慢悠悠的，可能是觉得离火车到站还有段时间，也可能觉得车骑快了，冷风钻进来的速度也更快。在拐向一个胡同时，他说了一句话："知道老开为什么那么早就走了吗，他可能是想让你睡个好觉，他怕他在你睡不好，所以一个人跑到别的地方睡去了。"

猴子还说："其实老开这人，看上去很凶，却不坏，要不然为什么流氓队那么多人都被严打了，他却什么事都没有？"

猴子这样一说，本来冷得浑身哆嗦的我，忽然感到一阵温暖，没想到老开还是个心细如发的好人。既然老开是好人，猴子为什么还要我提防他呢？

我坐上的是一列北京开往锦州的绿皮火车，那火车确实如三条所说，人很多，又脏又乱，瓜子皮、花生皮、糖纸、卫生纸被扔得满车厢都是。车厢里还有一种我说不上来的味道，我刚进来就打了个喷嚏，我用一个响亮的喷嚏宣告了自己第一次坐火车的复杂心情。

庆幸的是，我上车时抢到了一个靠窗的好位置，坐下后又发现，对面坐了个好看的看书女人。我坐下时，她把手中的书放低了看了我一眼，她的眼睛大而美丽。而且，我刚坐下，就闻到了一种香喷喷的味道。我的鼻子不由自主地开始左闻右闻，像只嗅觉灵敏的小狗。火车开动起来的时候，我的身边坐上一个浑身带着寒气的老人，而对面的女人身旁则多了一个穿西装留小胡子的男人。我对穿西装留小胡子的男人有天然的反感，觉得这样的人都是伪君子，自我膨胀，人面兽心……我这种认识多半来源于自己看过的为数不多的影视剧。但我此刻的这种感觉如此强烈，不知为什么他要坐在一位看上去既高贵又有教养的女士身边？他是不配坐在她身边的，坐在她身边的应该是另外一个人……应该是我！男人身上肯定是没有香气的，即使他把自己身上涂满了香水也只是头臭烘烘的猪，香喷喷的味道应该来自女人，这个正看书的，端庄的，优雅的女人。

我胡思乱想洋洋自得。香喷喷的味道确实来自女人身上。

正如我的判断，那个穿西装留胡子的男人，只矜持了不到十分钟，在火车吼叫着通过第一个隧洞时，就开始利用突然黑下来的光线肆无忌惮地打量我对面的女人；等火车冲出隧道时，他已经开始忍不住尝试着和我对面的女人搭讪了。他问女人看的是什么书，女人把她看的书的封面朝向男人，男人就装作十分意外地说，啊，这书好啊，我刚看过。我想女人只需问一句“那你说说书里讲的什么内容？”就会一下戳穿男人的谎言。女人却只是冲他笑了笑，就又去看书了。男人不甘心，开始和女人吹嘘自己去过的地方。他说他刚从海南回来，天涯海角实在太棒了，他还去了云南的丽江和大理，说那里女人穿的民族服饰简直让他惊若天人又怀疑回到了原始社会，他还说看过了壶口瀑布，才知道人太渺小了，而他到了陕西兵马俑前又发现古人其实比现代人更伟大，不过，冬天，最好还是到哈尔滨来看雪，现在哪里的雪能有哈尔滨的雪更像雪呢？

他就这样和女人啰唆了一路，而女人有一刻还真被这个小胡子男人给迷住了，不断地向他点头，并发出一两句“是啊”“真不错”来回应一下男人。气得我真想把这个炫耀的男人的小胡子给揪下来！后来男人开始问女人坐车去哪里，是沈阳、锦州、长春还是哈尔滨……他说出了一大串名字，我听到女人清清楚楚地说：“锦州”。男人就又“哎呀”，说真是太巧了，我也到锦州，这回咱们可有伴了。听到男人故作惊喜的声音，我的心一下子沉到了湖底。我不屑又痛苦地闭上眼睛，我想自己闭上眼睛可能会好一点。我发现我已经喜欢上这个女人了。这是一个十四岁男孩的单纯的爱恋和喜欢。而就在我情窦初开刚刚喜欢上一个陌生女人的时候，这个女人却被一个穿西装留小胡子的男人给夺走了，他们不但同路，还要去同一个城市，最重要的是，我发现女人已经越逐渐被这个夸夸其谈的男人所吸引，她的不间断的微笑和已经完全放下来的书，表明她对这个男人的兴趣越来越浓了。

这个狗男人！我想向他吐口水，可我没敢，男人看上去没有老开凶，但他要欺负起我来，还不是像老鹰抓小鸡一样简单？小不忍则乱大谋。为了旅程的安全和顺利完成自己的信使任务，我必须忍辱负重，忍看自己喜欢的女人成为别人手中的猎物！我胡思乱想到已经快发烧的地步了，我的确在发烧了，火车里暖烘烘的，我又穿着又厚又笨的棉袄棉裤，我开始感到出汗了，感到汗水像虫子一样地从脖子上流下来，我敞开了棉袄上的两颗扣子，一阵凉风吹进身体，我又闻到了女人发散出的香喷喷的味道，我突然间一点都不怪女人了，我觉得女人那样子其实是在应付男人，而且她应付得很好。我很放心，我要好好地睡一觉了。

醒来时，大腿上一片冰凉。我羞得满面通红，本想着趴在那里再不起来，没想到对面的女人却碰了碰我：“你睡醒了，做梦了？”

我没想到女人居然是在和我说话，而且说出的话是那么柔软、温情款款，听口气好像我不是一个陌生的乘客，而是她的孩子。我瞬间惊喜若狂又羞愧难当。

“你这是到哪儿啊，就一个人？千万别睡过站，睡过站就麻烦了。”

我不得不把那张涨红的脸抬起来。我说：“我小名叫棍子，是四顷地人，我这次是去平泉，去我老叔家，给他送一封信，一封特别特别重要的信，我要在上板城倒车，倒车后才能去平泉。”

根本没用问，我就竹筒子倒豆子一样把一切都毫无保留地说给女人了。

“上板城！那你再有两站可就到了。”我听到女人身边的男人说。

我很不愿意地去看男人，就在我抬头去看男人的时候，忽然发现正对着的前方的车厢过道口有一张熟悉的面孔一闪而过。那双冷箭一般的目光一下让我清醒且傻掉了，瞬间大脑一片空白。虽然那面孔和目光只是一闪而过，可我还是认出了他是谁。没错，就是在猴子那里半夜走掉的老开！

我再也坐不住了，站起身就往另一截车厢跑。

女人说：“还有两站地呢，你睡迷糊了，这时候跑什么？孩子——”

女人喊的是“孩子”，这令我有些伤心，她不知道我刚才的一场幽梦和谁有关。

我顾不上伤心，也顾不上女人诧异的眼神和好心的提醒，我在瓜子壳、花生壳遍布的过道内匆匆走过，绕过香蕉皮和五颜六色糖纸的牵绊和缠绕，身子像棉花弹一样在狭小过道上的顾客和乘务员之间来回碰撞，我听到小胡子男人说：“这小子真睡迷糊了！”然后是他的哈哈大笑。

我逃也似的过了一节车厢，又过了一节车厢，又过了一节车厢，每过一节车厢我都频频回首，差不多是最后一节车厢了，我才停下来，惊魂甫定，一颗心突突乱跳，待我确认身后再没有那样一双印象深刻的眼睛跟踪之后，我才开始怀疑刚才是不是有些神经过敏了，要不就是真的“睡迷糊了”？难道刚才那一闪而过的面孔只是自己的梦游？

上板城火车站很快到了，我没法形容自己在这个车站下车时的情景，狼狈、落寞，还有那无时无刻不在的紧张感，我是那么一个容易紧张的人，何况又经历过刚才的一惊一吓？

火车稳稳地停靠在下板城站，我的心却久久没有安定下来。车站只有一个很小的站台和一个很小的候车室，我偷偷往候车室里看了一眼，发现候车室里比火车上还要肮脏和凌乱，几个要饭的叫花子和流浪汉霸占了仅有的几条长凳，他们无所顾忌的呼呼大睡让我羡慕又让我嫉妒。车站上只有站台上亮了几盏昏黄的灯，我往前走，一直走，直走到最边上一个没有灯光的地方，在一节废弃的火车道边，我站了下来，凭借着夜色里有限的光亮，我看到火车道旁边堆满了枕木，而枕木上正坐了个穿黑衣的女人。我刚看到她时，还疑心见到了鬼，就在我筹措不前的时候，那个人却开始向我招手，我狐疑地走近她，发现她竟是火车上坐我对面的女人！

女人穿着一件肥大的带毛领子的呢子大衣，她坐在那里冲我微微笑着，我再次闻到了那股香喷喷的味道，她吹气如兰，神态令人迷醉。

“我下车后一直在找你，还以为你藏到枕木这里来了。”我听到她说。

找我？我狐疑地看了她一眼。她那么高大，像座美丽的仙人塔，必须仰视；她身上散发出一股暖烘烘香喷喷的味道，那味道让我的荷尔蒙正加速分泌。

“是你告诉我的，说要去平泉老叔家，是你自己在车上亲口告诉我的。你忘了？”

我当然没忘，但问题是，她在车上说自己去锦州的啊。锦州应该是刚才那趟车的终点站。她怎么也在这里下车呢？

“我也在这里倒车啊，等着去平泉。”我看到她冲我眨了下眼，好像还笑了。

“你不是说去锦州吗？”我还是问了句。

“我那是骗那个小胡子呢！”

想到了那个令人讨厌的小胡子，我也禁不住也笑了。我们都笑了，像情人间的冰释前嫌。

“坐到这里来，多坐一个人会暖和……你怎么一个人出这么远的门啊。”

“你不也是一个人吗？”我说，“而且，我已经十四岁了。”

“十四岁了？真的？”

“真的，骗你是小狗。”

“你可真逗，”女人笑起来，很开心的样子，“知道你让我想起什么人来了吗？我弟弟！我最小的弟弟也和你一样，十四岁，就连你刚才说话的语气和神情都像他，不过，他可比你高多了，”她用手比划着，“差不多高你一个头呢，他是他们班最高的了。”

我第一次因为自己的个子矮变得十分沮丧。

“不过，男孩子嘛，还且长呢，没准过了这个冬天你的个子就像他一样窜起来了！”

她再次让我靠近她坐下，我听话地坐过去了，她还把自己的大衣敞开，让我和她披一个大衣。我忙摇头，说不冷。她说，你害羞什么啊，过来，和我靠紧点，火车过来还等一会儿呢。

我的身子和女人越靠越近，我不冷，身子却打开了哆嗦。我一直盯着前面站台上的一个人的身影，他寻寻觅觅的样子让我再次紧张，他那漆黑的冬夜里仍然让人胆寒的目光是那么富于穿透力，那么令人紧张，那就是火车上我一直躲避的那双目光，那双目光属于一个叫老开的人。此刻他已经转身，正向这里一步步迈近……

我什么也顾不得了，一头扎向女人的怀里。

我哆嗦着说：“快……他，他过来了……”

“谁？”女人被我的举动吓住了，下意识地做了个往外推的动作，我却向她的怀里扎得更深，我的哆嗦也传染给了女人，发觉女人也哆嗦开了。

女人站起来了。她的一双手开始把我往她身后推，动作温柔而坚决。

我站在她的后面，她肥大的大衣正好完全遮蔽我，而不用担心被人发现。

“大姐，是你啊。”我听到老开熟悉的嬉皮笑脸的声音。“怎么一个人啊，刚才和你坐一起的那个西装大哥呢，撇下你一个人跑了？他可真不够意思！”

“他，他去厕所方便了，怎么，你找他有事？”女人声音冷冰冰的，我感到她的声音冷冰冰的，那一刻，我真想从后面抱住她，抱住她的屁股或她的腰，就像毫无欲念地抱住一个亲人。

“我不找他。我找坐在你对面的那个小萝卜头——就是那个小瘦小子，穿棉袄棉裤，像个怀孕的小媳妇……”

“我知道你找谁，可那孩子刚才走了，已经坐上开往北京那趟火车了。”

“可他说要去平泉，他说要去平泉老叔家的啊！”

“他和我说他搭错车了，他在车上亲自和我说的，而且他说他有什么东西忘了拿了，他要回去拿那件对他很重要的东西，所以，他到了上板城就得倒车回去——”

“真的？”

“骗你干什么？是他亲口对我说的，他一个孩子，骗我们干什么？”

"哦……要是那样……就谢谢了。"

"你是他什么人，找他有事？"

"没事……一个朋友托我一路好好照顾他……人还没照顾到，他小子却跑了……朋友说他身上带着贵重东西……"老开结结巴巴的，像是在边想边说，他撒谎的水平显然不如他跟踪的水平。他说这些话的时候，眼睛肯定还在到处乱转。

"那你怎么还不过去追？他也是刚上了前面的那趟火车，你这会儿再不上去，说不定火车就要发车了。"

老开终于忍不住骂了句脏话。我听到了他跑开的脚步声，竟然那么轻，轻得就像跑过去一队老鼠。

直到那列火车拉响汽笛，女人才转身把我放了出来，她说："好了，吓死我了。"

说完，她低下头看看我，再次把我抱在怀里。

"这下好了，你不用怕了——那家伙跑了——我在火车上就注意他了，鬼鬼祟祟的，像个偷儿。"

"他不光是个偷儿，他还是流氓队的。"

"你怎么知道——"女人奇怪地看着我。

我没说话，有几分得意，我仰脸看着女人，她的脸庞上透着圣洁的光泽。

那列开往北京的火车过去不久，由北京开往丹东的火车就过来了，我和女人一起上了车，和来时一样，她仍然坐在我对面，一路上，她时而微笑着看我，时而把那本厚厚的书拿出来看，她矜持高傲，浑身散发出迷人的气息。一路上她都没问我老开为什么要找我，我身上究竟带了什么“贵重”的东西。一路上有这个女人，我安心又放松。

三个小时后，这列慢腾腾的火车终于到达平泉火车站了。初升的朝阳透过厚厚的冰封的窗户照射进来，广播喇叭在一遍遍提醒催促旅客准备下车，我伸了个懒腰愉快地对还在那里看书的女人说，“我们到站了，该下火车了。”说完就随人流向车厢门口挤去，我一路没有回头，也没有回望女人，因为我感到她就在我身后，和我保有四五个人的距离。我想一路上多亏她在提醒我，保护我。这回算是我提醒她了。而且我大咧咧地走在前面，像是个即将回家的旅人。我很高兴，觉得终于做了件对得起她的事。

一下火车，我就被一团清冽的空气扑了个正着。顺着人流走下站台，又走到火车站前的广场上，这时候，我把自己手中沉沉的网兜放在地上，想回身和女人告别，可转身后才发现女人根本没跟过来，我就又顺着原路往回走，回到站台上，站台上乱哄哄人群中仍然不见她的影子，我又跑到候车室去看，候车室也没有，这时候我才悚然而惊，不会是女人忘了下车吧？想到这里，我开始疯了一样向停靠的火车跑过去，等到我跑到自己刚才下车的那截车厢的时候，火车已经拉响了前进的汽笛，紧接着我就听到了它吭哧吭哧大声喘气的声音……这列火车开始加速度地飞奔起来，它庞大的身躯转过一个弯后，很快消失不见，只剩下两条锃亮的铁轨留在了身后。我不甘心，又在车站附近找了找，还是没有，她的高大的身影就像她身上那种浑然一体端庄而神秘的气息一样，在我面前消失得干干净净……

熟悉的香喷喷的味道听不见了，我开始被一种湿漉漉的酒香包围。

当我走在平泉的大街上时，我闻道的到处都是这种酿酒厂发散出的浓郁香气。

凭借着早在心中熟稔的地址，我很快找到了老叔家，我把沾染了无数风尘、寒雾，铁路上种种不名的气息以及自己汗液和精斑的那个信封从绒裤里拆下来递给站在我面前这个陌生的男人——他让我叫他老叔，我看到这个老叔见到我就哭了，他的眼泪大得惊人，亮得惊人，他拿过那封信就一把把我拉在怀里，死死地把我抱住，他口里一直喃喃着，你可救了老叔一命了，你可救了老叔一命了……

地主的女儿

木门被急遽敲响，声音越来越大，像疾风骤雨般的鼓槌敲在一面即将露出破绽的大鼓上。

母亲命我去开门。门一开，一大团带着雨水的潮湿腥气扑面而来，一个黑乎乎的身影裹挟着雨水闯进屋里，是大哥。

把门闩好，我像个敏捷的猴子，窜到大哥前面进了屋，重新钻回被窝。我要占领他不在家时我占下的好位置。

大哥进来后，就扑通一声跪在地上。我睁大眼睛，像观看一场莫名其妙的演出。

大哥哭了，像一头哀伤的野驴在鸣叫，大得足矣盖过外面凌乱的雨声。

大哥说，娘，我爸没了。

娘说，你说什么，谁没了？

大哥说，我爸，他没了！

娘说，你起来，近前说，你爸怎么了？

大哥跪着向前挪了几步，说，娘，是我爸没了，我爸他……死了！

娘挥手给了大哥一个耳光，说放屁！我白天还去看你爸，你爸在医院好好的，还让我去给他买桃吃！

大哥委屈的泪水像八月的雨水。他哇的一声再次哭起来。他几乎在高声大嗓地宣告着：娘，我爸死了，他真的死了，他脑袋一歪，就死了！

爸死了，家里顿时乱作一团，村人得到消息，全冒着大雨赶过来帮忙。我被大知宾王贵指派平泉去通知我那里的亲戚。不知为什么，我爸死了，我竟没哭，只是傻乎乎地站在角落里，对于即将来临的平泉之行，感到进退失措，茫然无助。

这时候，大哥从外面报信回来了，他身后跟着个叫老开的家伙。老开用他那双玻璃花的大眼，狠歹歹地扫视着屋里乱哄哄的人。

大哥说，老开，你就和二弟一起去趟平泉吧！

老开看了我一眼，什么也没说。

老开是大哥的同学。我不喜欢他，一直不喜欢他。小的时候，我像个大哥的小尾巴。大哥不愿意带我玩，我每次都是通过又哭又闹达到目的。有一次大人不在，我故技重施，想让他带我去小学校和他们一起玩篮球，大哥们还没说什么，老开过来了，冲我一立眼，说，滚！以后再跟我们就弄死你！我乖乖地站下了。那之后，我再也没跟过他们，见到老开就像躲瘟神一样远远躲开！

披着块破雨布，走出家门，外面已经不见老开身影。雨小多了，磅礴瓢泼的大雨已经幻化成毛毛细雨，温柔细小得如同春天园子里那些细嫩的韭菜，毛茸茸的。夜黑得出奇，也静得出奇，能清楚听到路边庄稼上雨水掉下的啪嗒声，每一声都惊心动魄。

我在雨水冲刷过的小路上一路东倒西歪追赶着老开，老开走起来却像个被魔鬼附了体的人，让人摸不着头脑。

四顷地到鹰城八里地，这八里地的路分三截，刚开始是砂石路，中间是黄土路，最后是铺好的柏油路。在砂石路上，我还能小跑着追老开，一到那段黄土路，就麻烦了，我穿的黄胶鞋几次被粘糕一样的烂泥巴拔掉，我几次咬牙切齿地把鞋子从年糕一样的黄泥里夺回，每次重新穿上鞋子，鞋子里的就会发出一阵吱吱咕咕乱叫，像踩着了一窝恐怖的癞蛤蟆。

我不知老开是怎么回事，大哥找他是让他陪我去平泉，可一出来，他就表现得像和我有不共戴天之仇，不理我不算，还故意把我落下得远远的，让我在咕咕作响的泥水里艰苦跋涉。到最后，我甚至怨怪起父亲来，不知他为什么偏偏选择在这样一个雨夜里死掉？让他的儿子不体面的奔走在泥水纠缠的黄泥路上？

谢天谢地，最后终于到了柏油路上，天地开阔，烟雨朦胧，我甚至看到了远处人家的灯火，我不再害怕，甚至想放声欢歌，转念一想父亲刚死，如果放声唱歌，会不会惊到尚在医院停尸房里的父亲？这样一想，我就不敢唱歌了，但走得十分欢畅，终于在吊桥头追上了老开。

老开站在吊桥头的一盏路灯之下，我以为他看到我会和我说一句话，哪怕像小时候那次凶我都没关系，我都会对他报以礼遇的一笑，我不会和他一般见识：我已经是个中学生了，不会和一个连小学都没毕业的流氓一般见识！老开在四顷地恶贯满盈，他常年和亲嫂子鬼混，几年前，还差点因为强奸而进牢房！这样的人，有什么可凶的呢？要不是我父亲死了，他就算求我都不会和他一起走！

那天真是不顺，原来那趟北京开往丹东的火车，因受大雨影响已经停驶，想去平泉必须到兴隆县城去赶另一趟火车。买票时，他在我前面，本以为他会连我的票一起买，谁知，他只买了自己的，然后看都没看我一眼就走过去了。我多亏问了下窗口里的售票员，才没跟他一起走！

上了火车，找了两节车厢才找到他，老开不想理我，我还不理他呢。火车上人不多，我在和他隔一排的地方坐下来，那里我能看到老开，以防老开把我甩掉，说句实话，虽然和老开赌气，但如果这一路真没有老开，我还真不知道怎么去平泉，我还是小时候被母亲抱着去过一次平泉。

鹰城到兴隆只有几站地，我们很快就到了，那时已经过了午夜，到那儿一问，果然有一趟开往平泉的火车正在检票。这真是太及时了，要是晚了一会，恐怕去不了平泉了。

我想，这回老开不会甩开我单独走了吧，谁知，刚上火车，老开就像个逃犯一样在我面前东躲西藏，搞得我就像个追踪逃犯的便衣警察。

火车上乘客寥寥。他们要么在东倒西歪地在车厢座位上酣睡，要么眼神呆板地盯了车窗外面。车厢内显然还没来得及打扫，瓜子皮、香烟盒、塑料糖纸、鸡蛋壳、香蕉皮，以及一团团面目可疑的卫生纸遍布在火车狭小的过道内。老开找到一个空着的两人座位，我一看也赶紧坐过去，他一眼发现是我后，立刻站了起来，走到后面的一个三人大座上坐了。真是莫名其妙。我对老开刚刚建立起来的一点好感，也像这午夜的车厢一样，变得空空荡荡了。我想既然坐上了火车，我就没什么可怕的了，列车上的广播员每到一站她都会用她标准动人的甜美口音至少重复三遍提醒每个人，用不着老开，我一个人也能找到平泉了。

绿皮火车晃晃荡荡，我的心情开始哀伤，想到那个大老粗的父亲从此再也见不到了，还是禁不住想哭，我一直看不起这个草莽矿工出身的父亲，因为，他居然不识字，连从 1 到 10 这几个阿拉伯数字都写得像蜘蛛爬过般难看。想到这样一个家伙居然是我父亲，那种荒唐的哀伤再次袭击了我，火车裹挟这个八月之夜的潮湿空气一路向北，我歪头看了眼后面座位上的老开，开始昏昏欲睡。

我不确定他们是什么时候坐到我对面座位上的。绿皮火车摇摆晃荡，过桥梁和隧道时的拉响的长笛每次都会把我吓醒，醒来后仿佛置身另一个世界，我恍恍惚惚，一直处在半梦半醒之间。火车进入隧道。我再次睁开眼睛，看到眼前坐了两个人。两个古怪的人。一个是女人，人很年轻，脸上有一种与生俱来的恬静和高傲，不知为什么，在这个八月，她穿着一身上个世纪才有的那种家纺粗布的棉袄棉裤，这和她年轻的面容很不协调，乍看有点像电影《红高粱》里巩俐扮演的“我奶奶”，她一脸傲然地坐在我面前，却一眼不曾看我，只是45度角看向车窗外；女人的旁边，是一个男人，这个男人，让我想到刚刚死去的父亲。怎么说呢，他像我四十岁时的父亲。他那时刚和母亲结婚，在照片上，他两手拘谨地摆在腿上，一双眼像瓷了一样盯着前面。我看到对面男人的第一眼，就有个感觉，好像是，父亲从照片上走了下来。他们如此古怪。更让人吃惊的是，他居然管那个年轻的女人叫“妈。”

“妈，你怎么一直不说话。”

女人还是45度角看向窗外。

男人一脸忧戚：“妈，你得想开点。”

女人还是不言声。

我同情地看向那个像极了40岁父亲的男人，除了一脸忧戚，他还显得一脸沧桑和孤独。那种孤独更像是一种旷日持久的寂寞等待。

男人看到了我，对我报以一笑，说：“没什么……我爸爸快要死了。”

我表示理解，感同身受：“我爸已经死了。”

男人看向窗外，脸上忧戚更重了：“可我……从来没看见过我爸爸。”

“为什么？”

“因为我出生时，我爸爸就不在。”

“为什么？难道你刚出生他就不在了吗？”我糊涂了。

“我出生之前，我爸就被我姥爷赶出了家门。”

“你姥爷？”

“嗯，是我姥爷，他是个……地主。我爸那时是我姥爷家的长工。我妈是地主的女儿。他们好了后，我妈怀了我。”

“你妈？”我偷眼看了那个女人一眼，难道这个女人是个地主的女儿？此刻，这个女人还保持着她45度角看向窗外的姿势，样子像一尊雕像，面无表情，好像男人说的是与她毫不相干的一个人。

“我妈是地主家的女儿，我是她的私生子。”男人进一步解释着。

“嗯。”我点点头，“你妈……她可真显年轻。”我的潜台词是，这个地主的女儿简直可以当他的女儿了。她怎么可能是他的妈呢？这难道是真的吗？

“她生我时什么样，现在还什么样。”男人看了我一眼，突然笑了。不知为什么，他的笑看上去那么奇怪，像是我或我哥哥们的笑。

“你爸快死了，难道你不悲伤吗？”我刺了他一句。其实，这句话也是刺向我的，坦白说，父亲的死，除了让我感到麻烦，比如冒着雨，和一个行为古怪的老开去平泉报信，除此，我还真没感到什么特别难过和悲伤的地方。

“有些人活着，他已经死了……对于我，我爸爸活着，也和他死了一样。”男人平视着我，一字一句，慢条斯理，像个教书先生，“我从来没见过我爸，我甚至连他长什么样都不清楚，只知道他小名叫老海。我妈对我说，她年轻时喜欢上了家里的长工老海，然后就有了我。事情就是这样，后来，老海被我姥爷赶出家门，正赶上东北解放，我姥爷很快被政府镇压，被人民政府活活打死——其实，我姥爷是很冤枉的，他家只有十几亩地，只雇过两三个短工，一个长工——据说，我姥爷就是因为雇长工被打死的，某种意义上说，是老海杀死了我姥爷——我这样说，你懂吗？”

说实话，我不懂，最起码听上去有些懵懂。我只有十四岁，而且关于地主的概念只有从小人书和电视电影里知道一点。小人书和电视电影里对于地主的描写基本上可以归于坏蛋那一类。但我还是使劲地点点头，觉得一个成年人能这样认真和我说话，很不容易，起码要比不近人情的老开强得多。

“说实话，我恨我爸。虽然他是个地主家的长工，家道赤贫，身世可怜，可是，他毕竟扔下了我和我妈，按说，新中国成立后他该回来找找我们母子，可他再也没回来找过我们。老海是个懦夫、胆小鬼、穷光棍！”

瞬间，我被这个男人关于自己父亲的言论震惊了，因为他让我想起了自己的父亲，那个大字不识的鲁莽矿工，那个喝酒能喝一暖瓶的酒鬼，那个一不高兴就骂我们是他累赘的自私鬼和小气鬼！原来，对于我们的父亲，我们都有一肚子的不满要发泄。但是，这样一个父亲，在八月一个大雨如注的夜晚死去了，我们又难免物伤其类的感伤，这可能也是生者对死者的怜悯吧。

“可是，你又怎么知道你爸要死的消息呢？”

“我妈告诉我的，她说要带我去最后看一眼我老海爸，如果不是她告诉我，我根本不知道我还有个爸爸。我甚至都不知道自己有个妈！”

我看了眼男人，又小心翼翼看了眼那个一声不吭的女人。完全没明白他话里的意思。

“我一直管我妈叫姑。我一直以为我没有爸爸妈妈只有姑姑。可就在几个小时前，我姑——不，是我妈，和我讲了我的身世，告诉我她是地主的女儿，告诉我还有一个爸爸，他叫老海，她说，我爸昨天晚上给她托梦，说自己快要死了，他想见见我妈，想见见我——他还从来没见过我呢。”

“你这是去见你爸爸？”

他没回答我，却问我：“你去干什么，你不是说你爸爸已经死了吗，爸爸死了，为什么不在床前守孝，还要出远门？”

我说：“我是给我叔叔去送信的。”

他点点头，说：“我还不知道我爸长什么样呢？也不知道能不能见到他？”

我说：“他不是还没死吗，没死就能见到。”

他点点头，脸上露出幸福神色。

我说：“知道他是干什么的吗？”

他摇摇头。

“他现在还没结婚？他一直是个……光棍？”

他又摇摇头。

“那他多大你知道吗？”

他还是摇摇头。

看来他对自己的父亲真的是一无所知，我感觉他很可怜，比我还可怜，而且他现在的样子让我感觉他比我更像个孩子。

我叹口气说：“我爸叫吴志友，他是个矿工，他今年 64 岁，他现在已经死了。”

那个男人羡慕地看着我：“我只知道我爸爸姓付，做长工时的名字叫老海，剩下的什么都不知道。”

我们聊天时，火车正在过一个隧道，那隧道长得好像一个世纪，我看着面前的可怜的男人，觉得心满意足，隧道让车厢内的昏暗再次加重，我再次感到了困倦，就用双手抱着自己瘦弱的小肩膀昏昏睡去。

等到再次醒来，对面座位上已经空空荡荡。我看到老开穿着雨靴的脚站在过道内，他用他一双玻璃花的大眼恶狠狠地看着我，不久我听到了车厢头的广博喇叭里的女声在说话：“各位乘客你们好，平泉车站马上就要到了，请下车的旅客提前做好准备。”

早晨七点半钟的平泉县城笼罩在那场大雨后的薄雾中，空气中除了雨水的潮湿，还有一股浓重的酒糟味。我跟着老开来到一个小吃店，看到他买了包子油条鸡蛋汤独自吃起来，也买了包子和鸡蛋汤，坐在远离老开的地方没滋没味地吃完。

叔叔家住在一个叫杨树岭的地方，奇怪的是，老开从来没去过，却好像走过很多遍一样，他健步如飞，我一路小跑，从平泉县城到杨树岭有十几里地，要过两个黄土梁和一条河，我们走了不到一个小时就到了，三叔没在家，只有三婶在，这是个表情夸张的女人，她一听到我父亲吴志友死掉的消息，立刻像唱歌一样地哭起来了："我的那个……二哥哥哎，你死得……可真坑人唉，不让你兄弟媳妇见一面哎……"

她哭的时候，老开就站在一边，表情漠然。我则一脸尴尬。

三婶的脸上没有眼泪，她哭了不到三分钟，然后对我们一笑，问我们吃过没有，没吃过她现在就给我们烧火做饭。

老开冷漠地说："我们吃过了。我们报个信就走。"

三婶看着我，我只好重复着老开的话："我们报个信就走。家里很忙。"

三婶说："那好，你们先走，等你三叔回来，我们也往那里赶。"

我们几乎马不停蹄，话都没说两句，就从三叔家里出来了。

回去的路上，老开还是一路自顾着前行，我则因为完成了任务，走得有些走马观花，过那两座黄土梁时，我甚至停下脚步，去看路边沾了大量雨露的葳蕤野草和丰润花朵。我不知道自己怎么就有了那么多的闲情逸致，按说父亲刚死，我不该这个样子。可不是这个样子我又该是个什么样子？我不想被生活中的忧伤压倒，我还小，父亲死了，可我还得活下去。

到平泉火车站，我看到了老开，他并没因远远抛下我而能早早离开平泉，他在候车大厅的一个角落的长椅上，用两只斜斜的大眼东张西望，样子不像个良民，也不像个标准的流氓，更像个小偷或流窜犯。他不和我一起走是对的，我想，不然，和一个小偷或流窜犯走在一起算什么。

回去的火车上一如既往，只不过比来时的人多，我在瓜子皮、花生壳遍布的过道内匆匆走过，绕过能让人摔跤的香蕉皮和五颜六色糖纸的缠绕，身子像棉花弹一样在狭小过道上左摇右晃，在顾客和乘务员之间来回碰撞，有一个胖乎乎的大嫂看着我说，这孩子。不知为什么，听到她说这句话，我突然想哭。

我根本找不到老开，好不容易在靠近厕所的一边找到一个座位。没想到对面居然坐着个熟人，没错，就是昨晚那个神色忧戚的中年男人。那个长得和我40岁时的父亲一模一样的人

我脱口而出："怎么是你！"

不知为什么，男人却没把我认出来，他打量我半天，才问："你是谁？"

我说："你不认识我吗？昨晚，来平泉的火车上，我们坐了一路。"

男人说："你认错人了吧？"

他这样冷淡和陌生，让我也恍惚起来，不过待我细细观看，我还是吃了一惊，因为，我更加确信我没认错他，他就是那个地主女儿的儿子，一个从来没见过父亲的可怜人。

"见到你爸了吗？他的身体怎么样？"

男人说："我爸死了，昨晚上就死了。"

我说："怎么这么快，昨晚你还说要和你妈去看你爸，说你妈是地主的女儿，你爸是她家的长工，你是他的私生子——"

我的话还没有说完，对面的男人突地站起来："哪里来的臭崽子，居然骂人，你妈才是地主的女儿，你爸才是地主家的长工，你才是他们的

私生子！”

然后，我感到我的两个耳朵在呈几何状增长，紧接着着是一阵锥心刺腹的疼痛，我居然被那个男人拎着耳朵站起来了！

我忍受着疼痛大声辩解，我没撒谎，也没骂人，你爸不是姓付吗，他打长工时的名字不是叫老海吗？

他把我的耳朵放下。他用一只手指气急败坏地指向我：“我，不许你，胡说八道！”

然后我清晰地看到男人眼睛里滚出两颗硕大的泪珠，他拎起身边的包裹，怒气冲冲地走了。

我目瞪口呆，神飞魄散，男人骂骂咧咧走了很久，我才惊魂甫定地在座位上坐下来。

几个小时后，我在鹰城火车站的站台上，看到了老开。那时他正和一个女人在搭讪，那个女人很年轻，神态庄严而平静，只是身上穿着与季节不符的棉袄和棉裤，鹰城火车站上，我碰到了好几个四顷地的老乡，他们有的和我一样刚刚下火车，脸上写着长途跋涉的疲惫，有的是准备是坐火车去往别处的，脸上带着新鲜的兴奋和激动，他们和我一样都看到了老开和那个女人搭讪的情景，不过，在他们眼里，那个女人根本不是什么地主的女儿，而是一个女盲流，一个女精神病患者。他们为此更加看不起老开，说老开丢尽四顷地人的脸，居然去勾引一个女盲流和精神病患者！有个人说，他已经不止一次看到老开勾引这个女盲流了，说老开还会请她到饭店吃饭，吃完饭，说不定到什么地方去鬼混！

我大吃一惊，实在不敢相信，我对他们说："怎么可能呢，我见过这个女人，她真是地主的女儿，她还有一个四十岁的儿子。她的儿子长得和照片上的我爸一模一样……"

他们大笑起来："哈哈，哈哈，地主的女儿，地主女儿的儿子，还有你爸，你爸已经死了两天了你不知吗，你家里正给你爸办丧事，你却在这里说什么地主的女儿和儿子。哈哈哈哈。"

他们哈哈笑着冲我挥挥手，就像风儿对云吹口气，显得轻而易举和无足轻重。

可我还是没听他们的话，我到底要看看，老开和那个地主的女儿到底会发生什么。

等到所有的熟人消失后，我悄悄跟踪了老开，我发现老开确实把女人带到一个饭馆内，透过玻璃窗，我看到的老开却是另一副模样，他在这个女人面前判若两人，我看到老开把女人让到饭店，先把凳子擦拭干净让女人坐下，然后亲自跑过去给他倒水，水太热，他在两个碗里折了又折，饭菜上来后第一口就是用筷子夹给女人，老开的样子让我想打刚刚死去的父亲，他对我们暴跳如雷，对母亲却百般疼爱……老开对这个女人服务周到，嘘寒问暖，甚至有些低三下四，据我所知，他对自己的母亲都没这样好过。这个女人对老开依然一副傲然的神情，看她样子，你想不到她是个中国地主的女儿而是电影里某个欧洲贵妇。

我在那里偷着往里张望，一个胖子走出来，问我是不是吃饭，我说不吃饭，我在等人，他问我等谁，我说等里面一个叫老开的人，他说你认得他，我说，我们都是四顷地的，他是个混球，但他今天是全程为我办事，他吃饭的钱我要替他花，胖老板说，小家伙，真是人小鬼大，老开是个混球不假，可老开还是个好人，他照顾这个疯女人的事鹰城的人都知道。

我吃了一惊，说，她怎么会是疯女人呢，她不是地主的女儿吗？

胖老板说，你说什么，什么地主的女儿，她就是平泉来的疯女人。

我说，她不是疯女人，我昨晚还见过她，和她坐一起。

胖老板说，我不和你小孩子说这事，你不懂，她不是疯女人，会大夏天穿棉袄棉裤？

胖老板这样一说，我也立刻恍惚起来，想到上午坐火车回来碰到那个男人，我彻底糊涂，难道那个男人不是她儿子，是另一个精神病？

我说，你听说过她有一个儿子吗？

胖老板说，你说什么混账话，人家不正常是不正常，可还没结过婚呢。

我不想再问下去了，回头塞给胖老板二十块钱，说是替老开付的饭钱然后一个人跑了。

我父亲吴志友后来被埋到了一个向阳的山坡上，那里据说是块风水宝地，一条弯弯的月牙河环绕走过，河对岸是一座屏风一样的高山。父亲五七的那天，我们一家去给父亲上坟，在大队部的供销点，我看到了老开，他也看到了我，他先是狠狠地看了我一眼，然后突然笑了。说实话，他的笑丑陋、可怕，牙齿黑黄，嘴角下撇，眼角皱纹堆积，他只有二十多岁，笑起来的样子却像个糟老头子。

一路上，大哥二哥都在谈论老开，他们说，老开真要疯了，他居然看上了那个平泉的疯女人，居然要把疯女人领到四顷地来结婚了。母亲不说话，她倨傲地走着，她个子不高，父亲吴志友的离世重创了这个四顷地当年最漂亮的女人，但脸上那种骄傲却依然如故，看着母亲，不知为什么我又想到了那个大雨之夜的晚上，想到了火车上的离奇遭遇。上山的路上我小声把那天晚上的遭遇讲给母亲。

母亲说："孩子，你说的那个将死之人不就是你爸吗？你爸原来不叫吴志友，他就姓付，他年轻的时候就在地主家扛长工，名字就叫老海。"

我惊讶地长大了嘴巴，像一个巨大可疑的洞口。这到底是怎么回事？我十四岁的脑袋瓜实在闹不明白。

母亲显然并不想就此解释下去。她的话听起来未免轻描淡写："你爸活着的时候，对我说，他被赶走时，那个地主的女儿已经身怀有孕，后来她因产后大出血而死。不过，你那个大哥却还幸运地活了下来……他要是活到现在，怕是也有四十岁了。"

我又把那天回来时跟踪老开和疯女人，给胖老板二十块钱作为老开和疯女人饭钱的事说了。

母亲冲我点点头，她说："孩子，你做得对！"

气功

男孩小巴躺在东屋的土炕上，支棱着耳朵听着外面。东屋的纸糊的窗户支着，人只要稍微从炕上直起身子就可看见村前的大道。男孩小巴懒得起来，他想听听外面发生了什么事。夏天的小村子太安静了，应该发生一些什么事。就好像一口枯井，等待着水筲和扁担造访的声音。男孩小巴感觉寂寞和无聊。他盼望着发生点什么事，最好是激烈点的，有可能的话，最好来场像76年的地震，或像中越边境一样的战事才好。

前几天小巴去一队见到了那个长相十分英俊的退伍青年。他就是刚从广西前线战场上回来的（也有人说他是从战场上偷着跑回来的），他抽着烟卷，像讲玩笑一样讲那场战争，某战友的腿忽然跑着跑着的就没了，某战友的胳膊眼看着被一枚呼啸而至的炸弹炸飞……他说："你们看到了，我什么事也没有，子弹就在我头上飞，像长着眼睛一样，就是打不着我。"他有点得意扬扬。小巴有点失望，他希望看到一个英雄，确切地说，他希望看到一个负伤的英雄，最好是架着拐杖或耷拉着一条空袖管的英雄。小巴看着从战场上全须全尾毫发未损回来的青年，青年还在眉飞色舞地说着，他介绍起自己从广西领回来的那个高颧骨的年轻女人，说那是他的未婚妻。说她亲眼看到自己从枪林弹雨中走出来，一下就爱上了自己，要死要活的要跟着回来。小巴对高颧骨的广西女人不感兴趣，他只是奇怪，为什么别人都缺胳膊少腿受伤了，他却安然无恙，小巴听说，战场上的子弹是不长眼睛的，可他却说战场上的子弹长了眼睛，长了眼睛却打不到自己。小巴就"嘁"的一声笑了，是冷笑。青年看了小巴一眼问小巴，你笑什么。小巴说，我猜你是没上战场就回来了吧，上战场怎么会一点伤都没受就回来了。青年上前就给了小巴一个耳光，说小屁孩你懂个毬，老子就有这个本事。小巴没想到青年会打自己，眼泪一下就涌满了眼眶，他用饱含了泪水的眼紧盯着青年，竭尽全力不让泪水落下来，青年就又用手打了下他的后脖颈，说你看什么看，不服呀？不服我就让你尝尝我练的铁砂掌。有人出来拦青年，但口气里还是向着青年的意思："小巴，你不懂，他是练过气功的。气功练好了就是能躲枪子。气功练好了就可以刀枪不入，子弹不长眼睛也知道绕着自己飞。"

这个夏天有点古怪，天老是阴沉沉的，其实，不光是夏天，就连刚刚过去的春天也古怪的很。春天里，小巴和娘去后沟的自留地里给新长出不久的玉米间苗，从后沟出来，天还早，但开阔了的天地却一片混沌的昏黄，娘说，这天，又下土了啊，老天一不高兴就下土。小巴就想老天也是经常性地不高兴地啊？一不高兴，就刮风，就打雷，就下雨，就下土……可那些土又是从哪里来的呢？小巴就四处乱看，天虽然下着土，可眼前的树还是油绿绿的，脚边的溪水也还是清清的缓缓的，只是西边的太阳变了颜色，往日橙红的太阳现在成了蓝色的，和蓝天一样蓝的太阳，此刻挂在昏黄的天幕上。小巴看着蓝色的太阳，眼底有蓝色的忧郁汪出来，小巴眼睛眨了眨，突然就想哭了。

男孩小巴躺在这个夏天阴沉的午后，一直想哭，他真希望自己能无声地哭一小会，那样他或许会好受一些。其实想哭的心思从春到夏几乎每天都有，他的脾气也因此变得古怪阴郁起来，就好像一团漆黑的浓郁的炸药，说不定什么时候就会爆炸，闹得连家里人也极少理他。

说起来，小巴想哭的心思是无由的，没有什么具体的原因。好像打小就有了这种根深蒂固的顽疾。他自小多灾多难，多愁多病，感时花溅泪，恨别鸟惊心，不由得眼里就会有泪水流出来，莫名其妙的，小姑娘似的……只是现在，小巴的眼泪却不知哪里去了，他只是想哭，却不再有泪水，只是心里的东西沉郁地堆积着，越来越多。外面的天是越发阴沉起来了，天上的云积的已经完全看不出云的形状，只剩下浓重的铅灰。有两只雨燕在檐下压得很低地飞来飞去，轻盈、迅捷，一如传说中会飞檐走壁轻功的武林高手。

村前大道上的声音逐渐驳杂起来。有的声音很大，很昂扬，底气十足，中气十足。有的声音很不平，很气愤，带着同仇敌忾的气息，小巴想，一定是出了什么大事了。村中无大事。村中无事是无事，但出了事就肯定是件大事。小巴就激动起来，他想来个“鲤鱼打挺”起来，可没有成功。小巴想，自从上了中学后，自己的武功就彻底荒废了。他再次想起去年冬天发生的那件事，心里一阵阵的惭愧，那是种无脸见人的羞愧，虽然那事已经过去半年多时间了，可现在想起来，他还是会一阵阵的脸红。仿佛有人在抽自己的耳光。

小巴在屋子里翻了半天，也没找到几件像样的衣服。他有一身土绿色的从批发市场上买来的军装，但他太瘦了，裤管又过于肥大，裤子穿上身，直晃荡，裤腿还拖着地面。最后，他只好换上一件看上去同样肥大的短裤，脚上却穿了一双白得不可思议的白球鞋，他就这样不伦不类的出来了。

小巴走在村街上。他尽量走得有模有样，肩膀端着，身子微晃着（他以为这样走，就是有模有样了）。小巴以为会碰到村上的人，那些人要和他打招呼，他想做出一副爱理不理的表情来，实际上小巴有点自作多情了，村街上有几个女人，却没人理他。她们表情呆板地注目于大道，手里或端着舀面的碗和面的盆，或手里拿着几根葱几棵夏日里少见的干柴，她们明显刚从各自的灶屋里出来的，就连她们身子的姿势看上去也是别扭的，心里想着灶间的事，身子想往回走，脸却疑惑着对着大道那里。小巴听到一个刚刚从远处过来的大婶说，听说双岁出事了……小巴加快了速度。后面女人们的议论越来越远，但小巴每个字还是听得真真切切：双岁出事了。双岁出事了！

小巴好像早就盼着双岁能有一点事出来。双岁初中上了一年就不念了，去了镇上的果品批发市场，很快就穿上了厚面料的西服和花格子衬衫，脚上也换上了锃亮的皮鞋。和这些崭新的行头相比，双岁的面部表情倒没什么变化，还是长长的一张黄白面皮，只是眼睛变了，原来哀伤的眼神现在带着些凶残和嘲笑。头发还是那头不用漂染自然的黄发，只是浓密了些，后来烫了个刚刚流行的“爆炸式”。烫了“爆炸式”的双岁愈发像一头威风凛凛的雄狮。

小巴记得小时候的双岁。小时的双岁爱哭。家里人把他娇惯坏了。他听不得别人说他不好的话。人们顺着他说，他高兴，戗着他说，他就生气。双岁生气时有一个明显的特点，就是嘴要噘起来，像头噘嘴骡子。那时，没人怕双岁，比双岁大点的或小点的孩子都叫双岁“噘嘴骡子”，谁叫他，他就气得呼呼喘气，想追打他们，但往往他追不过或打不过他们，双岁就哭了，呜呜呜的，一条村街上都听得很响，每当“呜呜呜”的声音响起来时，大人们不用看都知道发生了什么事，王家的那头噘嘴骡子又哭上了……

双岁家门前的那棵大梨树下，围了一圈人，正中央的正是双岁。双岁现在的个子快窜到一米八了。他站在那圈人中间显得鹤立鸡群，然而双岁的表情却显得焦灼而痛苦。双岁眼睛也红红的，好像刚刚哭过。

人们围着双岁，好像双岁随时可能再受到人的攻击，这些人大多是老王家的本家，当然也有外姓的，如老高家，老刘家，老孙家的等。小巴发现了王亮，他们是小学同学，王亮现在镇里的一家小煤窑挖煤。王亮个子不高，脸上黑黑的，一种洗不净脸的样子，王亮虽然是双岁的本家，表情里却有一种幸灾乐祸的表情。

“双岁被人打了。鼻子都流血了。”王亮说。

“谁打的？”

“说是韩信。韩信你知道吧？一队的。”

小巴当然知道韩信。韩信比他们小两届，从小脸就阴沉沉的，他们这些比他大的孩子心里都有点怵他，因为据说韩信打人下死手，打起架来不要命。这样的人总是让人畏惧的。

“赖谁呀？”小巴小声问。

“活该。”王亮不说赖谁，却趴在小巴的耳朵边说了句“活该”。

“狗咬狗，一嘴毛。”王亮乐了，笑出一口白得可怕的牙来，“双岁的对象被韩信给截了。”

双岁的对象是镇上的，队上都说双岁本事大，说了个镇上的媳妇。但双岁的妈妈却没相上，她嫌她矮，“要矮我家双岁一个头呢！王斌也不同意。”王斌是双岁的爸爸，镇批发站的站长，在小队当过会计。在队上时王斌口碑不好，好玩女人，有一次居然把自己的叔伯兄弟王洪的女人也睡了。小巴清楚记得几年前的一个晚上，红了眼的王洪打到王斌家里的情景。当时，王斌一家正在吃饭，王洪进来就大骂王斌“不是人，连狗都不如”，骂完王斌就开始摔王斌家的东西，暖壶，花瓶，茶杯，茶碗，高低柜上的东西他都给摔到地上了，王洪进来的时候王斌正在炕上坐着吃饭，王洪摔东西的时候，王斌还坐在那里有条不紊地吃着，一句话都没有，一家人都被王洪吓傻了，战战兢兢地躲在一边看王洪，不知道这个红了眼睛的王洪还会干出什么可怕的事情来。王斌的无动于衷终于让王洪咆哮了，他很快抽出了一把早就插在衣服里的菜刀，大喊了一句：王斌，我要杀了你。这时王斌把眼抬起来了，王斌只说了一句话，王斌说，把刀放下。出人意料的是，刚才还像一头怒吼的雄狮的王洪，在王斌一句话出口后，竟乖乖地把刀放下了，放下菜刀的王洪号啕大哭。王斌还在那里眼都不抬地继续喝他的酒，吃他的饭。王斌就是这样一个人。虽然口碑不好，但却是一个被人提起来心里都要抖一抖的人。双岁照他爹可差远了。

王斌当了批发站站长后，那些被他欺负过的人，反倒开始巴结他了。小巴看到那个被王斌戴了顶端端正正绿帽子的王洪，现在正站在人群里面，慷慨激昂地大声地说着："他们不知道双岁是我们老王家的人吗？我们老王家的人在他老韩家门口一人一口吐沫都能把他家给淹了！韩信算是个什么东西！"

"韩信那是在向双岁挑战呢。是故意的。双岁在镇上狂的了不得，镇上的痞子都怕他三分。韩信要是把双岁给打了，那韩信不就比双岁还厉害了吗！"王亮接着刚才的话题说。

"双岁听对象说韩信截他，去找韩信，结果韩信三拳两脚就把双岁给打趴下了。"

小巴有点不相信，双岁那么高，看上去那么凶！

"双岁也就是长了一副身架子，一打就不行了，韩信是练过气功的。"

"气功？"

“可不，还是硬气功，他家的院子里摆满了梅花桩，韩信天天练。”

小巴知道，电影《少林寺》播映后，很多人都练武功，听说韩信也练过，为了练武，他差点去了少林寺当和尚……那么他又是什么时候练上气功了？

“现在都练气功了，”王亮说，“我觉得还是气功厉害！”

双岁不知什么时候又哭了起来，呜呜呜，狼嚎似的，双岁一边哭一边说，“我要杀了韩信全家。”他说的狠呆呆的。小巴这时才发现双岁的手里一直提着一把不锈钢的短刀子。

王洪建议大家一起去找一队的韩家，教训一下韩信。王洪的建议得到了很多人的响应，王斌是什么人？是整条镇上跺下脚地都要跟着颤三颤的，老王家是什么家世，是振臂一呼就一呼百应的啊，老王家的人永远是团结的，这团结就像一根沾着水搓成的麻绳，都缠绞到一起去了，小巴有一刻也觉得脑袋忽悠一下子，好像他也是老王家的一员，他也姓王了。但铁桶一样的团结里也有不和谐的音符，那就是王亮。王亮这个人油滑的很，就连小巴都控制不住地和那些人一起去为双岁报仇雪恨的时候，王亮却在后面突然叫住了小巴。王亮揶揄地笑了，说，你们谁都打不过韩信，韩信玩起狠的连人都敢杀，你敢吗？你连打架都不敢……

小巴去年入冬的时候，从只上了几个月的高中辍学了。他念的是一所职业高中，他这一届只两个专业，一林果，一畜牧兽医，他学的是畜牧兽医。如果他坚持念完，他日后很可能会成为一名背着一个黑色人造革背包走街串巷给牛马猪鸡看病的谯猪匠，运气好的话没准会坐在一个小小的乡村兽医站的破旧桌子后面为那些脸色焦黄黧黑的农人拿兽药开开处方。那样的生活想想都是怕的。即便后来没发生那件事，小巴的不念也是早晚的。出了那件事，不过是多了一份不念的筹码，让自己不念的理由在父母面前显得更为可怜和可信一点。

他是因为在学校打架不念的。

事情的起因很简单，做早操时高二那个姓田的痞子跑到小巴他们班的队列里，踢了小巴的一个同学，小巴脑袋一热就冲过去了，他当时的样子英勇无比，姓田的痞子也吓了一跳。就约他周末会一会。

周末的晚上，如临大敌的田姓痞子和小巴相约到了学校大门外。小巴刚走出校门，学校的外墙上就飞身落下几个彪形大汉，他们团团把小巴围在中间。小巴的紧张来得是那么不合时宜。他本来想扮演个孤胆英雄，然而，最后一刻，他缴械投降了。他真切地感到了害怕和恐惧的滋味，这就使他最开始时挺身而出和公然的挑战举动变得可笑起来。那个漆黑的夜晚，小巴听到自己胆怯的颤音：我没想和你打架……

后来同学双岁知道了这件事，曾要小巴带路去替小巴复仇，小巴也很兴奋，可等双岁手里拿了根木棒，找了几个人跃跃欲试来找小巴时，小巴却退宿了。不敢带他们过去了。双岁很生气，怒气冲冲地领人走了，走时说了一句话，看你那怂样，挨欺负你也活该……

他后来就恨上了双岁，只因为双岁说了他“怂样”。

大人们选择了从小水库的悬崖上下去抄近路去韩信家，那悬崖很陡，几乎和水库大坝呈九十度直角。崖壁上凿了一些为方便当时修水库人上下走的石坎……小巴在石坎上走得很慢，手脚并用，那样子都近乎爬了，他几次望着下面蓝汪汪的水库水，停下了颤抖的脚步，后来他终于下到了大坝上，前面的人已经把他落下一大截了。没有人等他，小巴在这些男人中间，显得可有可无，他的个头矮小，沉默寡言，甚至没人发现后面还跟着个他。小巴下到大坝上的时候，想从大坝上找一样随身带的武器，可大坝上光溜溜的，什么都没有。

韩信家的三间小房紧邻着街道。可能是因为天气阴沉的原因，也可能迫于虎视眈眈的二队人的气势，那三间小房显得埃趴趴的，又黑又旧。房子背对着街道，卧在那里，像一支气息奄奄的老狗。来人很快把街道堵满了，一队也聚过来好多看热闹的。双岁在人群中好像受到了某种鼓励，他红着眼睛冲三间小房喊："韩信，有种给我出来，出来啊！"

小巴不知道什么时候已经冲到了人群的里面，他往前挤了挤，终于看到了韩信家的篱笆院落，院落里并没有王亮说的梅花桩，只是种了几棵山楂和苹果树，一棵成年的山楂树的树干上绑着厚厚的布，中间部分已经糟烂了并塌陷下去，小巴想，也许这就是韩信练功用的梅花桩吧?

韩信家的门被从里面紧紧闩上了。门黑乎乎的，像一个阴沉沉的秘密。

王洪冲四周看了看，问："韩家的人呢？死绝了吗？都缩头乌龟了吗？"

三间小房依旧沉默着，那扇门也沉默着。里面听不出一点响动来。

王洪粗声大嗓地笑了："完了。缩手缩脚的龟儿子。乖乖出来给双岁磕个头，这事就算了了。我们来不是仗势欺人的。我们是来替双岁讨个公道。他把双岁的对象给截了，还把双岁给打了。我们来没别的要求，就是让他给双岁下个跪。求个情。这事就算啦。不然依双岁的脾气，一把火能给这三间小破房给点了。”

王洪这样说，小巴看到双岁手里不知什么时候真出现一支打火机，打火机被啪的一声打开了，小巴看到了蓝色火苗蹿了个老高。

可能是这话起到了效果，韩信家的门突然哗啦一下打开了。小巴看到韩信突然出现在院子里，就像一个闷雷把所有人都吓了一跳，人们纷纷后退。小巴的后腰一下硌在了什么硬东西上。韩信出来了。他黑着一张脸，怒挣着一双眼，身子不高，却显得虎虎生气，小巴想到了一个词：威风凛凛。他想，韩信算得上威风凛凛了。过了一会儿，小巴才发现和韩信在一起的还有个女人，那个女人紧紧抱着韩信，下死力气地抱着韩信。小巴想，这个披头散发的女人一定是韩信的母亲了。他们出来后，女人发出了一声类似动物的长嚎：“四儿啊四儿啊，你要气死你妈吗？你要是想杀人你就先把妈杀了吧！我算是在你们韩家活够了！”

韩信和他母亲的出现，一下子让躁动的人群有了死一般的沉静。刚才还像在动员的王洪突然没了生息，双岁也一时愣在那里。

韩信的母亲还在哭诉：“你就不行让妈省省心吗？妈为你操碎了心啊，这次你要是再不听妈的话，妈就死在你面前……妈死了，你们爱怎么样怎么样！打出老天来，妈也管不着了！”

韩信的身体还在母亲的怀抱里挣扎着，但幅度明显小了，小巴发现韩信的表情古怪而又执拗，韩信的脖颈上青筋突起，那一根根青筋突突跳动着，好像马上要挣破皮肤弹出来了……

人群后面一阵骚动，自动闪出条路来，有人说队长来了。队长是个瘦子。他一边走一边摆手，说都散散都回家去，看什么看有什么可看的？起哄是不是？一会公安就来，来了把你们一起抓起来吃黑窝头去！

队长把王洪叫到一边去低语。韩信的母亲也松开了韩信的双手，韩信的双手解放出来，小巴这时候才发现韩信的手里多了一把菜刀。菜刀锈迹斑斑，看上去很笨拙的样子。

小巴身子不由自主往后退，他再次碰到了那个顶在腰间的硬硬的东西。回头，却发现原来是双岁手里攥着的一把短刀。小巴发现那是一把不锈钢的刀子，刀柄很短，刀身不长，但寒光闪闪的，小巴不禁哆嗦了一下。双岁这时没看韩信却在看小巴。双岁什么也没说，但眼睛却一直盯着小巴，小巴不知道双岁为什么一直看着自己？他为什么不去看自己的敌人而一直注视着自己呢？

……让人意想不到的事情就这样发生了，双岁手里的刀突然跑到了小巴手里。小巴握着把连他自己都说不清怎么到手的刀，走到了韩信面前。

小巴一下看到韩信的眼睛睁大了，越来越大，几乎就要冲出眼眶……那眼里的吃惊是吓人的，韩信说，你想干什么……我，我，不认识你啊……

小巴低下头，吃惊地看着自己手中逐渐消失在韩信身体里的刀子，喃喃地说，你的气功呢，你的气功呢……

刀子还在小巴手上，刀子上的血滴，像活跃的跳蚤一样蹦蹦跳跳，在刀锋上一颗颗滚落。

四周的天空越来越低，看不见的乌云正翻滚着慢慢围拢过来，眼看一场暴雨就要来临。此刻的韩信已经像雪人一样慢慢枯萎在小巴的脚下，他呻吟的声音听起来古怪而又狰狞。

小巴扔下刀子，蹲下身子，抱着头，突然哇的一声哭了起来。

寻找儿子王方正

星期一这天早晨，王三顺一出门，他的眼皮就疯狂地跳开了。老婆吴香枝听他嘟囔这眼咋这么跳呢，就问他是哪只眼睛，王三顺指了指自己的左眼。王三顺的左眼皮那会儿正像个跳神的浪娘们一样舞蹈着。吴香枝一看他指的是左眼，不言声了。左眼灾右眼财。左眼跳，没好事！走了一段，吴香枝见王三顺还在用手揉他的左眼，就安慰他，也许是夜里没睡好闹的，跳会它自己就不跳了。王三顺这几天见天在桃园干活，每天累得跟三孙子似的，晚上吃完饭倒头就睡，一睡就是七八个小时，早晨也醒得跟司晨的公鸡一样准时。睡眠好得不能再好。可睡眠这么好，无缘无故的，眼跳什么呢？吴香枝说，你别揉了，越揉它越跳。王三顺不听吴香枝的劝告，更加用劲地揉起自己的左眼，说，我让你跳，我让你跳！

走到自家桃园的时候，王三顺的左眼终于不跳了，可他带来刨树墒的镐没用几下，镐把突然齐茬茬地从镐头那里断掉了！这把镐王三顺用了多年，一直好好的，怎么突然就断了？桃地的土不硬，冻土早就化开，松软得用手一抓一大把，怎么连一镐头都禁不住？王三顺看着断了的镐把越想越沮丧，他自言自语说，今天真是邪了，闹鬼了，怎么一大早的就这么不顺呢？吴香枝忙过来仔细查看镐把的断口，看完，她舒了口气，说镐头那里的木头朽了！该断！王三顺说，可它早不断晚不断，怎么偏偏今天断？是不是故意要跟老子过不去？断了也好，它断了，老子也不干了！王三顺说着，就把断了的镐把扔在地上，闷头坐到地边抽烟。吴香枝说你挺大个人怎么和一把镐头闹气？你闹气它就不断了？镐头断了，你不干活，指望我一人把这十几亩的园子弄完？吴香枝唠叨着，她很不高兴。她不能眼看着丈夫因一把镐头罢工，她家缺钱，缺电器，可就是不缺镐头。想到这里，吴香枝就把自己手中的那把镐头扔给丈夫，把断了的镐头和镐把从地上捡了起来回了家。

王三顺的家离桃园一里多地，走快点，来回半个小时也到了。王三顺看着吴香枝的背影，愤愤地想，吴香枝就知道让老子干，让老子不停歇地干，老子今天偏就不干了。他抽着劣质的香烟，感到一股火气正从心头升起，在胸口那里向外腾腾冒着青烟。他想我这样一天到晚地干，啥时是个头？过去他家，只有二亩多桃地，那点活他一个人玩似的就干了，可今年吴香枝一下自作主张地承包了十二亩。这十二亩桃地就像拴在王三顺身上的一盘沉重的磨，而王三顺无疑成了拉着这盘磨的一头驴！为了这十几亩地，他成了睁眼的瞎子，会思考的畜生，眼看着永无宁日了。他想这一切都是因为王方正这个王八蛋！要不是送王方正去那个寄宿学校上学，吴香枝也就不会多包这十几亩的地，要是不包这些地，他也就不会变成这样一匹在地头呼呼喘气的驴了！

吴香枝半个小时后准时沿原路返回了。回来的吴香枝没看到往日一样驴一样弓着个身子劳作的王三顺，却见他大爷一样地靠在桃树上吸烟，吴香枝的火气就蹿起来了，心想照他这个干法，这地里的活还不得干到驴年马月去？吴香枝有些急，她想开口骂丈夫几句，可口袋里的手机突然吱吱地叫唤起来。吴香枝把拿来的镐头扔给王三顺，想这会儿谁给自己打手机呢？她犹豫着把手机拿了出来。屏幕上显示的号码很熟悉，是儿子的班主任朱老师。吴香枝的心突突地跳开了。朱老师打电话肯定和儿子王方正有关。去年，他们花光了家里的积蓄，把王方正送到这所以管理严格校风严谨著称的寄宿中学，谁想儿子去后只老实了一小段时间，接下来给他们带来的麻烦并不比在乡中学时少。吴香枝现在只要一听到电话响，就条件反射般的头疼。

朱老师在电话中问吴香枝，王方正的病怎么样了？说王方正周四中午就请病假回了家，到周日下午没按时返校，现在都是周一了，他又没来上课，连个影子都没见着，她想问一问吴香枝，王方正究竟去了哪里，今天务必给她一个答复！朱老师最后忍无可忍地告诉吴香枝，这个叫王方正的孩子她再也不想管了，她现在就要去找校长，如果王方正在明天之前再不来学校，她就向校长建议，勒令他退学……吴香枝当时的感觉好像被人打了一搞把，脑子一下晕掉了，她结结巴巴地解释，请朱老师原谅自己的孩子，说他还小，她一会支吾着孩子真病了这会正在家里躺着，一会又说她这就去把儿子找回来，亲自陪着他去学校找朱老师道歉……她说了半天，才发现那边的电话早挂掉了。她出了一脑袋的汗，挂掉手机，又悲哀地发现，丈夫王三顺也瞪着一双牛一样的眼睛在看自己。王三顺研究了一番吴香枝，突然火冒三丈：王方正这个龟儿子又怎么了？又逃学了去打游戏了吧？行啊你，还学着帮他撒谎了？他这么没出息都是你这娘们惯的！这回跑，他就别想回去念了。每年一万多块钱，还不如老子吃了喝了舒坦！

吴香枝没心思理睬丈夫，她拎着镐头去了另一棵树下。她手中的镐头用力地刨着地面，脑子里却全是儿子的影子。吴香枝都精神恍惚，不到十一点她就提前回了家。家里仍然不见儿子的影子。她急得在院子里来回转磨，把午饭都耽误了。王三顺回来，吴香枝才告诉他朱老师电话里说的实情，她想让丈夫出去找一找儿子。王三顺说，找什么找？等他自己回来！他回来了，看我不打断他一条腿。吴香枝说，你就知道打，你就知道打！你愿意打你就打，你有能耐你就打，你有能耐直接把他打死算了，打死了，我也就省心了！你说我怎么摊上个这么不省心的家……吴香枝说着，突然伤心起来，眼泪像贪婪的虫子一样从眼眶里爬出来。

吃过午饭，吴香枝决定自己出去找儿子。吴香枝出门的时候，王三顺正在屋外用砂纸打磨他的新镐把。他打磨得很认真。看吴香枝精神恍惚地走出来，说她要去县城找儿子时，王三顺还说，你愿意去找就找吧，找回来我一镐把先把他打死再说。吴香枝好像连他的话都没听见一样，骑上车子出了院门。

王三顺对儿子到底去了哪里并不怎么担心，他可以肯定儿子这会县城某家网吧或某间电脑屋里。这几年县城的网吧和电脑屋开得比发屋还多，比发屋还会装神弄鬼，儿子王方正就像是在那些网吧和电脑城里游荡的孤魂野鬼，他从小学四年级开始就把魂丢在那些地方了。王三顺想不出那些地方好在哪儿。那些打打杀杀的游戏有什么好？一年前，王三顺满县城找儿子的时候，看着电脑上那些脚底下像安了弹簧的跳来跳去的人物，那些想杀就杀想砍就砍的血腥画面，那些穿着很少就像没穿衣服的游戏中的女人……他甚至也动了花几块钱坐下来玩会儿的念头，试试里面都有些什么能把儿子迷住，又是如何张开血盆大口从儿子身上敛财的。可最后，他看了看自己握惯了镐把的粗糙大手，还是放弃了。

吴香枝出了院门，恨不得立刻飞起来！她家离县城不过七八里地，可她已经很久没到县城来了。她一到县城就转了向。县城里那些高楼大厦好像是一夜之间冒出来的。她站在十字街头不知该到哪里去找自己的儿子。吴香枝问一个过路人，网吧在哪里。过路人看着吴香枝像看一个怪物，说网吧到处都是，谁知道你找哪一家？吴香枝红了脸，说我儿子丢了，我不知道他去了哪里，我就知道他平时爱上网打游戏。过路人见吴香枝是为找儿子，就指点吴香枝去了附近一家叫蓝太阳的网吧，说你去那里看看吧，说不定你儿子就在那里面。

蓝太阳网吧开在一个高层住宅下的底商楼里，牌子做得又大又气派。吴香枝刚进网吧的门，就被一个留着火星头的青年给拦下了，问吴香枝干吗？吴香枝说我找儿子。火星头问她儿子叫啥。吴香枝说叫王方正。火星头就说你走吧你儿子不会在这里。吴香枝不相信，身子就挤进了网吧里。吴香枝一进网吧，眼睛就花了。一排排的都是电脑。电脑前低着很多脑袋。吴香枝认定那些脑袋里有一个是自己儿子的，就不管不顾地闯了进去。吴香枝在网吧里转了两圈，每个电脑前的脑袋她都看了，但没一个脑袋是王方正的。王方正的脑袋她记得很清楚。王方正的脑袋与众不同。他的脑袋上有三朵花，也就是平时说的“三个顶”。一个顶差不多人人都有，两个顶的就不多了，她丈夫王三顺是两个顶。而她儿子王方正比他老子还多一个顶。一顶硬，二顶横，三顶打架不要命。吴香枝摊上了两个顶的丈夫和三个顶的儿子。她觉得自己的命真是够苦的。

吴香枝出来，看火星头挡在门口，忙说对不起。火星头反而笑了，说我告诉你你儿子不在，还不信，这回信了吧。火星头问吴香枝王方正多大，吴香枝说十五岁。火星头说，十五岁你怎么上我们蓝太阳来找。我们蓝太阳是全县城最正规的网吧，未满十八周岁的我们一个不会放进去。火星头说着就拿过一个登记薄子给吴香枝看。说记着啊，下次你儿子不见了别到我这里来找了，你们这些人老是到我们网吧找人，会给我们惹麻烦的。

吴香枝不知道来找自己儿子给他们惹什么麻烦，又不好问火星头。她看见火星头满脑袋的黄毛就紧张，觉得留这样头发的人都不好惹。

这时火星头又说，你要找你儿子我建议你去“红星星”，红星星他们那里不管有没有身份证只要花钱都让进。火星头还说，我估计呀，你那个叫王方正的儿子没准就这会就在他们网吧里打游戏玩呢。

吴香枝好像抓到了救命稻草，忙问火星头红星星在哪里。火星头就指点给吴香枝，说你往前走，再往东走，到那里再往前一百米，那个牌子上有颗大大五角星的就是了。

红星星很好找，因为红星星网吧比蓝太阳还大。红星星网吧是上下两层楼的。不过吴香枝这次连门都没进去就让红星星的人拦下了。红星星的人对吴香枝说，你是来找儿子的吧？吴香枝很奇怪，她还没说话，他怎么就知道自己是来找儿子的？红星星见吴香枝发愣，就笑了，说现在像你这样到处找儿子的人多了，不过我可以负责地告诉你，你儿子是不会在我们红星星网吧的。红星星说，不要说你儿子，谁的儿子到了我们这里，只要他不到十八岁，我们一个都不会放进去的。红星星接着问吴香枝你儿子到十八岁吗？吴香枝摇摇头，不到，他才十五。红星星得意地说，我说怎么样？那你还是到别处去找吧，他肯定不在我们这里。吴香枝说，你让我进去看看他在不在行吧。红星星很坚决，说不行。吴香枝说，我花钱进去找下我儿子总行吧？他不在，我就出来。红星星说，花钱我们也不让你进，我们这里花钱是为了上网的，不是来让你找儿子的。你儿子不在我们这里。吴香枝就急了，说你怎么肯定我儿子没在？别人都告诉我了，说我儿子在你们这里上网。她说完就要往里闯，却被红星星一下拦下了。红星星问她刚才说什么，谁说她儿子在这里。吴香枝不说。红星星说，你不告诉我是谁说的那话，我更不会放你进去了。吴香枝说，我说了谁说的，你是不是就放我进去了？红星星不说放还是不放，只问是谁说了那话。吴香枝就承认是蓝太阳的火星头说的。吴香枝刚说完蓝太阳，红星星就哈哈大笑起来。吴香枝很奇怪，问他笑什么？红星星说，我猜就是蓝太阳的人说的。吴香枝说，我说了谁说的了，这回你总该放我进去了吧。红星星说，你要是不说是蓝太阳的人说的，我还真放你进去了，可你这么一说，我不能放你进去了，万一你是蓝太阳派来的黑客怎么办？吴香枝不知道黑客是怎么回事，她只想进去找自己的儿子。她不说话，横着身子往网吧里闯。红星星抓住吴香枝的胳膊，蓝太阳说你儿子在我们这里，他是哄弄你呢，没准你儿子就在蓝太阳里。吴香枝说，他们那里我进去找了，没找到，他们才告诉我上你们这里，你就让我进去找一下吧。红星星却很坚决，说不行，我不能让你进去。我可以给你看我们今天上网的来客登记，可就是不能让你进去。吴香枝不想看什么来客登记，她不信那些来客登记，只想亲自找到自己的儿子。她急得眼泪都快下来了，她说，我儿子昨天就走了，学校也没去，家也没回，我儿子就喜欢玩个电脑上个网，求求你让我进去看下还不行吗？我看下就出来。可不管吴香枝怎么求红星星，红星星就是不答应让吴香枝进去。红星星就像冰凉的一块铁，丝毫不为所动。后来吴香枝累了，知道说什么也没用了，就退到马路对面去。她坐到马路牙子上，等红星星那里出来的人，看看里面到底有没有自己的儿子。

吴香枝在那里一坐就是两个小时，可让她奇怪的是，红星星就像一个无底洞，她只见有人陆续走进去，偏偏看不到有人从那里走出来，她想他们进去怎么就不出来了，难道他们都被红星星吃了吗？难道我儿子也被吃了？想到这里，吴香枝就害怕起来，起身向红星星那里跑。她边跑边喊，王方正，你给我出来，王方正，你给我出来啊。吴香枝惊慌失措的喊声吸引来半条街的人来看热闹，纷纷问出了什么事。红星星的人忙过去把吴香枝拉到一边，说你喊什么喊什么我告诉你儿子不在这里你怎么就不信呢。吴香枝说，他不在这里会在哪儿。红星星说，你儿子在哪里我怎么知道！见吴香枝张嘴又要喊，又缓下一口气，说你要找你儿子别在我们这种大网吧找，要找得去二环路那些小网吧，那里的网吧连几岁的孩子都让进。

接下来的两天，吴香枝像一只丢了小燕子的老燕子，在二环路一家家的小网吧屋檐下徘徊寻觅着。可寻觅的结果让吴香枝很伤心，她不仅没找到自己的儿子，还挨尽了网吧老板的白眼，那些网吧的老板见了她就像见了一只让人恶心的苍蝇，躲她的脚步比兔子还要快，看见她过来早早就把门关死了，怎么拍也拍不开。第三天的头上，当她心神恍惚地起床后想央求王三顺和她一起去找儿子时。王三顺却理都不理地扛着镐头向大门那里走去，身子出了大门了，他才甩过一句话，龟儿子我是管不了了，我看你也别去找了，就当咱们没他这个儿子。听到丈夫这句话，吴香枝突然觉得自己已经精疲力竭了，她摇摇晃晃地站在院子中间，好像是一棵被风刮得东倒西歪的病树。

吴香枝忧心忡忡地站在院子里，心里想着自己不争气的儿子，他到现在生死不明，他到底去了哪里啊？

吴香枝这里胡思乱想，没想到儿子王方正此刻已像个幽灵一样飘进了院子。他影子似地飘到吴香枝面前，没精打采朝地吴香枝喊了声“妈”。吴香枝愣了好长时间，待确认这个晃晃荡荡的人就是儿子王方正时，她只是有气无力地问了句，儿子啊，你为什么不去上学，你这几天究竟跑哪儿去了？王方正并没理会吴香枝的表情，他冷冷地开口了，说妈，您身上有钱吗？给我三百。吴香枝从混沌中清醒过来，说上个星期给你的三百块钱呢？王方正说，都花光了。现在我又欠了人家三百，你快把钱给我，我好去还人家！吴香枝上前给了儿子一个耳光，说你这个没出息的东西，我就是打死你，也不会再给你钱了。王方正挨了母亲一个耳光，居然什么反应也没有，他直直地看着吴香枝，问：你到底给不给我钱？吴香枝说，不给！我宁肯打死你这个没出息的，也不会把钱给你。我不但不给你，我这就去把你爸喊回来，看他咋收拾你！王方正听吴香枝这样说，一下子窜到了母亲面前，龇牙咧嘴地喊，你快把钱给我，你不把钱给我，我就不认你这个妈。吴香枝听着儿子的喊声，耳朵一下子失去了听觉，儿子张开的嘴巴凶巴巴的，眼睛里一会儿跑出的是一把把刀子，一会又是一股股的火。后来，她终于听清楚了儿子说的话，她想再次给这个不孝之子一个耳光，但她伸出去的手很快被儿子捉住了，他顺势往前一推。吴香枝像一个折断了翅膀的老燕子，身子弹了几弹，就听话地倒在了地上……

吴香枝不知是怎么从地上爬起来的，她感觉自己身子是那么轻，那么脆，就好像是一根苍老的桃枝，说不定哪会儿就会折断。她觉得天要塌了，地要陷了，儿子陌生得让她害怕了。她爬起来，第一个念头就是赶紧把王三顺找回来。吴香枝跌跌撞撞出了院子，向自家的桃地里跑，她感觉自己的身子就像一片纸，轻得一阵风就能把自己吹跑。

吴香枝领着丈夫从地里跑回来的时候，王方正正拿着一张纸片站在院子里，见了王三顺不但不躲，还勇敢得像个坚强士兵。王三顺像一头发怒的公牛，一下就冲到儿子面前，左右开弓给了儿子两个嘴巴。王三顺说，畜生，你这个畜生，连你妈你都敢打！看老子今天不把你打死！

王三顺的这两巴掌很重，王方正立刻感到自己的两边脸同时肿了起来，除此之外，他还感到有两条温暖的小河从两个鼻孔顺流而下，流经嘴巴时他感到一丝腥和一丝咸……他很害怕，但他不想在这个粗暴的男人面前矮下去——他抹了一把鼻子里流出的东西，说你有能耐就打吧，再不打你就没有机会了。他的话把王三顺和吴香枝吓住了。王方正继续说，我刚才从屋里找出来三百块钱，算我借你们的，我欠了人钱，不还钱人家就要我的命——我的命怎么就这么不值钱？我受够你们了。就知道一天天逼着我上学，我够够的了。王三顺说兔崽子，看老子今天不打死你。王方正说，过去你是我老子，现在不是了——我要和你们断绝关系。从今以后，我干什么你也别想管，我是死是活，也不关你们的事了。吴香枝像绝望的鸟儿一样一声尖叫，她喊儿子啊，你说的都是什么啊，你疯了？王方正说，我没疯。你看，连这个我都给你们准备好了。王方正说着就展开了手中的纸片。那是他刚趴在床上写好的与父母绝交书。他想，只要和父母断绝关系了，就可以在网吧里想待多久就待多久了。二环路那里的一家网吧老板已经答应他收留他，让他在网吧当个管理员——当管理员上网不用花钱，还能每月从老板那里领生活费。王方正很高兴，他觉得自己完全可以自食其力了。再也不用看父母和老师的脸色，也不用装病，更不用逃学了。他长大了，他早就应该独立了。他要像从电影里看到的那样，和父母断绝关系。断了关系，他们自然管不着自己了。

王方正念起他费了半天事写好的文字。那张纸上字不多，念起来也颇为顺口：今有学生王方正，十五岁，从今天起自愿断绝和父亲王三顺、母亲吴香枝的父子关系，从此互不相管……

听着儿子字正腔圆的朗读，吴香枝的身子像纸片一样瘫下去了。王三顺没倒下去，但他很惶惑，他突然感觉，这个用普通话“念书”的人并不是自己亲手养大的儿子，而是一个从土坷垃里蹦出来的陌生的家伙。这个陌生的家伙正在念着自己和老婆的名字以及他和老婆儿子的名字：王方正。没人知道为了给儿子取个好听的名字他费了多少心思，他曾经成宿成宿的睡不好觉……

王三顺到儿子的背后去了。这个陌生的家伙发出的声音越来越高。王三顺的耳朵听得嗡嗡直响，像是汹涌着的一团苍蝇。他想阻止这团苍蝇，可一时又不知道该如何去阻止它。那把断掉镐头的镐把不知什么时候被抓到手里了。那镐把他太熟悉了，用了三年，习惯了，也顺手了。现在，那把镐把重新回到了自己手中，他立刻感到了一股复杂而奇怪的情感袭击了自己，他眼里一热，眼泪就出来了。他举起那把镐把的时候仿佛是在桃地里认真地翻着那些带着粪香的泥土。他感到几分失落。几分失神。镐把很轻，可举起来的时候好像用尽了他全身力气。他必须全神贯注，全力以赴才能擎得住它的分量，才能让自己专注起来。

王三顺知道自己想干什么了，他的镐把准确地敲打在那个不停地发出声音的陌生人的脑袋上。他想阻止那声音，必须阻止那声音。

王方正是我揍出来的儿子，谁也别想带他走。王三顺终于吼了出来，他吼出来的声音把院外的一棵树都震动了。那些树上的叶子吃惊地抖动着，不知道院子里到底发生了什么。

我们去看阿迪力

我的朋友张生把自己关在六楼的房间已经半年了。这件事，只有他的家人知道。尽管我是他的朋友，得到这个消息时也是很久之后了。是张生的那个漂亮老婆给我打的电话，那时候我正在看电视直播，高空王子阿迪力正在金海湖临时搭建的空中小屋挑战他新的世界纪录。这个时候有人打电话，我有些不耐烦，但因为是张生的妻子，我的不耐烦就消失了。她在电话中的语气带着点哭音，她说帮帮忙，快来我家看看张生吧！我说张生怎么了。她说，张生病了。我迟疑了下问她，什么病，严重吗？她说，你还是来看看吧，他的病……很重！

这时候，我才想起不见张生已经很久了。在去年秋天的某个晚上，另一个朋友设局请客，张生也来了，那是我最后一次见到张生，那是一次规格相对比较高的酒局，席面上有区里的宣传部长和文联主席，他穿得稀里糊涂的就来了，而且神情郁郁寡欢，朋友几次让他敬酒给桌上的领导，张生每次都是涨红着脸，直通通把自己面前的那杯酒灌下，然后又躲在巨大的圆形水晶灯的角落里讷讷地不发一言。那次，连我都为他难为情。请酒的朋友席散后对我说，张生现在怎么变成这样了？他甚至称张生为扶不起来的阿斗。我们的这个朋友一直以谦让和儒雅著称，连他都对张生发出如此微词，可见张生是真出了什么问题了。但具体出了什么问题，我们谁都不知道，也不想知道更多，我们那么忙，自己的事情照顾不暇，哪有时间和精力去关一个本来就不太正常的人出什么问题呢？

我开着车驶进张生所在的小区，小区老旧，根本没有规划停车位，我开着车在那个小区转了一圈，汽车在几个行动迟缓，步履蹒跚，一眼望去就知道是心脑血管患者留下的可怕症状，在这些歪头晃脑，原地画圈的老人中间开车无异于冒险，我小心翼翼、胆战心惊地在狭窄逼仄的小区里转了一大圈，只好乖乖地把车开出小区停到马路对面的农业银行停车场上，然后徒步穿过斑马线，进入张生家所在的小区。还好，我记得张生家所在的楼号、单元和房间号：14 号楼 1 单元 12 号。

这是一栋建于 20 世纪 80 年代的砖混楼，六层，每层两户，楼道老旧、昏暗，大白天的也要借助楼道内的昏暗的白炽灯才能分清楼道和楼道内堆放的乱七八糟的杂物。好不容易爬到六层，我已经气喘吁吁。敲响那扇破旧的龙甲防盗门，我闪身一旁，站在一旁等着张生的家人过来开门。

开门的是张生的老婆。她依然漂亮，无情的岁月在她年轻的面庞上显得毫无办法。我刚要从她开着的那个门的缝隙跻身进去，她却对我做了个停步的手势，然后自己闪身出来，把门轻轻带上，她穿着拖鞋，没带钥匙，所以那防盗门并没有撞上，而是留下了个拇指宽的缝隙。

我顺着缝隙往里望了望，什么都没看见，只见到一道刺眼的光闪电一样由客厅刺向客厅。我只好收回目光，退后两步，和这个漂亮的女人面对面站着。尽管她穿着拖鞋，身上的衣服也是家常的衣服，可她身上那股凛然之气，还是让人望而却步。

这个漂亮的女人曾经是张生的一张闪光的名片。那些年，我们奋不顾身地邀请张生参加各种活动，活动的唯一要求是，必须带家属，其目的就是能为了多看这个漂亮的女人几眼，但张生却很少带她参加。也不是张生不带她参加，而是她从不愿意参加张生的任何活动，后来，我们就不请自来地往张生家跑。却没有一个人能同这个漂亮的女人走得更近些。有时候，我想，什么叫咫尺天涯，也许这就是咫尺天涯吧。

用另外一个朋友的说法：长得漂亮有什么用？长得漂亮确实没什么用。就像我们后来都平静下来，不再为接近张生的漂亮女人而努力一样，因为努力也没有用。

现在，我在六楼楼梯那个狭窄的空间里，再次和这个漂亮的女人面对面。她吹气如兰，我噤若寒蝉。

到底怎么回事？

怎么说呢？女人迟疑了一下，他有半年多不下楼了……

也许他是不想下楼吧。我这么闪烁着回答她。据我所知，张生本来就是个怪人，对于一个怪人，半年不下楼又有什么可奇怪的？他下不下楼又有什么关系呢？也许除了这个女人，世界上根本没人关心张生下不下楼。

到底怎么了，他，病……得重吗？

他没病……女人说，或许又想到了自己电话中对我说的话，就用手指了指自己的脑袋，我怕他是这儿，这儿……病了。

你是说，他的这儿？我也学着女人，指了指自己的头。

嗯。女人无奈地低下头，好像承认这一点实在有点迫不得已。她是个高傲的人，一直是个高傲的人。这一点我清楚。

他有什么具体……表现……没有？

他想飞。女人说完，惊恐地看着我，好像我就是张生，一个没长翅膀却想飞的人。

我想飞。几分钟后，我坐到朋友张生的对面，他第一句话就是这样对我说的。

我小时就有个梦想，你知道吗，我想当飞行员，初中的时候，部队来学校招生，来的就是空军。我也去体检了。他们用一个亮闪闪的小钢棍敲打我的膝盖，测试我腿部的灵敏度，我使劲绷着，不让自己的腿随着小棍的敲打弹起来……我真傻，我是后来才知道的，我们学校录取了3人，本来有我，我的视力、体格都很好，可是，就因为我的腿没能随着那根棍子动起来，我被淘汰了……更可笑的是，最开始，他们让我们脱光衣服，我还以为是检查我们肋下是不是长了翅膀……那时候的人，多傻啊，如果当初那根闪闪发光的小棍在我的膝盖上落下，我的腿习惯性地弹起来，那么，我早就是一名架势着飞机在天空上翱翔的空军指战员了……

张生很响地咽了口口水，说到这里的时候，他的表情甚至可以说得上眉飞色舞，一点不像“那儿”有毛病的人。

人人都有梦想，梦想就像是做梦。我看着张生一字一顿地说，没有一个人会因为喜欢做梦而一睡不起的，多不愿意醒也不行，因为梦就是梦，是梦就总有醒来的那天。

说到梦，你说奇怪不奇怪？张生说，我现在做的梦，正在重复我八九岁时候的梦，前天我做过一个梦，梦到自己坐在小时候的窗台上往下跳，我跳啊跳啊，窗台那么高，每一次落下去都心惊胆战，可每一次落下去都有惊无险，就像一片鸿毛，甚至连一点微尘都带不起来。我小时候就经常做这样的梦，跳啊跳啊跳，跳到最后，脚在地上像踩了弹簧，身子轻飘飘的，像长了翅膀……

你是说，你现在做的梦，是你小的时候做过的。

对，就是小时候做过的梦，梦到自己贴着地面飞。像长了翅膀一样。

长了翅膀？

是“像长了翅膀”。他看了我一眼，强调了一下。是贴着地面。就是在离地面几十公分的距离的样子。像小孩子玩的那种模型飞机。不是真长了翅膀，真长了翅膀，我不早就远走高飞了嘛！

张生笑了起来。他从沙发上站起来，缓步走到阳台。阳光像瀑布一样在他身上倾泻下来。

这时候女人过来，悄声说，他站在那里，一站就是几个小时，有时候，我半夜醒来，找不到他，后来发现，他就站在那里，一动不动……

我做了个禁止女人说下去的手势，走到张生身边。

你看，这可比小时候的窗台高多了。张生头也不回地对我说。

是很高。我说，怎么了，有什么发现吗？

在梦里我始终都在跳那个窗台。可我从没做过在阳台上跳下去的梦。张生说，我在想，如果从阳台上跳下去会怎样？会飞起来吗？

不会飞起来，只会粉身碎骨。我拍了下张生的肩膀，干吗总是憋在楼上，怎么不出去走走？出去走走吧，外面都是春天了。

我知道。张生指着楼下一棵树冠巨大的柳树说。绿色的枝条像画家泼墨般染上去的。

其实，人只要长翅膀，就不会摔死。

你见过人长翅膀吗？

没有，但我看过马尔克斯的长巨翅的老人，也看过他的百年孤独，俏姑娘雷梅苔丝就是裹着毛毯飞起来的。

那只是传说，是作家的想象和胡编乱造。

我知道，但我想，人只要飞起来。他伸开两手做出一个飞翔的动作，就像这样，说不定，人飞起来的时候，就会真有翅膀长出来……

我拉着张生回到屋里，如果说，刚开始我还觉得张生没问题，那么现在，我确信张生有问题了。

在沙发上坐下，我拿起遥控器，打开电视。我说：你平时看电视吗？

不，张生懒洋洋地看了我一眼，我好几年都不看电视了。

电视里，高空王子阿迪力正在他临时搭建的高空小房子里接受记者的采访。这个圆脑袋的新疆人，面对摄像机好像有些疲惫。

人类正在挑战极限。主持人说。你在钢丝上时是什么感觉？阿迪力说，没什么感觉，就像走路。

多么刺激的走路！主持人说，远远看上去，您那不是在走路，像飞，像鸟儿一样飞翔。

阿迪力说，要是上帝给我一双翅膀，我就不用踩着钢丝在这里表演了。我会飞给你们看。

我突然喜欢上了这个脸蛋红红的家伙。转回头看张生，发现张生的脸正看着阳台。

听到这家伙说什么了吗？我想告诉张生，那正是他感兴趣的话题。关于翅膀和飞翔。怎么说呢，我还是了解一点张生的，他这个人好幻想，有执念。看问题爱钻牛角尖，容易走火入魔。我想，他老婆既然找到我了，而我又认为我确实还算是张生的一个朋友，那我就得施以援手。张生如此发展下去后果会怎样？成为一个精神病送进医院，还是突然举动打开窗户，从阳台上一跃而出？像他说的那样，等着自己长出翅膀？

我提议：我们去金海湖看看吧。

他说，金海湖？那有什么好看？

我说，看高空王子啊，看他走钢丝。

他说，那有什么好看，这个并不稀奇，只要经过训练，这种事人人都能干。

他又没长翅膀，有什么好看的。张生强调。

我说，去吧，说不定这家伙真长着翅膀呢。

张生说，怎么可能，他怎么可能会长翅膀。不会的。他只会走钢丝，我对他不感兴趣。

张生说完，不管不顾地回了自己的卧室，我看到他的身体像尸体一样地压向老旧的席梦思，发出哄的一声巨响。

我目瞪口呆。

女人说，他就这样，从来不顾别人的感受……我和你说个事，不怕你笑话。上次我的嫂子从美国回来，带来一些糖，专门拿到家里来。你知道，张生是最喜欢吃糖的。他吃起糖来就像是个贪婪的孩子。人家好心好意把糖拿到家里给他，让他尝尝。还特意说，张生，你尝尝，这是我从美国刚带回来的糖。你猜张生怎样？张生无精打采地拿过糖，连客气一句都没有，只说了一句：美国的糖不也是糖吗？然后，他把糖放在茶几上，看都不看一眼，就像你刚才看到的一样，一个人躲到屋里去了。

美国的糖不也是糖吗？我重复着女人的话，突然就笑了。我小声说：他说得没错。

确实没错。可人家大老远巴巴的把糖送来。客气一句总是应该的。多亏是我亲嫂子，不然，我的脸往哪儿搁？

你嫂子……也知道他这儿？我用手指点了下自己的头。

知道。现在谁不知道？问题是，他不是精神病，他分得清谁是谁，知道好歹，我觉得他是故意的，故意让我在家人面前出丑……女人漂亮的大眼里蓄满了眼泪，就像春天雨后的荷塘，波光闪闪。

走出张生的家门时，张生没出来送我，送我的是他的女人。

女人说，谢谢你能来看他。他在外面没认识几个人。我想来想去，只给你打了电话……我实在不知怎么办好了……

我知道。我不敢看那女人。女人此刻楚楚可怜，我都开始心疼她了。

我想安慰一下她，手拿起又放下了。不知道那手应该放哪里。

你放心吧。我说。我会让张生下楼的。

事实上，让张生下楼并没有想象的那么艰难。第二天，当我再次来到张生家，提议让他和我出去转转时，他的态度已然有了很大转变。他说转什么呢？我说，我们去看阿迪力。张生说，就是你说的那个走钢丝的人？我说是。张生封闭的大门就打开了一条缝隙。事实上阻碍张生下楼的，往往都是一些在我看来鸡毛蒜皮的理由。比如他问我穿什么去。我说随便什么。张生就认真地说，怎么能随便呢？然后他找来了至少四五套衣服。他的女人也过来帮忙，她没想到张生会这么痛快答应我下楼。张生每换一件衣服都要征询我的意见，而对他妻子的意见置若罔闻。后来，他穿上了一件夹克衫，问我怎么样。怎么说，那是一件非常老土且早已过时的衣服，但看到他认真的模样，我还是违心地说了：不错。就穿它！

他就这样答应了我，轻而易举，简直不费吹灰之力。张生说，好吧，就穿着它出去转转。听那口气，仿佛不是自己想下楼而是要穿着这件过时的衣服去见见世面一样。

女人难以掩饰自己欣喜的表情，这个一直利索的女人，一时竟有点手足无措，忙着为张生收拾，拍去衣服上经年的积尘，摘掉那些肉眼几乎看不到的绒毛和线头。好像她的丈夫不是出去转转而是远征一样。我都有点吃醋了。守着这么好个女人，这家伙究竟想干吗？为什么要把自己故意搞得神经兮兮的呢？可惜了这么漂亮的女人给他！

女人一直把我们送下了楼。下楼时，我注意到，女人一直搀着张生。张生走得跌跌撞撞，经久不下楼梯，他好像都不会下楼走路一样，莽撞、冒失、手足无措，像是个耄耋老人。其实张生不过四十多岁。和我差不多的年纪。

好不容易走下楼梯，女人已然出了一身细汗。我闻到了她身上潮湿的汗香。我突然有些后悔，也许我更该带这个可怜的女人而不是张生去看阿迪力。我相信，在我们肩挨肩地举头看着那个阿迪力在高空做着各种高难度的表演时，她嘴里不经意爆发出的惊呼声，会更容易让人迷醉。

我于是邀请女人和我们一起去看阿迪力。女人却态度坚决地拒绝了。她在楼梯口那里站下，用饱含深情的目光目送张生和我走出小区，她坚定不移的模样，不由让人感叹。

我说，张生，你真是好福气，娶这样一个好老婆。

张生摇摇晃晃地走在我身边，说，我讨厌走路。从小就讨厌走路。

不知该如何形容张生的变化。比如，他看到我的汽车时突然紧张起来，我想让他坐副驾驶，他一个劲摇手，拒绝的理由更是好笑，他说他晕车，我说，坐后面不更晕车吗？他问我，能不能不坐车去。我说几十里的距离，不开车难道步行吗？他说可以坐马车。我笑了，问他怎么想到坐这个。他说他小时候出门，去集镇上都是坐马车去。我说，据我所知，马车这种交通工具，早在三十年前就已经消亡了。如果你不坐我的汽车，那你就走着去好了。他说，我讨厌走路。我说还是的。我把车门打开，把张生塞进后车座，像塞进去一个不情愿的麻包袋。你事真多，我说，张生，你这样不行，你得改变自己，你知道吗？你有问题了。

我上车，系好安全带，发动汽车。这一系列惯常的动作，在张生看来每一个步骤都惊心动魄，他噤若寒蝉地坐在后座上，两只大眼睛惊恐地望着我，好像，我们的面前随时都有一场祸事在等着一样。

我冲着后视镜里的张生说，张生，你别这样，别做出这副样子行吗？你过去不这样的，一年前，我还开着这辆车带着你到处跑。

张生说，可那是从前……我现在害怕……

汽车发动起来了，我看到张生在后面惊恐地闭上眼睛。我心里想，我是把他带到金海湖去看阿迪力，还是直接把他送进钢窑（我们这里的一家精神病医院）。

我开着车，很快出了城，开始路还好走，走着走着，路上的车就逐渐多了起来。看到那些车上的人兴奋的样子，他们有的胸前挂着口哨，有的胸前挂着望远镜，我就知道他们是干什么去的了，他们和我们一样都是去金海湖看空中王子阿迪力的。

车越来越多，前面已经开始出现堵车。后面的车已经不耐烦地按起了喇叭。催促的喇叭声按得我心烦。我说：按什么按，有能耐你从我车上飞过去！

张生听到我说话，忙睁开眼睛，说，你说什么，什么从车上飞过去了？

我说，没什么，后面的车超不过去，按喇叭催咱们呢，我说他有能耐就从我头顶上飞过去。

哪个车？张生频频回头。哪个车想飞过去。

我说，没有哪个车，哪个车也没有这个本事，哪个车也没长翅膀。世界上除了鸟儿和飞机，什么都别想飞起来。

张生说，小时候，我见过邻居王贵家的新生的小猪就长了一对翅膀。

我说，那它最后飞起来了吗？

张生说，没有，那头小猪出生三天后就死了。

我得意地说，怎么样，是吧，你不要以为长了翅膀它就能飞，即使像你说的那头猪，它真的长了翅膀，不是还没有飞起来？不能飞的东西，它永远也飞不起来。

张生不理我，再次把脸向后面扭去，眼里充满狂热的希冀，和开始时的噤若寒蝉简直判若两人。张生在看什么，是想看到后面的那辆不耐烦的汽车真能长出翅膀，然后看着它骄傲从我头顶飞过去？

我们去金海湖那天是5月11日，这之前，迫不及待的媒体已经宣布高空王子阿迪力在金海湖创下了高空生存25天的记录，这一壮举引起全世界的关注，阿迪力也被誉为中国的高空之王。这个憨厚的达瓦孜传人，更是信心满满，他面对记者的采访，他说出了“只要有鹰飞过的地方，架根钢丝，我就能走过。”

我和张生赶上了阿迪力在金海湖的最后一次表演，我们坐在临时搭建的看台上，仰着脑袋看阿迪力步伐稳健走上钢丝。一直闷头不响的张生突然说，你看，他像不像一只鸟儿？确实，此刻的阿迪力一动不动站在钢丝上，在我们的角度看过去，确实像是一只火红的大鸟，而他双手撑开的平衡木则像一对展开的翅膀。

阿迪力的高空小屋建在大坝上的一个小山岗上，钢丝绳从小屋出发一直到湖中心的小岛之上。阿迪力挑战的内容之一就包括从他的高空小屋走到小岛之上的湖光塔下。几年前，我和张生和一大帮朋友从大坝坐快艇去过湖光塔。快艇就像一枚射出的利箭，劈波斩浪，也要二十分钟。阿迪力在钢丝上要用多久呢？我一直想着这个问题。

快看。张生说，他真像一只鸟。阿迪力在小心翼翼走了一小会后，开始渐入佳境，此刻，他正在钢丝上，做着高难度的金鸡独立，就像一只大鸟，用一只爪子抓住钢丝。人群中爆发出喝彩和掌声。张生说，真棒。是不是真棒？张生好像完全好了，这有点出乎我的意料，在车上时，他还是个奇怪的病人，此刻他已经完全融入观众的情绪中，不再显得落落寡合。

正当人们为阿迪力的表演喝彩的时候，钢丝绳突然不明原因地摆动起来，阿迪力在钢丝绳上左摇右晃。要掉下来了。连我都发出了一声惊呼。我看了眼张生，说，你看，这家伙要掉到湖里去了。张生却沉着地说，他掉不下去。你看，他已经躺下了。

然后，我们看到阿迪力真的在钢丝上躺下来了，有好几分钟的时间，他一动不动，就像睡着了一样。过了一段时间后，他好像醒过来了，开始单手拿着平衡木，用另外一只手打手机，他和人在手机里聊了一会，站起来继续行走，走到湖中心的时候，他居然跳起了新疆舞，这简直太刺激了！我看到张生紧紧地攥着拳头，我想他的手心肯定也像我一样出了很多汗。

阿迪力的高空表演，惊险、刺激、回味无穷，张生也终于被我成功地带出了家门，说实话，他的表现我很满意，以至于好几天之后，我还在向人说着那天的金海湖之旅，这成了我在朋友们聚会时最好的谈资。

从金海湖回来的第二天上午，我接到了张生老婆发给我的一条短信：谢谢你。他回来后爱说了，和我说个没完。晚上睡了个通宵，早晨起来后，就嚷嚷着要出去，简直像换了个人，让人兴奋和意外了。

通过手机屏幕，我都看到了她喜出望外的表情

我也很高兴，仿佛做了件有功德的好事。

再次接到她的电话已经是半月之后了，那时候，人们对阿迪力的剩余热情正在一点点消失，而大街上也不再听见那些大声吆喝望远镜的新疆口音，很多时候，时间就像一阵风，把过往的事件轻卷而去，我也几乎忘记了张生。

就是在这时候，他老婆的电话打来了，电话中一改她爽利的作风，说得吞吞吐吐，大概意思，是说张生自那天后，不再把自己圈在家里，而是天天出门。我刚要说，这是好事啊。她又说，张生自前天出去后，已经两天不见踪影了。她已经报警，几乎发动了所有的亲戚和朋友，可还是没找到。而她之所以给我打这个电话，是因为，我作为张生的朋友，或许能提供一些线索。我忙说，我没见过张生，自从那次金海湖回来，再也没见过他。

张生丢了？女人最后说，我该怎么办？电话中传来她掩饰不住的哭声。

你别着急，我这就过去。我没有迟疑，放下电话，就开车去了张生家。

在张生家的客厅里坐下，听张生的老婆说这半个月的经过。和她电话的叙述基本一样，无非是，自从张生被我带去金海湖看过阿迪力的表演之后，张生一直处在兴奋状态之中，和她的话多了，也爱看电视了，晚上睡眠也异乎寻常的好，半夜不再起来到阳台上去发愣，而是一觉睡到日头老高。睡醒后，人也精神了，开始天天往外跑。一出去就是一天。早出晚归。开始，她还不放心，但过了些日子，见张生并无异常，也就不再担心了。她开始还关心地问张生出去干吗，但张生从来不说。张生是个话非常少的人，喜欢把心事压在心底。何况那些日子，是她见过的张生最开心的时候。她也就不管张生每天出去干什么了。她的生活也开始步入正轨，该上班上班，该下班下班。往往是，她前脚到家，张生后脚也到了。

他每天回来都笑嘻嘻的……她说，我以为他彻底好了，谁想到他会突然没有消息了呢？

他说没说平时都去哪儿？你也没跟他出去过？

没有。他不让人跟着。他警觉，开始我想跟着他，看他每天都干什么。但每次都被他发现。发现后，他就站下来不走了。回来还威胁我说，我要是再跟踪他，他以后就再不下楼了。我想到他再次把自己像关动物一样关在楼上我就害怕。就决定不敢再跟他。心想，反正他每天都回来，也就没多想，直到两天前，他走了之后没再回来。

他不会真的不回来了吧？女人无助地看着我，泪水再次涌出眼眶。

不会的，以我对张生的了解，他不会出事的，我安慰女人：说不定他今天晚上就会回来，今晚上不回来也不要紧，说不定哪天晚上，他就自己回来了。

事实是，张生一直没回来，现在，他离家出走已经有两个星期了，仍然是活不见人死不见尸，电视上已经发布寻人启事，女人更是打印了多张的寻人启事，雇人粘贴在城乡各大路口的电线杆子上、墙上，和那些寻狗广告、治疗性病广告比邻而居，仔细看去，颇有一种喜感和荒诞感。广告纸上的张生，长着一张卡夫卡的面孔，形容消瘦，一双犹豫惊恐的眼睛。

早已经报过案的派出所没有任何消息，电视台的寻人广告也没有回音，倒是贴在电线杆子上的起到了立竿见影的效果，有一天，我正和朋友们打麻将，张生的老婆打了电话，说，张生找到了！

金海湖管理处的一个工作人员在发现了电线杆子上的寻人启事后，给女人打了电话，他说，几天前偷爬到阿迪力的空中小屋上的那个神经病很像她要找的人。

我推散麻将，开车接上女人直奔金海湖，在管理处的一间办公室，那名工作人员看了女人手机里的照片，和更清晰的照相馆里放大的照片后，确定无疑地说：就是他。一看他的眼睛我就认出来了。

眼睛？我说。

没错，那是一个标准的精神病的眼睛。工作人员得意地说，我家就住钢窑附近。那里出出进进的人几乎都有一双那样无辜惊恐的眼睛。

那他现在在哪儿？

在哪儿，能在哪儿，他在阿迪力的空中小屋，已经三天了。

工作人员在弄明白了我们的身份后，说，终于找到你们了！看来只有你们能让这个疯狂的家伙下来了。

据他说，这个疯狂的家伙不知是怎么爬到这个小屋里去的，这个小屋还是当时阿迪力挑战高空生存时搭建的，阿迪力挑战成功后，小屋及钢丝被当作旅游观光的一部分暂时保留下来，只是拆除了供阿迪力挑战成功后爬下来的梯子。

梯子拆下后，都阿迪力的小屋连鸟都飞不上去。那这个家伙又是怎么爬上去的？他又没长翅膀！工作人员一脸的茫然，回头问我们他是不是练过什么轻功，因为爬上阿迪力的小屋在他看来简直比登天还难。

然而，张生在小屋里是确凿无疑的。最早发现张生的人，是一个坐着直升机高空跳伞的游客，他在下降的过程中发现小屋有个人，这个人让他想到了前段时间的高空王子——阿迪力是他的偶像。所以，他就像再次见到高空王子阿迪力一样向张生发出不停的欢呼声。他又是大叫又是吹口哨，没想到那个人一听到喊声立刻惊慌失措地跑回小屋里不敢露面了。然后跳伞的游客找到管理处的工作人员。他们一起来到小屋的下面，冲着小屋用扩音喇叭开始喊话。可是几十米上空的小屋却没有任何声音，那个鬼影子都不见。工作人员甚至怀疑游客是否在跳伞的过程因为紧张而出现了幻觉，为博取眼球，而对他们说了瞎话。游客对工作人员怀疑的眼光非常不满，进而十分愤怒，为了证明自己的眼见为实，他甚至再次自掏腰包，请他们坐直升机上天上近距离观察一番。然后，他们在直升机上就果真发现这个家伙。他们冲他喊话，问他姓甚名谁，他是怎么爬到空中小屋的，他爬上空中小屋又想干什么，可无论他们怎么喊话，小屋里的人却始终像个哑巴，在短暂出现一小会后，再次消失在小屋里，把自己藏了起来。他们开始还以为这是个达瓦孜的狂热爱好者和阿迪力的忠实粉丝，偷爬到小屋里是为了体验阿迪力当初的体验生活来了，可据工作人员观察，那个疯狂的家伙并没有带任何的食物，而且在上面生活了两天之后还没有下来的意思。

那几天在金海湖上空跳伞的游客很多人都发现了他。有些人在听说了小屋里出现的“怪人”后，纷纷想体验一把上天看他的想法，跳伞倒成了件可有可无的事情了。空中跳伞这个小众的旅游项目突然大热。工作人员却不敢掉以轻心。因为这个来历不明的人万一在空中发生意外就很麻烦。其时，旅游区正在向申请 4A 级景区努力，旅游安全被前所未有地高度重视起来。可他们怎么才能让这个疯狂古怪的家伙自己爬下来呢？他们喊话，发传单，警告，没有任何效果，他们找到派出所，警察来了，帮他们一样喊话，警告，发传单，还是没有任何效果。那家伙居然把自己隐藏在小屋的某个角落不出来了。没办法，他们找到了消防队，消防队员想了很多办法，攀爬，架消防云梯，好不容易上去了，却发现小屋里没有他们要找的人，小屋内空空荡荡，连一粒鸟粪都遍寻不见。在这个鸟都不拉屎的地方，人上来干什么呢？消防队员无功而返，给予景区工作人员一顿警告，好像他们谎报火警。工作人员也很纳闷。谁知，消防队员刚刚离开，那个家伙就又在小屋里露脸了。这次，他被更多人在高倍望远镜里发现了。

这简直让工作人员抓狂。就在那个家伙重新出现在小屋里的那天，工作人员无意中发现了他家附近电线杆子上的那则寻人启事。他一眼认出了被寻找的人就是在阿迪力空中小屋出现的家伙。他当场按捺不住地扯下那张启事，并立刻打电话给张生老婆。在确认了张生的身份后，工作人员仍然气呼呼的，他说他真想一枪把他从空中射杀下来。你不知道他给我增添了多少麻烦。他背着女人对我说。

快想想办法，把他给我整下来。我受够这个神经病了！

可我们能有什么办法呢？张生此举，已明显区别于他当初把自己关在家里，他这次更怪异，更大胆，更疯狂，也更非人，他怎么能爬上那么高的高空小屋？那个小屋，平常人朝上面看一眼都要发晕，张生又是怎么做到的呢？在我的印象里，张生是一个自小胆怯，怯懦，看见一条虫都要大惊失色，而且他恐高，是个站在高过一米的地方就浑身打哆嗦的人。他这些天又是怎么生存的呢？经过消防队员的证据证明，这几天他是在上面不吃不喝，神出鬼没的。

我们所想的办法，其实和工作人员的办法别无二致，无非喊话，利用直升机散发传单，报警，再次致电 119，恳求无所不能的消防队员帮忙，民警和消防队员都来了，他们重复着之前的劳动，然而当消防队员再次架起高高的云梯爬上空中小屋的时候，他们再次被张生耍弄了，小屋内空空如也，他们一无所获！

大家都奇怪，明明上去之前，还看到张生在那里短暂的露了一下脸，上去之后为什么张生就不见了呢？难道张生并不在上面？我们看到的只是虚假的表象？或者张生已死，留在这里的只是一个魂魄，在逗弄大家？

警察和消防队员再次离去，并表示再也不会来了。他们说，让这个鬼家伙下来要么把空中小屋一把火烧了，要么把小屋直接拆掉。

这当然是不可能做到的事。景区不会因为一个怪人（是不是怪人，甚至是不是人都难说，景区的经理如是说）而直接拆掉小屋。小屋已经成了他们旅游经济收入的一个重要增长点，而张生的存在已经成了一个重要辅助的增长点。

张生的老婆一再恳请工作人员，不要伤害张生，他不是个坏人，他就是有点怪。工作人员说，这是怪吗，你老公都快成精了。你放心，我们不会伤害他的，伤害他，就成了旅游事故。但如果他自己下来我们也没办法。你是他老婆，连个让他下来的办法都没有吗？

女人摇头，再摇头。泪水就下来了，泪水掉到湖面上，泛起一圈又一圈巨大的波纹，就像直升机接近水面时留下的波纹一样。

张生的老婆不走了，她要在大坝上看着她的张生。她买了个睡袋，还买了个军用高倍望远镜，并附带红外夜视功能，因为只有这样，她才能有机会看到张生神出鬼没的影子。

张生最后一次出现在大家的视野里，是几天之后的一个午夜，其时正当旅游旺季。那天我也来了，到大坝上走了一圈之后，我非常吃惊，过去，一到晚上，空荡荡的大坝上就剩下张生老婆一个人，她像一个神情坚定的将军，拿着望远镜，似乎准备打一场旷日持久的战争。现在的情况却是，大坝上支起了无数小帐篷，很多人都拿着张生老婆那种军用望远镜，他们像张生的老婆一样，用望远镜共同守候着空中张生的出现。

张生没有让大家失望。谁都没想到他那天夜里会真的出现！

张生出现的时候，已将近午夜，可我们一点睡意都没有，好像都预感到这晚上会发生点什么。然后，有一个女人率先发现了张生。她激动地喊了一声：张生！张生出现了！紧接着很多人喊了起来，张生！张生出现了！好像出现的张生不是一个古怪的神经病患者，而是一个万众瞩目的明星。

然后，我们都看到了。确实都看到了。张生从那个空中小屋一点点出来，然后，他抬腿就走上了钢丝。他手中空空荡荡，没有长长的平衡木，什么都没有！人群中有人发出短促的惊呼，然后就是屏声静气的死一般的宁静。这时候张生漂亮的老婆已经说不出话来了，当张生开始往钢丝上走去的时候，她突然晕厥，人群中发出一阵小小的骚乱，有好心人立刻过去把她抱了起来。掐人中抢救，有人过来送水壶。

但更多的人已无暇顾及她了。包括我。我们都在聚精会神地看着高空中的张生。

怎么说呢，那一刻，我眼中看到的确乎已不是张生，而是一只正欲展翅翱翔的大鸟。

……此后的场景就是很多人都亲眼看见了的：张生一个人在午夜走向钢丝绳，他没有平衡木，只有像翅膀一样展开的双臂，然后，他继续走，一直走，直到走出所有人的视线。

张生就这样不见了。有人说，张生羽化成鸟，飞走了，也有人说，张生走火入魔，想学走钢丝，最后掉到了浩渺无边的金海湖里……

饥饿的熊

熊宝德一个人在大道上来回溜达，像一头饥饿的熊。

紧邻村公路的两边人家，差不多都姓王。王家要算四顷地二小队的大户了。这些王姓人家一看到村街上饿得打遛遛儿的熊宝德，就立刻指使孩子悄没声的把大门关严了。四顷地有能人，能人都出自二小队，四顷地也出奸人，奸人又都出在二小队啊，想到这里，熊宝德心头就生起一团气，这气说不清是怨是怒，只是让他火烧火燎的难受。他想，你们用不着躲用不着藏，我熊宝德就是饿死！也不会去上你们家门前去讨吃食！

二小队算得上是四顷地的一块风水宝地。前面是苍苍莽莽的一脉山，山前一条大河套，宛若一条碧光闪闪的游龙，游龙转身处，依山就水建有一座小水库，小水库常年碧波款款，如一面映山映水的大镜子。水库的上面就是大道，大道边就是二小队。二小队的正北是个小山岗，有风水先生形容说，那是宝座的后靠背，“后靠背”的后面是条沟，沟里住着几户人家，人家的背面突兀隆起一座大山，那大山宛若一尊蹲踞那里的老黑熊，它的主峰就叫老熊峰。熊宝德的哥哥熊宝金就是从老熊峰上跳下摔死的。

二小队的位置，除了像风水先生说得像皇帝的宝座，细一琢磨还有点像个金元宝，发挥一下想象力，那位置还有点像停泊了的一条小船。这样得天独厚的地理位置当然是人才辈出，小队长王贵在二小队里只能算是小人物，四顷地村六条沟八个生产队近五千口人顶数二队的“人物”多，不要说外面镇上批发站站长王云，供销社会计王珍，就是四顷地村的五个支委就有三个是二小队的，村委会里的两个车把式，也有一个是二小队的，可见二小队在整个四顷地的影响。因此走在外面的二小队的人就有些个骄傲，人物也都有些个小小的个性：男人话都不多，但说出来的话好像句句都是真理，女人粗声大嗓，走路喜欢昂着个头，真是恰到好处地诠释了一句俗语“昂头的老婆低头的汉”。

那一年，熊宝德的老娘还活着，给出工回来的儿子预备午饭。孤儿寡母两口人，贴了一大锅圈的玉米面饼子，那饼子也出奇的大，上面紧邻锅沿儿，下面都探到锅底了。除了这一圈玉米饼子，熊宝德的老娘还熬了一大铝盆的稀饭。饭刚熟，赶巧二队队长王贵的女人出沟回来看到了。队长王贵的女人，在王贵任队长期间，没事总喜欢到队里的各家去串门，串门时，喜欢瘪着个大胖脸，冷着对大驴眼，严肃着一具庞大臃肿的身躯，好像自己是微服私访的达官显贵，处处拿腔作势。

王贵女人见了熊宝德老娘做这么多饭，驴眼都快睁破了，脸瘪得跟大马路似的，女人说：“你和宝德两口做这么多饭干啥？自己吃得了吗？吃不了不是糟践粮食吗？队里的粮食来得容易吗？”王贵女人什么事都喜欢和队里挂个勾，联系一下，也不管自己这么联系有没有道理，对不对？她以为是对的，不管队里哪个人家的粮食，还不是从队上的地里长出来的？而队又是哪家的，还不是我王贵家，我家王贵是队长嘛，队长是我男人嘛。熊宝德的老娘不待见这个女人，也当即冷下脸来：“就这么多也只够我家宝德一个人吃，这我还怕他吃不饱呢，他吃不饱，怎么会有力气给集体出工，怎么给我挣工分挣口粮养活我？队上肯白给我口粮吃？”

熊宝德是四顷地村出了名的大肚汉。大肚汉熊宝德在 25 岁的时候死了老娘。没了老娘的日子，就成了熊宝德饥饿的日子开端，那肚子就再也没填饱过。

熊宝德不管日子过得多么凄惶，也算二小队里的一条汉子。不过，在这个有五月太阳明晃晃照耀的正午的街上，熊宝德的脚步却有些零乱。熊宝德早晨吃了两个玉米饼子一碗稀饭，可那点东西在肚子里转了几转，不到半个钟点就消耗尽了。家里有粮食的主儿，出工时怕饿，会带抹了黄酱的玉米饼子，歇工的时候就跑到树荫下去啃几口。每到这时候，熊宝德总是躲他们远远的。这是只饥饿的熊，也是只自尊的熊，他怕人看到自己饥饿的样子，怕别人听到自己肚子翻江倒海的声响，怕控制不住的口水条件反射一样填满嘴巴，每当这时候，他总会因为自己下咽的很大的口水声而羞愧难当。

上午出工，二小队里有人咋咋呼呼说起沟外那个大名鼎鼎的“流氓队”。说流氓队那个“不要脸的女人”昨天被抓进了大牢。熊宝德知道那个女人，女人是沟里五队的。人长得满脸横肉，死鱼眼，身子胖得像头猪，却喜欢穿颜色鲜艳的衣服，走起路来两爿肥屁股翻飞，摇摆的又像只刚刚从河里走出来的鸭子；人也不年轻了，孩子都有了三个，最小的丫头都满地爬了。谁见到她都是在路上，不是在出沟的路上，就是从沟外回来的路上。后来人们才知道，她那么热衷于向外面跑，原来是加入了“流氓队”。“流氓队”是个什么样的组织？“队”里的人又都干什么勾当？四顷地的人没人能说得清，只说是一群人男女流氓整天光着身子在一起厮混。他们在一起能怎么混？无非是搞流氓呗！要不怎么叫流氓队！这当然是四顷地人的想当然。现在，这个女人连同流氓队的几个主犯被公安抓了，他们才恍然大悟，原来流氓队不光男男女女在一起耍流氓，他们还一起偷一起抢一起“拍花子”倒卖人口呢！熊宝德对“流氓队”一无所知，对那个倒卖孩子的“不要脸”女人也没什么更深印象——他对大牢却有了浓厚兴趣。因为二小队的人都说大牢里有吃有喝饿不着，干的还竟是女人干的轻省活儿——熊宝德干活不怕吃苦，也不贪图轻省。但“有吃有喝”，“饿不着冻不着”却极大诱惑了他。他想，只要不挨饿受穷，人在哪儿不是个过日月呢？

太阳当头照，熊宝德连饿带晒，头晕眼花。他想找个没有太阳照的地方，就顺脚走到王宝贵家后院的梨树下去儿。熊宝德在梨树下刚站定，就见一个穿素底蓝花小褂的小姑娘冲他一路小跑过来。小姑娘一边跑一边冲他招手。那小姑娘，他认识。姓吴，叫吴小玲。吴小玲的爸爸也是四顷地响当当的人物，当过兵，当过狱警，“小片开荒”回来后还当过村里的民兵连长。小玲上面有哥哥姐姐，下面有妹妹，小玲的妹妹刚出满月的时候，好好的一家人却出了一件天大的事，小玲的爸爸竟在熊宝德现在呆的王宝贵家的这棵大梨树上把自己吊死了……

熊宝德见到小玲冲自己招手，白白的脸就红了。他想装着没看到，转身走开，到小水库坝上歇会去。可他心里是这么想，脚却跟焊在那里一样，怎么也挪不了窝。小玲脆生生地说：“宝德叔，你快去我家吃饭吧。我家粽子刚熟，我娘让我喊你到我家吃粽子去！”熊宝德本想硬气地说：“我不去了，我吃过了。”可一看到小玲的眼神，他的谎话就说不出来了。小玲说：“我家中午还做了海带宽粉炖肉，我爸也叫你呢。”

熊宝德管小玲的妈叫二嫂子。二嫂子身子不高，声音很高，人也厉害，打自己的孩子全队有名，家里的孩子只要是在外面淘气，被她知道了，不管是烧火棍、铁条子还是笤帚疙瘩，她抄起什么是什么。家里的孩子都怕她。也不光自己家里的孩子怕她，外面的人对她也畏惧三分。小玲的爸爸刚吊死那年，王贵和几个人在街上说死鬼的闲话，说死鬼是因为后沟老曹家那个女人死的，死得不值。王贵个子高，身子有一米八，爱留毛泽东式的大背头。他说这话时正好被二嫂子听到，二嫂子不由分说，跳起来抓住王贵的大背头，左右开弓就给了王贵俩嘴巴。二嫂子说：“死鬼活着的时候，你们都一个个都恭恭敬敬，人死了就嚼起舌头根子了，有什么好话说到明面上来，让我也听听！”打得王贵满面羞愧，一句话说不出来。

二嫂子的厉害整个四顷地有名，二嫂子的好心肠在四顷地也是尽人皆知。那年月要饭的人多，每年自打开了春，要饭的就隔三岔五来了，要饭的都知道二小队人家富，但二小队人家的粮食却最不好要。他们来这里要饭，大抵是冲着二嫂子家来的。来二嫂子家要饭的，只要你带个碗来，没多有少，她从不让你空着出来。如果刚好赶上二嫂子家里吃饭，不管是要饭的是男是女是大人还是孩牙儿，都会被二嫂子当成客人让到炕里（村里待客的最高礼节），吃过了才行，而二嫂子家里的孩子却在外屋眼巴巴地盯着桌子上的饭菜直咽口水。

去年，也是端午节，熊宝德正在二嫂子家吃饭，和老谷一起喝酒，刚好赶上一对从白马川过来的母女来要饭。二嫂子家锅里的粽子刚熟，一家人谁都没吃呢，二嫂子就先把粽子剥了给这对要饭的母女吃了。母女吃完粽子要走。二嫂子不让，说大过节的，你们就别去别家要了，就在我家过个节吧，有啥吃啥。熊宝德记得那天他们吃的就是海带粉条炖肉（新入赘过来的二哥老谷好这口）。那对要饭的母女可怜呀，小女孩长这么大都没吃过这样的菜。小女孩夹起一根粉条，问她妈妈：“妈妈，这个是啥呀？”妈妈说：“孩子，这个是粉条。”小女孩又夹起一块五花肉来，问她妈妈：“妈妈，这个是啥呀？”妈妈说：“孩子，这个是猪肉。猪肉最好吃了。”小女孩后来夹上了一根长长的海带，问她妈妈：“妈妈，妈妈，这个又是啥呀。”妈妈就哭了，说：“傻孩子，这个是海带，吃吧。

海带可好吃了。”她妈妈转身对二嫂子说：“我这个可怜的孩子长这么大都没吃过这些东西呢。”

其实二嫂子家里并不富裕，原来的二哥活着时，连一身像样的衣服都没有，吊死时，裤子上的补丁一个接一个的，脚上穿的黄胶鞋也是被二嫂子补过又补的。二哥吊死后，为了把四个孩子养大，二嫂子就从沟外的煤矿招了吃商品粮的矿工老谷做上门女婿。

熊宝德在二嫂子家吃粽子，和老谷喝酒，和孩子们一起吃大家都爱吃的海带粉条炖肉，就想，自己要是二嫂子家里人多好，二嫂子要是自己的亲嫂子多好啊。几乎所有二小队的人都欺负自己姓孤，没正眼看过自己，只有二嫂子还把自己当个人，渴了管口水，饿了管顿饭。

从二嫂子家里吃过饭，熊宝德出门看到她家放窗台上的镰有些钝了，就想去后沟小河边常磨刀的地方给磨磨，再去老熊山给她家割捆紫荆来。这事他常干，他觉得自己不能总是在二嫂子家白吃白喝。

熊宝德刚到惯常磨镰的地方，就有些后悔。因为那里已先蹲了个人，是自己的邻居孙家女人。熊宝德想，怎么会在这里碰上她呢？他很别扭。女人正低头撅屁股在那里洗衣，一抬头发现了熊宝德，就停下手上的动作，用沾着水的手在头发上抹了抹，似笑非笑地看着他，说是宝德兄弟啊，中午没家去？在哪里过的节啊？你侄女可还在家饿着呢！熊宝德说，我早晨留饭给她了她饿什么。转身要走。女人说宝德兄弟，别走啊，我说着玩呢。来，坐下，跟嫂子说会话。熊宝德转念一想，我一个大男人怕她什么，就蹲在小河这边，自顾磨起镰来。女人没话找话，说这是谁家的镰啊，钝成这样，也不知磨磨，还让你来磨？这家人可够懒的。熊宝德不理她。女人说，宝德兄弟磨完镰这是要去哪儿？割柴？满山都是青不楞，不好烧啊？别是去割紫荆吧？要是去割紫荆，给我家也捎点来？熊宝德还是不理她，看都不看她一眼。女人就呻唤了声，说哎呀哦，我后背刚挨野蜂子蛰了下，这会子火烧火燎的疼，你过来给我查看查看。说着就要撩衣服，熊宝德正眼都没看女人，站起身，抓起镰刀就走。女人惯用的伎俩没管用，脸就红了，有些恼，说熊宝德你把你侄女锁在家里饿得又喊又叫那算什么，那是犯罪呢！小心公安用麻绳捆了你去坐牢！见熊宝德还是不理自己，人眼看要走远，又悔了刚才的恶声恶气，扎叉着一双湿手追过小河说，好宝德兄弟了，你要真的去割紫荆，就给嫂子也捎回一捆吧，我也好编个拾菜的小篮子，你那该死的玉斌哥半年多不回家了，我这个守活寡的女人命苦啊……

女人的男人孙玉斌在离家二十里外的小煤窑挖煤，不知为什么很少回家来，家里的活路差不多都是女人一个人干，肩挑背扛，家里的队上的，的确不容易。但这女人却不值得可怜，女人命苦，性子却浮，有些水性杨花，爱勾引男人。她勾引男人，说白了就是图占他们个便宜，弄些个好吃好喝，给自家的活路找个不用花钱的帮工。四顷地的好男人哪个不躲着她？

孙家和熊家在二小队都算孤姓，所以孙家和熊家才成了邻居住了这沟口，出工要比别人多走一里路。都是孤门独院，可能是同病相怜吧，也搭上傻侄女“祸害”过孙家的园子，孙家的活路，熊宝德过去没少干，挑水，劈柴，拉个墒，赶上啥是啥。熊宝德虽是个正当壮年的光棍汉子，却从没对这个女人起过歪心，兔子还不吃窝边草呢，何况还以嫂子相称。孙家的女人却打熬不过，打上了熊宝德的主意。她家的篱笆墙已经快占到熊家的滴水了，熊宝德院子里种的瓜菜，只要有模样的，她摘下就走，反过来还对熊宝德说是他傻侄女干的。去年夏天的一个晚上，女人在自家的院子唤熊宝德，那唤声又娇又急，熊宝德还以为女人真怎么了，连忙放下饭碗跑过来，女人却赤着个脊背给她，说蚊子真可恶，把她后背给叮了，让熊宝德过来给她“挠挠”！熊宝德还真的过去了，过去一看，眼就花了，那后背白茫茫一片，既没红也没肿，还没等熊宝德反应过来呢，女人的撩起的衫子却“唰”地放下了，女人盯了熊宝德的宽胸脯，问熊宝德饿不饿？熊宝德说我刚吃过饭。女人说，我说的不是你上面饿不饿，我问的是你下面饿不饿？说着就盯了熊宝德的下身看，女人看得恣意放肆，熊宝德就觉得脑袋轰的一下，身子都快爆炸了。女人见状就把身子贴过来，说，宝德兄弟，你要是真饿呢，嫂子就喂你，保管让你吃饱，女人一边说一边用身子把熊宝德往屋里挤……女人把熊宝德挤到里屋的土炕边，只顾往熊宝德的脖子上吹气，熊宝德却一眼看到了墙柜上孙玉斌的照片。一害怕，还是推开女人逃走了。孙家女人热脸贴在冷屁股上，又羞又恼，心想，看着身胚子挺好，却是只呆熊！女人没占到熊宝德的便宜，还丢了许多的好处。因为从这之后，熊宝德就不过自家院子来了，家里的水没人挑了，干柴也没人劈了，就连到了熊家房山滴水的篱笆墙，也被熊宝德一夜之间挪了回来。女人心头又平添了些恨，说怪不得老熊家人丁不旺，就冲这个熊宝德也得断子绝孙。夜深人静的时候，孙家的女人也想入非非。孙家的女人算是风月场中的老手了，整个四顷地，她见识过的男人多了，没有谁能躲过自己火辣辣的攻击，男欢女爱的事，正常的人哪个会拒绝，何况还是送到口上的肉？除非熊宝德真是只呆熊，要不就是哪里有肉喂饱着他呢！女人把二队的女人琢磨个了遍，也没想到会有谁看上他，那就只有一个可能……想到这里，孙家的女人自己都吓了一跳。但她坚定地认为，这事没准是真的，在四顷地，男男女女那点子破事有什么能瞒过自己？公公和儿媳妇爬灰的，嫂子和小叔子私通的，也有小婶子和大侄子暗度陈仓的，人憋不住了，什么样的丑事做不出来？何况那个还是个傻子，整天一个炕上滚，难保不滚出点事来！

熊宝德有个傻侄女跟自己一起过。傻侄女是哥哥嫂子留下的。

他这个侄女，人傻得厉害，却特别能吃。熊宝德有时就想，怎么老熊家的人都这么能吃呢？自己已经是个有名的大肚汉了，偏偏还有个同样能吃的傻子？其实这个傻侄女比熊宝德小不了几岁，可智力还不如一个三岁的孩子，傻侄女平时也和熊宝德说几句简单的话，她流着哈喇子冲熊宝德喊："叔，我饿。"或同样流着哈喇子冲熊宝德撒愣："叔，我要拉屎。"

侄女能吃，能吃的人一般都比别人容易饿，侄女饿的时候，叨着什么吃什么，家里院子种的小葱、韭菜、白菜、大萝卜，没有一样是长到自来熟的。自家院子里的东西吃的差不多了，侄女的“黑手”就要伸到别人家去，四顷地那时家家是土墙篱笆院，土墙高不过半腰，翻身就上去了；杨树枝柳树条架的篱笆，有个窟窿就能钻进去……每次孙家女人横眉立目地告到家里来，熊宝德只有赔不是，还连带着给她家做几天义工。谁让祸害人家的是自己的侄女呢！打过几次，邻居家不敢去了，她又把“黑手”伸向了公家。没办法，她饿呀！地里的甜棒秸、青玉米，果树上的青果子，绿小豆一样的酸山楂，只要是能放到嘴里的，她是见啥吃啥，而且胆子极大，除了熊宝德她谁都不怕。有一次，她正掰地里的青玉米就着浆水啃，被队长王贵抓到了，王贵吹胡子瞪眼吓她，她反过来也学着王贵的样子噘嘴瞪眼睛。王贵说：你再偷就把你手剁去。傻子也说，把你手剁去。王贵说，再不老实就用绳给你捆起来！傻子也说：给你捆起来。王贵自己都给气乐了。王贵当然跟这个傻子没办法，但王贵有办法治熊宝德啊，上工扣他工分！年终扣他口粮！给他安排队里最重的活！熊宝德因为侄女受的窝囊气多了！

侄女能吃，能吃的人一般也比别人能拉，这个傻侄女也不例外。别人家几岁的孩子都知道要把屎拉茅坑里，侄女不行，你要让她上茅房等于杀了她，恐怖的哭声会传到很远。二小队的人都不是一般的人物，听到这样的哭声，就有人对熊宝德说话了：宝德啊，侄女再傻也是你亲侄女，也是你老熊家的血脉……听那口气，仿佛熊宝德犯了虐待罪。熊宝德只好任她在院子里到处大小便，侄女方便完了，熊宝德再拿把铁锹铲了扔到猪圈或茅坑里去，也算为自家积了肥，麻烦是麻烦了点，毕竟不浪费。问题是侄女不老老实实在自己家院子里拉，她一不注意还会撅着个屁股跑马路上去。熊宝德的家过了门前的小河沟就是大马路，那可是一村人出沟的官道。侄女这样，不但有碍观瞻，还影响了村里人的正常出行，这问题可就大了。有一次，王贵的女人就由于不注意而一脚踩在傻子布置的“地雷”上，为此，王贵女人拎了那只踩了屎的鞋子，捏着鼻子来找熊宝德了。王贵的女人不但大吵大闹，还上纲上线了，说这是熊宝德故意让傻侄女占社会主义的道，挖社会主义墙角，在社会主义的康庄大道上布置陷阱了。这样的帽子由小队长的夫人扣在脑袋上，熊宝德很是诚惶诚恐。

端午节这天，熊宝德下工回来，就觉得家里事情不妙。傻子竟然把屎拉在灶屋了！他进去时，傻子正抓着自己的秽物到处抹着玩呢。锅台，土墙，门框，到处都是。见熊宝德进来，侄女不抹了，抬头冲他喊：“叔，我饿。”熊宝德手里拿着两个粽子，那是二嫂子让他留给侄女的。现在他看到侄女直想吐。他把粽子放到里屋，出来把侄女拎到院子外面的茅坑边，他又气又恨，情急之下还踢了侄女两脚，说，你就知道吃，就知道拉，我让你拉，让你拉！侄女一见茅坑就害了怕，她就怕厕所里那个黑乎乎的毛洞眼。侄女一下子哭了，嘴里呜哩哇啦的。

别看家穷，熊宝德却是个爱干净的男人，家里的一应家什都收拾得井井有条。他最见不得别人家小院和屋地的肮脏。西院孙家女人院里就肮脏得下不了脚，到处是鸡屎猪屎，她家的鸡和猪散养着，随地就拉，拉了她也不去收拾。过去，每次给孙家挑水他都如临大敌，唯恐脚下踩了什么脏东西。

熊宝德皱着眉头，用水缸里的清水和灶膛里的冷灰清洗着侄女涂抹的秽物。一边洗一边后悔刚才打了她，毕竟是个傻子！何况是自己怕她白天出去乱跑才把她关在屋里的，不然，她也不会把屎拉到屋里。侄女这时正坐院外，一边抹眼泪一边胆怯地向这里看着，再看一眼侄女，熊宝德眼里的泪水就无声地下来了。他想哥嫂真是造孽，怎么就生下了这样一个侄女？生下来倒好，都图清净走了，却把她留给了自己，一起在人间挨饿受苦。他想侄女与其这样毫无意义地活着，还真不如和哥嫂一样死了呢，她要是真死了，或许还好一点……想到侄女死，熊宝德忽然害怕起来，他怎么能想自己的侄女死呢？好歹是条人命！要死，也只能自己去死，也许死了就好了，死了就了啦，一了百了。可是，万一真的自己死了，谁又来照顾这个傻侄女？

熊宝德一边掉泪一边乱想，不想院子里就走进一个人来，来人正是孙家女人。她是来看看熊宝德给没给自己捎捆紫荆回来，进来却看见傻的坐在地上，呆的在屋里掉泪收拾，女人在院子里转了一圈也没转到自己想要的荆条，就来问熊宝德中午没去割紫荆？

熊宝德见是孙家女人，心里的气又来了。孙家的女人从不出工，又和自己住邻居，她一定听到了侄女要拉屎的叫声，侄女虽傻，拉屎却还知道去外面的，最起码会喊。如果她喊了，孙家的女人过来，把挂在门上的锁摘掉，侄女也不至于拉屋里了。这个女人没事就到处惹风骚，到处寻便宜，却从不肯帮别人一下。

想到这里，熊宝德没好气地说：荆条是割给队里二嫂子家的。

孙家女人说，哪个二嫂子啊，队里的二嫂子多了。

熊宝德说，王凤芝二嫂子。

女人说，我说呢，原来是给她家割的，她家那么多人还用你割？

熊宝德没理她。

女人说，给二嫂子割，没顺便给我割点？多亏我还跟你张了口，这么点面子就不给？我也是你嫂子呢，你怎么就忘了，你还占过我便宜呢？

女人话里有话。熊宝德心里的火一下子起来了，说，你有事说事，没事就走，割荆条你自己没长个手，为什么总要别人割，我这里忙呢！没空搭理你！

熊宝德说完，就顺手把门关上了，把孙家女人愠怒的一张脸就关在了外面。女人讪讪地站了会，脸就阴沉起来，她扭着身子向外走，走到院门口，看到了傻子，她脑筋一转，忽然笑了……

熊宝德是第二天一大早被基干民兵五花大绑给捆走的，因为有人举报他强奸了自己的傻侄女。整个一个上午，二小队的工地上都是王贵女人的粗门大嗓：你们听说了吗？熊宝德把自己的傻侄女强奸了，现在正押在大队部受审呢！不信？是我们家王贵跟着去的，傻子见人就喊，叔，强奸我，叔，强奸我——傻子别的不知道，强奸却知道——

有人不信，说：那傻丫头可是她亲侄女！

王贵女人说：亲侄女咋了？熊宝德快三十的人了，也没个女人，憋不住自己，挡不住就把亲侄女给干了，这是头饿熊，他什么事做不出来？他想着傻侄女不会说不会舞，可傻子也知道好歹，知道告诉别人她叔强奸。

有人就气愤了：熊宝德要是真干了这丧天良的事，挨枪子也不多！

应该下油锅炸！

应该千刀万剐！

熊宝德的事，二嫂子也知道了，二嫂子也是听王贵女人说的。王贵女人知道二嫂子经常接济熊宝德，隔三岔五叫熊宝德到家里吃顿饱饭。现在好了，你看看你们接济的人是个什么人了吧？他每天出门就把傻子锁起来，回来想打就打，想骂就骂，想怎么着就怎么着……他想强奸自己的侄女就强奸自己侄女，你们就一点没看出他是个强奸犯来？还给他吃给他喝的？

二嫂子觉得这事蹊跷。熊宝德打骂侄女这事倒有可能，傻子嘛，什么麻烦事惹不出来？可要说熊宝德强奸傻子，她说什么也不信。

熊宝德被五花大绑捆在了大队会议室的门框边，两个基干民兵正看着。民兵过去都是二哥手下的人，认得来人是二嫂子，忙问二嫂子干啥来了。二嫂子把民兵拉到一边，问熊宝德到底出啥事了？民兵说，熊宝德把自个侄女强奸了，有人报案，他侄女也亲口承认了。二嫂子说，他侄女那是个傻子！民兵说，熊宝德自己也认了。二嫂子就问谁报的案，民兵开始不肯说，后来见二嫂子生气了，才说是孙玉斌女人，她还告发，熊宝德不但强奸自己的侄女，还几次调戏她，有一次还差点把她给强奸了……二嫂子说，孙家女人的话你们也信？民兵说，我们也没全听她的，关键是熊宝德自己承认了，大队书记刚才已和乡公安打了电话，下午公安就来接人了。

二嫂子去看熊宝德。熊宝德头低着，眼睛合着，听到二嫂子的脚步声，那脑袋就更深地垂了下去，有眼泪从他紧闭的眼里流了出来。

二嫂子说，熊宝德，你真做了那事？

熊宝德一听二嫂子这样问，竟呜呜地哭了。

熊宝德说，我对不住二嫂子！

二嫂子说，你跟我说实话，那事你真做了？

熊宝德说，二嫂子，这事您就别管了！

二嫂子生气道，你的良心让狗吃了？真后悔让你在我家吃了那么多的好粮食。

熊宝德突然号啕大哭，说二嫂子啊，你信不过谁，还信不过你宝德兄弟吗，你宝德兄弟也是人，不是畜生啊！

二嫂子见他哭得撕心裂肺，也就明白了八九分。二嫂子说，你要屈的慌，乡公安来了，就喊个冤，未见得他们连查都不查就抓你关大牢。

熊宝德说，不了，我都签字画押了，事不是我干的，但我是真想去坐牢……

熊宝德又说，二嫂子，你心眼好，我去坐了牢，我那侄女就拜托您照顾照顾，饿了给她一顿饭吃。

二嫂子叹了口气，说你放心吧。

熊宝德因强奸罪被法院判入狱八年。熊宝德蹲了监狱后，他的傻侄女就由二嫂子一家帮助照顾。二嫂子的几个儿女都给傻子送过饭。儿女们去的次数一多就有了怨言，他们嫌傻子脏，不愿意去，二嫂子只好一个人去。她那时刚怀上矿工老谷的第二个儿子，身子重，即便这样，她还是挺着身子，坚持给傻子送了半个月的饭。除了把饭送给傻子，她去了还要替傻子收拾一番，走前还嘱咐傻子，叫她不要到处乱跑。

二嫂子八月里生下了老谷的第二个孩子，之前，二嫂子的三女儿夭折了，女儿夭折后，二嫂子的身体就坏了下来，到生下小儿子后，二嫂子因为产后受风，几乎瘫在炕上，地都下不了了。二嫂子坐在炕上发开了愁，自己动弹不了了，孩子们又都不愿意去，谁给傻子送饭呢？

二嫂子没想到，傻子在这个八月不用人给送饭了。因为傻子死了。

傻子死也是八月的事。那年，从七月开始，四顷地就开始落雨，天是晴一天雨两天，到了八月，山里的雨忽然就像着了魔一样，连天扯地不断了，开始是山前的大河套发了水，六队和七队的山上还闹了泥石流，河套里的水一夜之间就成了性格暴躁的大黄龙，从沟里一路叫喊着冲杀出来。二小队的人闲得无聊，都披着雨布或麻袋在马路上居高临下去看水。

这场大雨不但让山前的大河套成了腾挪辗转的怒龙，就连傻子家门前的那条往日清澈的小河沟也发了水，傻子每天都守在小河沟旁看水。小河沟连着上游的几户人家，大水一发，上面几家遭了殃。大人孩子们忙着挪到高处躲雨，家里的鸡鸭鹅狗照顾不过来，就被迅猛的河水裹挟着冲下来了。傻子来看水，其实是邻居孙家女人的主意。孙家女人对傻子很和气，说傻子快过来看水啊，水里有好东西呢，捞上来嫂子给你炖了吃。傻子就高兴地跑过来。河水越来越大，她递给傻子一个耙子，两个人等着上面被水冲下来的活物。傻子很能干，一会儿捞上一只鸡，一会儿又她捞上一只鸭，鸭还活着呢，捞上岸还知道自己拐拉拐拉的跑。傻子很高兴，美得直跳脚。不想脚下的河堤就垮了，傻子就成了大水卷走的另一个活物。

傻子被水冲走的场景是孙家女人描述的。也有人说，傻子是被孙家女人故意给推到河里的，因为孙家女人早就想独占熊家的房产，她想着熊宝德进监狱肯定不出来了，熊家的财产早晚是自己的。但孙家的女人显然被利益冲昏了头脑，因为即便熊家人没了，处理房产的事也轮不到她。傻子死后，二小队专门来了拆房的。二嫂子听说王贵派人去扒熊宝德的房子，气得在炕上直拍手，冲着窗外喊：王贵你个王八蛋，你们这是犯法啊，傻子死了，熊宝德还是要回家的——

想到熊宝德有一天回来，熊宝德委托自己照顾的傻侄女死了，而他唯一栖身的房子也没了，二嫂子的眼熊宝德在监狱里最不放心的还是自己的傻侄女，谁想六年后，等自己减刑出来，傻侄女竟死了。刚知道侄女死，他还是有些接受不了，后来却也没见他追究什么。或许，是他觉得侄女死了，对他抑或是她都算是种解脱吧？熊宝德只是看到原来的房子现在成了荒废的地基伤感而又愤怒。他回来，不但看到自家房子没了，就连孙家的房子也不见了。原来是孙玉斌在外面挖煤看上了沟外的一个女人，把挖煤的钱都给了那个女人。家里的女人只好和他离了婚，把房子拆了卖掉，嫁给了另外一条山沟里的男人。据说那男人又馋又懒还爱打女人，女人嫁过去后，没少挨揍，过得很凄苦。但四顷地的人都说，那女人罪有应得，也是她的报应。

熊宝德下定决心想要回自己的三间房子。但他上哪里去要呢？当初以集体名义扒的房，扒回的东西都归了个人。这家一根椽子，那家一根檩条，东家一块砖，西家一片瓦。那么多人拿了东西，你去找谁要？当初做决定的是二队队长王贵，可现在，队长早不是王贵了，队长换成了王宝成。王宝成要他找王贵。王贵说，二小队姓王的都去扒你家房子了，你嫂子是搬了你家一个猪食槽子，现在在院子里扔着呢，你要要，搬走就是了。

熊宝德欲哭无泪，最后收还是二嫂子一家收留了他。

熊宝德在二嫂子家一住就是一年，直到一年后，队上把看场院的一间小泥棚分给了他。

熊宝德依旧能吃能喝，不过他再没饿着过。有人看见他经常一个人开小灶。小灶有酒有肉，就猜测他在狱里是攒了些钱回来的。二小队的人都觉得熊宝德这个人“毒”，吃小灶从来没叫过旁人——其实他叫过老谷二哥，也叫过二嫂子的三个儿子，不过二嫂子都不让他们去。二嫂子说，熊宝德过够了苦日子，现在好不容易吃饱了，咱们不能去吃他。二嫂子是这样说，自己家做了好吃的，却会让丈夫或孩子给熊宝德送。

二嫂子招赘的女婿老谷虽是个粗莽矿工，心地却善良，他让不是自己亲生的大儿子小军顶替自己到国营煤矿上了班，吃上了商品粮，自己提前退休回家帮二嫂子下地出工挣工分。分产到户后，又自己开荒种地。本来看着身体不错的老谷，有一年竟生病死了。老谷一去世，二嫂子家就似将倒的大厦，眼看岌岌可危了。当时老谷的两个子女还小，二嫂子身体刚刚恢复，家里的活路多亏了熊宝德，春种秋收，背苹果砍棒子，他样样抢在头里。可奇怪的是，作为帮工的熊宝德却再也不肯吃二嫂子家一顿饭，甚至连二嫂子家门槛都不肯迈了，每次都是干完活就走人，生分得都像陌生人了。

其实是熊宝德仁义。他想着二嫂子一辈子不幸，又一辈子刚强，现在二嫂子成了寡妇，他不想让人去嚼二嫂子的舌头。

不久，有人给二嫂子提亲。二嫂子为了老谷两个未成年的儿子不得不再次改嫁。这次二嫂子嫁得很远，嫁到口里一个大平原去了。二嫂子走的那天，四顷地送她的人竟有好几百口。二小队更是家家不剩，过去那么强势的王姓人家也都来了，王贵女人更是哭得上气不接下气，说二嫂子这一走不知啥时才能见面，王贵女人想到王贵不干小队长后，二嫂子一家也像接济熊宝德一样接济过她家，人心都是肉长的，她怎么能舍得二嫂子走呢?

送行的队伍中，却独独少了熊宝德。

熊宝德正躲在他场院里的小泥屋中号啕大哭。

他从来没这样哭过，哭的震肝震胆哭得心都碎了。

二嫂子带着两个孩子嫁走后，熊宝德也从此离开了四顷地，谁都不知道他去哪儿了。

青黄

即日正是青黄不接之际，各处物斛涌贵

——《元典章·户部·仓库》

忘了是五月还是六月，总之是一天早晨，母亲打开房门，见到了我家的第一对来访者：一对中年夫妇。那对夫妇正当壮年，皆面色青黄，男的腿好像有些毛病，就由女的搀扶，女的一手搀着男的，一手拄着根木棍子，给人感觉，如果没有那根棍子，男的女的就会一起摔倒，男人一只手里，是一个豁了口的粗瓷大碗。

母亲让他们进屋先歇会。女人说，不了，谢谢大姐。男人说，大嫂，我们是要饭的，不能进你屋，一大早的，给您添晦气。

他们一个管母亲叫大姐，一个叫大嫂。我感到很奇怪。母亲却一点不奇怪。还是热情地邀请他们进屋。但他们不，固执地站在院子里，不肯向前挪动一步。

母亲去东屋，把装粮食的袋子打开，袋子里有个葫芦做的瓢，母亲把空瓢舀满黄澄澄的玉米，走出来，倒在男人的粗瓷大碗里。大碗就满盈盈的了，这时候早晨八点钟的阳光正好照耀着那个大碗，大碗里那些籽粒饱满的玉米看上去就金光闪闪的，像一碗黄金。

男人端着那碗玉米，手有些微微颤抖，面色却更加庄重。男人说，谢谢大嫂。

女人冲母亲低下头，也说了句：谢谢大姐。

然后，女人就搀了男人，转身走出院子。

他们走出院子，母亲才叹出一口气。

我们开始议论他们。这男女好像是第一次来，过去从没见过。姐姐说，男的腿肯定不是打小就瘸的，她从男人走路的样子看出来了。打小瘸腿的人不这样走。打小瘸腿的人，走起路来，身子也是歪的。他身子挺的多直！哥哥说，说不定是外面下煤矿时砸瘸的，听说去年冬天好几个小煤窑出了塌方，很多男人都被砸成了瘸子。弟弟听哥哥这样说，就冲母亲喊：我不要下煤窑，我不要当瘸子。母亲拿起烧火棍，弟弟立刻闭了嘴，把两个小手高高举起，像电影里那些没有骨气的坏蛋。在他们议论纷纷的时候，我没有说话。我一直在想，他们是一对夫妇吗？如果是一对夫妇，他们为什么一个叫母亲大姐，一个却叫大嫂。听男人叫大嫂的样子，好像男人认识我的父亲——我父亲就是一个矿工，此刻正在十五里地以外三千米的地下挖煤。

这是早晨八点钟的情形。

大约又过了一个时辰，我家的木门，再次被人敲响。母亲打开门，这次门外站着的是一个老女人，说不好那女人有多老，脸上的皱纹一道道的，头发花白，肮脏、芜杂、蓬乱得像野草。她见到母亲，说的第一句话就是：大妹子，行行好，家里揭不开锅了，给一把粮食吧。母亲像让那对壮年男女一样让老女人进屋坐。老女人站在九点钟的阳光下，就像一棵老树扎了根。

不了，好心的大妹子，行行好吧。

母亲就又去了东屋，我也跟着去了东屋，看母亲把扎了粮食袋子的细麻绳解开，用瓢用劲舀了一瓢，小心端了出来。

老女人没拿碗，肩上背着个打满补丁的灰色布兜，看母亲端出玉米，忙把布兜撑开，我挤在母亲的眼前去看，那布兜瘪瘪的，里面也就两把干瘪的玉米，它们躲藏在布兜的角落，像羞于见人的发育不良的孩子。我家那些颗粒饱满色泽金黄的玉米倒进布兜后，老女人的布兜立刻像刚刚吃饱了肚子的孩子，鼓胀起来。

老女人看着布兜，笑从皱纹里溢出来。

大妹子真是个好人。老女人说。

看着老女人从院子里走出去，母亲又叹口气。

我们不在议论，哥哥姐姐都出去了，家里只剩下我和弟弟，弟弟对老女人不感兴趣，他在屋里正偷看我小木箱里的小人书，那些小人书都是我用北京捡回来的烟盒从双岁那里换来的。去年的夏天，母亲带我去北京姥爷家，大舅带着我们去天安门广场。我广场的人流中捡了很多稀有的烟盒，一个红头发蓝眼睛的外国人丢弃的烟盒非常稀有且漂亮，我像捡到了宝贝一样把那个漂亮的有着洋文的空烟盒迅速捡起来，却不想被大舅重重的一掌打落在地，大舅恨铁不成钢地看着我说：别给咱中国人丢脸！我死死抱着那些已经到手的空烟盒伤心地哭了。现在，我的弟弟偷看着我用那些烟盒换来的小人书，心里一定是充满了宝贝得手得意和欢愉，就像一个毫无底线和尊严的窃贼。

老女人离去不久，我家的门外再次站了一个生人，是一个瞎老头。他左手拐棍儿，右手拿碗，不用问都知道，这是这天上午光顾我家的第三个乞讨者。虽然他睁着眼睛，可那眼睛却一直努力向上翻着，好像一直要翻到天上去，看看天空和白云的颜色，那是一双怎样的眼啊，黑眼仁不知跑到哪里去了，眼睛里只剩下白，就像那些将死的山羊的眼睛，里面充满了恐怖和悲哀。

母亲照例让瞎老头进屋。瞎老头像之前的几个人一样，一动不动。他只是要求母亲能给他一碗水喝。老头的头上冒着汗，那些汗正顺着脸向下流淌，像小溪在满是沟渠的土地上。我跑到外屋的水缸，舀上一瓢水跑出来。老头接过水瓢，咕咚咕咚，几口喝光了，他用手满意地抹了下嘴巴，也顺便抹掉了脸上的汗水。这时候，母亲端着玉米也出来了，她把那碗玉米倒进老人肩膀上的一个褡裢里，想了想，又到屋里舀了半碗，老人却说什么也不要了，他把碗推给母亲，说够了够了，一碗就够了，别人家都给半碗。你刚才已经给了一碗了。母亲不由分说，还是把那半碗米倒进了老人的褡裢。

看着老头胸前鼓胀起来的褡裢，我有些心疼了，不满了，半天过去了，我亲眼看到我家的粮食袋子瘪了下去，照母亲这样，粮食都送给那些要饭的人，我家的粮食袋很快就会变空的，到那时，我们一家人又吃什么呢？不会也像瞎老头和之前的三个人一样，手里拿着个空碗去要饭吧？

弟弟不知什么时候跑了出来，他张着嘴冲母亲喊：咱家的粮食都让你送给要饭的了，我很快也要成为要饭的了。

住嘴！你这个乌鸦嘴！我喝住弟弟。同时不满地看了母亲一眼，说，今天是怎么了，要饭的成群结队像黑老聒（乌鸦）一样。

弟弟再次喊起来：我看过了，咱家的粮食袋快空了！

母亲看都没看我们，对着离去的瞎老头叹口气，什么也没说，就去后院抱柴火，准备烧火做饭。

灶间粥的清香，火在灶上，粥在锅里，灶火越烧越旺，锅里的粥也就越熬越稠，母亲把灶里的硬柴换成软柴，往咕嘟嘟冒泡的稠粥里再续上些清水。

我和弟弟不约而同地出现灶前，等着母亲把粥锅里的粥沫盛出来，加了糖后给我们。加了糖的粥沫，又香又甜又滑又糯。顾不得烫，吸溜吸溜。母亲说，你们兄弟又馋又懒，饿死鬼托生的，看长大谁会把媳妇给你们。

话音未落，院子里传来脚步声。弟弟手快，放下粥碗，跑过去就把门插上了。他把食指放在唇上：嘘！又来要饭的了。顺着门缝看出去，院子里果然来了两个人，一个女人，领着个小女孩。弟弟说的没错，她们确实是要饭的，已经来过我家几次了。

这孩子，把门开开。

不能开，咱家的粮食袋快空了。

开开！母亲顺手拿起烧火棍。

不！弟弟的身子紧紧顶着门。

开开，再不开，我真打了！

打也不开，粮食你都送给了要饭的，我也快成为要饭的了。弟弟态度异常坚硬，说到这里，好像悲惨的一幕已经上演，一双好看的大眼睛立刻有泪滚了出来。

开开，她们不是要饭的，是孙星家的女人。母亲软了下来，对弟弟说。

孙星家的人都是要饭的，她们年年要月月要天天要。

放屁。母亲一把拉开弟弟。打开房门。

孙星家的女人一见母亲就满脸堆笑。说，姐，我们又来了。

母亲说，来了好，快进屋！

熬粥啊？孙星女人望着粥锅，问母亲。

真香！女孩像小狗一样伸着鼻子。

嗯。母亲答应着，赶紧找来碗，去粥锅里撇粥沫，又往粥沫里加白糖。女孩一点都不客气，大大方方端过母亲递给她的粥碗，用嘴吹吹碗里溢出的热气就喝！

真香！

这可真让人受不了，女孩的语气，就好像她是母亲的孩子。我看了眼孙星的女人，却不妨那女人正盯着我看。吓死我了！

孙星的女人长得实在太丑了，她又黑又瘦又矮，一说话，两颗像兔子一样的大牙便凸出唇外，上下翻动，不说话时，那两颗大牙就咬在下嘴唇上，像两个忠实的守卫。

孙星的女人看了我，又看弟弟。说，这两个孩子，越长越稀罕人了。

弟弟白了眼女人，跑出去了。

女孩看了眼跑出去的弟弟，又看了眼我，脸就红了。

两个人第一次来是三年前的端午节。那天，母亲把粽子一大早就煮在了锅里，粽子快熟的时候，又煮了几个鸡蛋。

女人那时更瘦，就像一根风干的向日葵，细瘦的身子顶着个摇摇欲坠的脑袋，她领着个小女孩，小女孩怯生生的，躲在她的背后。女人站在院外，连院子都没进。是采艾叶回来的姐姐发现了她们。

娘出来，让她们进屋。

女人说，大姐，有饭给孩子一口吃吧，她饿坏了。

母亲就说，你们进屋吧，粽子刚熟，趁热吃最好。

女人说，大姐，这大端午的，我们就不进屋了，给您添晦气。

母亲说，进屋吧，我们家不讲这个。

女人看母亲说得实在，领着小孩进了屋。

屋里的炕上，炕桌已经摆好。母亲让她们上炕坐。女人看了眼小女孩，说，让她站着吃就行了。

母亲说，坐炕上吃，都坐炕上吃。来到我家，咱就不见外，一起过个节。

小女孩一听，看着她母亲说：妈，我想上炕，我累了。

女人说，咱站着吃，吃完就走。

母亲就过来把女孩抱到了炕上，对女人说，你这个人，你不累，孩子走一大早晨能不累？上炕，都给我上炕。

女人拘束地坐在炕沿上。

母亲把煮熟的粽子捞到一个放着清水的盆里。刚煮出的粽子，放在清水里过一下，好剥，不粘，吃在嘴里不烫得慌。然后又把红糖用开水泄开，当粽子的蘸料。母亲把她们每人的碗里都放了两个粽子，又把煮熟的鸡蛋剥好了让她们吃。

小女孩吃着蘸糖水的粽子不停地说，真好吃，真甜！

吃完粽子，女人拉着小女孩要走。母亲不让，说大过节的，你们就别去别家要了，就在我家一起吃个饭，有啥吃啥。

菜端上来了。我家的端午节总是过得十分隆重。菜有三种，一是小葱拌豆腐。一是炒一大盘豌豆。还有，就是一家人最喜欢的炖菜。咕嘟嘟的，一大锅。

小女孩长这么大都没吃过这样的菜。她夹起一根粉条，问女人：“妈妈，这个是啥呀？”女人说：“孩子，这个是粉条。”小女孩又夹起一块五花肉来，问她妈妈：“妈妈，这个是啥呀？”女人说：“孩子，这个是猪肉。猪肉最好吃了。”小女孩后来夹上了一根长长的海带，问她妈妈：“妈妈，妈妈，这个又是啥呀。”女人就哭了，说：“傻孩子，这个是海带，吃吧。海带可好吃了。”

女人转身对母亲说：“我这个孩子可怜，长这么大都没吃过这么好的东西呢。”

吃完饭，女人要走，母亲又给她们捞好粽子让她们带上，说给她们家里人吃。

女人就拉着母亲，热泪长流，说我们娘俩儿不过是个要饭的，你却把我们当成戚儿了。

那之后，女人每年就来个一两次，每次来，母亲就留她们吃，吃完还带，熟的生的，都往女人的口袋里塞。有时天晚了，还留她们在家住一晚。

时间一长，母亲才知道，原来女人就是四顷地的，住四队。男人姓孙叫孙星，老家原是东北吉林的，闹日本时随父母迁到四顷地，现在父母早死了。孙星和女人生了两个女儿，大女儿都已出嫁，随身带着的这个是小的。前几年，山里天旱，闹饥荒，饿死了人，孙星就害了怕，说不如回吉林去种地，孙星他们家是个平原，那里有大片的土地可种庄稼。至少饿不死人。就这样，孙星一家把那个旧房子拆吧拆吧卖了，买了回东北的车票。火车一路吼叫，孙星他们坐了两天两夜的火车，就到了吉林。孙星忘记了家乡火车站的站名，再搭上坐火车坐得迷迷糊糊，火车一到了吉林平原，他就嚷嚷着到站了，神经兮兮的，在火车上到处打溜溜，问列车员是不是过站了，列车员最后被他问烦了，就说谁知道你到哪站下，你说过站就过站吧。刘星就急了，满车厢的跑，女人抱着小闺女，就跟在他屁股后面转，刘星去求列车员把门打开他要下车，被列车员严词拒绝，说不到站车怎么停，停不了，下站再说吧。刘星大吵大闹，最后竟拉开车座前的双层玻璃窗，跳了出去……刘星摔断了双腿，成了残疾，在东北养好伤后，无以谋生，只好又回了四顷地，四顷地地虽少，可沟沟坎坎，开出块土来就能长庄稼，好活人。刘星拖着残疾的双腿回到四顷地，房无一间，地无一垄。老是住在大闺女家也不是事。就央求大姑爷帮着和泥脱坯，在原来的房基地上盖了一间灶头连着炕的小土房，没有瓦，就用玉米秸苫盖了，勉强遮风挡雨，算个家了。说是家，却是家徒四壁，家里连星油也没有，大闺女接济的那点粮食早吃完了，没办法，刘星女人只好领着小女儿出来乞讨。

女人告诉母亲，这两年，他们把原来的小泥屋，由一间扩成两间，孙星腿虽残了，人并不懒惰，开了很多荒地，种了庄稼，搭上这两年风调雨顺，打下的粮食勉强够吃了。女人这次来是特地感谢母亲来的。自从三年前，母亲知道了孙星一家的遭遇，女人走后不久，就派姐姐背了半袋的粮食给孙家送去，那年杀了年猪，母亲又割条八斤重的五花肉，连同父亲在煤矿上省下的十斤白面，放到背篓里让姐姐给背了去。这两年，女人不管是出沟要饭还是去外面，来回都要到家里，母亲每次不管管她们饭还要送各种吃食等物。

女人说，这两年，多亏姐一家的接济，日子好多了。

母亲说，日子好过就比什么都强。

女人说，姐对我们一家大恩大德，我也没什么回报的，我和孙星商量，我家大丫头出阁了，家里就这一个小丫头，今年也十四岁了，我今天把她给你领了来，送给姐，你家里最小的两个小子，和我这闺女年龄差不多，两个孩子如果愿意呢，把她许给哪个当媳妇都行。

母亲连忙摇手，说那可不行，那可不行。

女人说，我是废物，不会生男孩，姐家里这两个孩子我都稀罕得不得了，我丫头给他们哪个做媳妇都是这孩子的造化。不管大姐愿意不愿意，反正这孩子我今天是领来了。

母亲说，这千万使不得。

女人说，姐不会是嫌孩子粗笨吧？孩子虽然没念过书，但还分得清好坏是非，来之前，我问孩子，她说她愿意，只要上她大妈家让她干什么她都愿意。

说到这里，女人扯过孩子：对你大娘说，你愿意不愿意？

女孩就过来说：大娘，我愿意！

女孩的话嘎巴干脆，话里还洋溢着欣然的喜气。

女人说，姐你听到了吧，她愿意，只要到大娘家来，让她干什么她都喜欢呢，我这闺女，虽说笨手笨脚，可人还勤俭，烧火做饭，喂猪打狗，缝缝补补，这些活计她都会。

女人看母亲还不答应，就有些急，说，姐，妹子没有本事，不会说不会道，孩子啥样，你也都看到了，如果这些姐还看不上，那就留她在这里给你暖个脚，铺个被，总可以吧？

母亲就拉过女孩，对女人说，看你说什么话，我怎么会嫌弃闺女？我是想，这孩子你好不容易拉扯大了，你不留在身边，却给了我，你不委屈，孩子还委屈呢！

女孩对母亲说，大娘，我愿意到您家来，我喜欢到您家来，我不委屈！

我们下学回来，发现家里多出了过去讨饭的女孩，也没多想。那些年，我的家里经常会有人留宿，那些人有的是沟里的亲戚，有的是亲戚的亲戚，也有连亲戚的边都不沾，就是普通的村里人，甚至有陌生人（包括那些讨饭的、唱曲的、也有走村串巷的手艺人，比如木匠、画匠、油漆匠等）如果恰好到了我家，天色晚了，也会留在家里住宿。都不会奇怪。

第二天，天还不亮，母亲刚刚起床，女孩也从炕上爬起来了，帮着母亲刷锅添水，烧火做饭。饭做好了，才小声招呼我们起来吃饭。

家里突然单独住进了个女孩，我和弟弟都有点觉不好意思，有些尴尬。女孩倒像个小大人似的，大大方方给我们递碗递筷，就像母亲伺候父亲一样。

我们并不知道，女孩是留给我们兄弟做媳妇的。是王贵媳妇说出来的。王贵曾经是四顷地二队的队长，但家里并不富裕，家里四个小子，能吃又能拉，没到五黄六月，青黄不接之际，王贵媳妇就端着个瓢到各家去借，王贵媳妇仗着王贵当队长，几乎把二小队的几十户人家都借遍，借过之后，不知是忘了，还是故意不还，反正借到最后，二小队的人就没人肯借粮食给她了，只有我家还肯借给她。

她到我家借粮比在自己家还仗义，每次都是自己拿瓢到粮食袋里去舀，她在我家借粮也是有时还，有时不还。那次王贵媳妇来借粮，正好刘星女人送女孩过来。

母亲见王贵媳妇拿着个大瓢，就知道是来借粮来了，故意问：你来干啥?

王贵媳妇说，家里粮缸见底了，王贵和几个崽子都是野猪托生的，肚量也忒大。

母亲说，我家粮食也不多了。

王贵媳妇一撇嘴，不多，怎么见了要饭的就给？我看看去。说着直接进了东屋，把我家的粮食袋打开就舀，那一大瓢下去，我家的粮食袋就急剧萎缩下去，像是个被人放了气的气球。

王贵媳妇舀了粮食，却不走，倚在门框那里瘪着一张大脸听刘星女人说话。

第二天，我刚放学，王贵媳妇就把我截住了，叫着我小名说，八棍子，八棍子，你有媳妇了。

我红了脸，说，老婶又瞎说。

王贵媳妇说，老婶说的是真的，你家那个小丫头就是，是刘星女人送来给你当媳妇的。

我一听，气坏了。回到家里问娘怎么回事。娘把刘星女人的话和我说了。弟弟率先嚷了起来：

我不要媳妇！

他尖利的嗓音就像一柄发着光的刀子刺到了空气里。

那天晚上，我和弟弟吃过晚饭就躲了出去，并告诉母亲，只要这个小丫头一天在家，我们就一天不会来了。

过了几天，刘星女人来了。她给母亲挎了一篮子的青菜，脸上喜气洋洋，也不见了青黄的颜色。见到二队的人就笑。她把闺女送给母亲当儿媳的事在整个四顷地都快传遍了。他们见到女人，就故意问：孙星家的，你兴冲冲地，这要去哪儿啊？

女人说，去二嫂子家。

她们说，不是二嫂子家，是亲家吧。

女人就不说话了，但面上都是傲娇和自得。

她们说，你有眼力，闺女找了这么好人家。

女人连连点头，说是啊是啊。

她们还说，就是女婿有点小，你是准备给老二还是老三啊。

女人说，都行，给她家老二老三我都愿意。

母亲犹豫好久，还是给女人说了实话：孩子太小，都不愿意。孩子还是先带回去吧。

女人却觉得母亲是嫌她闺女了，还求母亲说，她要是不听话，你就打你骂好好管教她。实在不行你就把当成伺候你的烧火丫头吧。

母亲就正色说，孩子没挑，能干还懂事，是我的这两个儿子混马刀枪的，不听话！

女人看母亲态度坚决，就哭了，说二嫂子，你这是嫌弃我们娘两个呢！

女孩也哭了，说大娘，他们不愿意没事，我不给他们当媳妇，我就给您当闺女，伺候你！

母亲和女孩呆了些日子也呆出了感情，她也舍不得这个孩子，可孩子毕竟是人家的，老在自己家里算怎么回事？

母亲提议说，要不咱两家就认个干亲吧。这闺女当我的干女儿，你是我干妹子，你看行吗？

女人竟不同意。她说，看上了就做真亲戚。看不上，我们就走。

女人说完，竟真的领着女孩回家了。

母亲对我们说，这件事我没做错啊，可怎么总感觉像亏欠了人家什么似的？

又转回头骂我们，你们一个个又懒又馋，还这个不愿意那个不愿意的，看你们长大等着打光棍吧。

那之后，我好几年没看到孙星的女人和那个女孩上门来过。也不知道她们现在过得怎么样了。

我初中毕业，没考上中专，补习了一年，还是没考上。就在沟外面的一所小学，当了代课老师。

第二年春天，父亲病重，姐姐找我回家，我们在路上碰到一个骑着自行车卖酸梨的年轻人。他的自行车载两个大框，顺着坡路往下骑。姐姐说她渴了，想买几个酸梨吃。我把年轻人喊住。年轻人给我们称好梨，却不收钱，骑车就要走。姐姐忙喊住他，说你这个卖梨的，怎不收钱就走人。

年轻人说，我不收你钱。

姐姐说，我不认识你，你卖梨，我买梨，干吗不收我钱？

年轻人说，你不认识我，可我认识你。所以不收你的钱。

年轻人说话像打谜语，我和姐姐都很奇怪。

年轻人就问姐姐：你认识不认识孙星家里的人？

姐姐说认识啊，你们是一个小队的？

年轻人说，我们不但一个队，还是一家的。

姐姐说，你是孙星的大姑爷吧？

年轻人说，不是。我是他老姑爷。是他家招的上门女婿。

姐姐恍然大悟。

年轻人说，青黄说了，你们一家都是好人，是我们家的救命恩人，没有你们家，就没有我们家。

我和姐姐几乎同时问：青黄是谁？

年轻人说，我媳妇。

我们回家，把路上买梨的事和母亲说了，母亲说，那孩子心重，还记得咱们呢。

我问母亲，你知道当年那个小女孩叫啥名字吗？

母亲遗憾地摇摇头，说还真没问过。

我说，她叫青黄。

母亲说，青黄？

姐姐说，是，叫青黄。

母亲就叹口气，说，苦命的孩子，咋叫了这样个名字？

再生记

“南有普陀，北有红螺。”母亲说：“儿啊，你知道红螺寺有多远吗，从四顷地出发，就是一个年轻力壮的人，不吃不喝不歇气地走个七天七夜怕也走不到呢。”

从背我上路那一刻起，母亲就和我说话，我始终没答她一句。

星空浩渺，月华如洗。云朵如灰败的白莲花，月亮在白莲花般的云朵中轻盈穿行。我的眼睛始终追着那一弯白月亮，月亮走，我也走。

母亲叹了口气，说：“儿啊，儿，你就不兴答娘一句吗？”

我还是不说话，继续看着母亲头顶的那弯月亮，那弯月亮就像长在母亲头顶一样。月亮很美，也很安静。此刻，我像月亮一样安静。我趴在母亲的背上，不哭不闹，已经算是个奇迹了。

母亲叹口气，说：“去红螺寺要爬三座大山，过七个山岗，数不清的深山老林，湍急的河流说把人卷走就卷走，很多人走不到一半就回了。早年间，有个女人也去红螺寺上香，她儿子得了像你一样的病。她背着粮食袋，走啊走啊，白天黑夜地走，饿了啃一口干粮，渴了，喝口河里的水，七天七夜的路，她愣是走了七七四十九天，可是，她太累了，刚到红螺山脚下，还没等抬头看了一眼山上的红螺寺，就累死在那儿起不来了。”

母亲说：“这次要是治不好你的病，娘也不想回来了，就是死，咱娘儿两个也要死在一块……”

母亲的叹息声越来越重，她的后背也越来越弯。我的身子在母亲身上动了动，感到母亲弯下来的后背很舒服。不像大姐的后背，大姐后背的骨头经常硌疼我，让我长哭不已。

我已经五岁了，还不会走路，不会说话，只会哭。我生下来，两条腿就面条一样，后来勉强站起来，也只能弯成一个“O”，迈着罗圈腿学走路时，走不上两步，就会被绊倒一次。每次绊倒，我都会像放到案板上被宰的猪一样发出绝望响亮的哭叫。

负责照料我的大姐一直不喜欢我。虽然我的母亲是她的亲娘，但我的父亲却不是她的亲爹。我就像一块年糕，黏附在大姐瘦骨嶙峋的后背，让她不堪重负。

我的到来有如恶胎投世。父亲老谷每次从矿上回来都唉声叹气，借酒浇愁，嘟囔母亲快点找人把我这个怪胎送人了事；母亲整日以泪洗面，巨大的叹气声吓得房顶内游荡的饥饿老鼠仓皇逃窜；可怜的大姐只有晚上睡觉时才能卸下我这个累赘。

大姐一卸下我，骨瘦如柴的身子就鱼一样滑进了她的破被筒，她把脑袋死死地扎在破被筒里再也不肯出来。老谷的抱怨和母亲的叹息她充耳不闻，大睁着一双眼睛在黑暗中等着她父亲的到来。她的父亲是在我父亲老谷到来之前的某个深夜里死去的，这个一表人才的四顷地民兵连长把自己像晾瓜条一样挂在了村路旁的大梨树上，成了一具吓人的死尸。很多年后，大姐依然忘不掉她最后看到的父亲的模样，他头冲外脚冲里躺在堂屋里的草席上，周遭围了一圈人，有人拉着刚从睡梦中吓醒的她来看父亲，她的小手摸过父亲冰凉的脸和手，摸过父亲打满了补丁的劳动布裤子和露出了一个脚趾头的黄胶鞋……就是这个父亲，会在她躲在被筒里时，悄悄走过来看她，用他温热的手给她掩被角，摩挲她生了虱子和虮子的乱发，把她眼角因思念而泉水一样不停渗出的泪水一点点擦净……

有一次我悄悄拉开了大姐的被筒钻了进去，看到她一双眼睛在黑暗中如同鬼火般异常明亮。她没推我出来，而是把嘴悄悄接近我的耳朵，恶狠狠地说："我爷爷让我爸告诉我，我就要解放了，你用不了多久就会死掉，从此以后四顷地很多人都会患上你这种毛病，他们和你一样，在这个世界上活不了多长时间啦。"

母亲累了，把我放在河边一块青石上。

我立刻哭起来。

母亲说："儿啊，儿，娘累了，你就不兴一个人安静地歇会儿，非得让人把你驮在背上才踏实吗？"

母亲说："我没有那么多力气了，我生下你时得了产后风，瘫在炕上整整一年，好了后，我的力气也越来越少……”

我不管不顾，哭声越来越响。

“你个磨人的妖精啊，再哭，我就把你扔在河里直接淹死你，也省了我去红螺寺为你烧香。”

母亲狼一样的眼睛在月光下烁烁发光，像被筒里大姐的眼神。我的哭声顿时小了下去。

母亲脱了鞋，把两只脚伸到了河里。母亲说：“你怕水，不然也让你洗洗脚。其实水是好东西，洗衣洗菜洗脚，人不管多累，脚放到水里就不累了。”

母亲把脚放到水里，舒服得好像有无数条鱼儿在给她做按摩。她的两个脚丫在水里动来动去，把河水搅得啵啵响。

“再走两里地，我们就到天仙洞了。”

母亲背上我继续赶路，一路介绍每年四月初七天仙洞庙会的盛况，说走会的人推着花车，舞着狮龙，踩着高跷，那高跷能一直踩到天仙洞里去……

“儿啊，娘告诉你一个秘密……”母亲说到这里，才意识到我是个不会说话的孩子，“其实，去红螺寺还有一条超近的路，这条路就是天仙洞，天仙洞最里有条暗河叫通天河，没人知道通天河的尽头就连着红螺寺……只是那条河又黑又长，还从没有人能渡过去……”

母亲说完，叹息一声。我听到路边一棵大杨树上的黑鸦被吓着似的“呱”的一声惊起，飞远了。

我又哭起来了。

我不知道天仙洞还有多远。我在母亲的后背上抽泣，声音越来越小，因为夜色越越来越黑，有风，附近的山、河、草、树在风中晃动，发出一片阴森的响声。

我感觉有些困，闭上眼睛。

不知过了多久，听到母亲由远而近的声音：“儿啊，儿，天仙洞到了。”

我睁开眼，已经置身天仙洞前的广场，广场四周一片漆黑，鬼影重重。前面是个阔大黝黑的洞口，好像一眼开在山脚下的陷阱，我咧了咧嘴，又想哭，母亲过来用手捂住我的嘴，说“这里可不敢哭啊，哭是要惹恼洞内神仙的。”

母亲从包袱里拿出火把点燃，火把立刻冒出一股黑烟，我看到广场四周的黑暗在节节败退，那些鬼魅般的影子在节节败退。

母亲说：“儿啊，到了天仙洞，娘就不能背你了，你在后面跟着娘走，记住了，千万不要哭，也不要东张西望，听到没？”

我懵懂地点点头。

母亲把火把立在一边，拉着我向洞窟磕头，母亲说，天仙洞里的各路神仙，我王凤芝今天过来给您磕头，我儿也过来给您磕头，磕完头，您要保佑我们娘俩一路平安，到达红螺寺，从红螺寺回来我们娘俩还要给你磕头、烧香。

说完，母亲拉着我在地上磕了三个响头。

有黑色的鸟儿扇着翅膀从头顶上的洞窟飞了起来，像是一群挣脱了束缚的幽灵，几乎是擦着我和母亲的头顶过去的，然后，直冲苍天。

“别怕，那是蝙蝠。”

我跟在母亲的身后摇晃着往洞里走，几次被突然飞起的蝙蝠吓到。每次有蝙蝠飞起，母亲跺下脚，说这些死蝙蝠，可真能拉。我不敢看脚下。我怕那些蝙蝠软成泥一样的蝙蝠屎，还怕踩到那些软软的盘成一团的蛇。大姐有一个老叔，一次进山踩药，不小心踩到了一卷盘起来的蛇上，吓得连拉带吐，回来后没几天就死去了。

母亲说过：“他们老吴家的人都该死。就是她老叔除外。她老叔没的时候还是个孩子呢。”

没人知道天仙洞到底有多深。我拉着母亲的衣襟走啊走，看着母亲被火把放大了的身影投映在四周嶙峋的石壁上，像个身材魁梧的勇士一样，勇猛、莽撞，我几乎是被母亲的衣襟拉着往前走，跌跌撞撞，唯恐被母亲丢下，被天仙洞无边无际的黑暗吞没。

母亲的火把已经换到了第二支了。母亲手里第二支的火把也快燃到了尽头。可天仙洞里仍然是一片无涯的黑暗。

天仙洞像个巨大的黑洞，我们越陷越深。我两条腿像陷入了黑色的泥沼，沉重得每迈出一步都要使出吃奶的力气。我绝望、无助、心怀巨大恐惧，我早不哭了，我想我可能快死了，我想死是什么呢？死就是可以不走了，死就是不累了，死就是可以闭上眼睛好好地睡一会……

就在我的手软得再也抓不住母亲衣襟的时候，母亲停下身，什么话也不说。她一手持火把，一手把我提将起来，往后背上一扔，像扔一袋轻飘飘的面粉。母亲进入天仙洞后像变成了另一个人，一个力大无比又英勇无畏的壮士。

天仙洞越走越深，也越走越远，远得好像过了无数个世纪，在母亲的后背上我很快睡了过去，再次醒过来时，我发现母亲的脚步慢了，呼吸变得越来越浊重，母亲手中的火把越来越小，而黑暗却像饥饿的野兽张开了血盆大口。

在转过一个弯道之后，一股阴风吹过，母亲手里的火把彻底熄灭了。

母亲一下子变成了惊慌失措的盲人，一时难以适应洞内的黑暗，左冲右撞，几次险些撞到洞内的崖壁上。

母亲说："儿啊，儿，别怕，火把是被风吹灭的，这说明天仙洞不是一个死葫芦头。"

母亲说完这句话后，双腿好像又充满了力量，再次迈开大步向深处走去。

母亲走得很稳，很坚定，也很豪迈。

迷迷糊糊中，我又睡着了。

我是被母亲用手摇醒的。醒来后，耳边听到的已经不是母亲风风火火的脚步声，听到的是风的声音，还有水声，没错，确实是水声，就像母亲把脚放入到河里时搅出的啵啵的声响。

母亲说："儿啊，你睁开眼睛，看看我们到了哪儿。"

睁开眼睛，我看到的还是一片黑暗。啵啵声犹在，我却什么也看不见。我又成了个瞎子吗，我之前是个哑巴，现在又成了个瞎子，想到这里，我突然悲从中来，哭声一下汹涌而出。

我的啼哭是那么响亮，犹如初生。奇怪的是，母亲并没有阻止我，她好像被眼前的什么东西震撼住了。

母亲说："儿啊，儿，快看，我们到了通天河了！"

我没有瞎，眼前确实有一条河，刚才啵啵的水声，已变成了哗哗的潮涌，尽管洞内黑暗，我还是感到了河的宽阔和河水拍打岸边发出的激烈声响。我发誓我还从来没见过这么黑的河和河水，这条河就像墨汁流成的，我感受到河水的力度，当又一波的河水冲刷岸边时，我感到了脚下土地的抖动。

这么宽的河水，我们怎么过去呢？母亲说过，还从没有人从通天河过去过呢。现在面对着这条河，我信了，不要说过河，就是万一失足落水，人也会很快从这个世界消失，到另外一个更黑暗的世界去。

母亲不知什么时候已经坐在地上，她拉着我一起坐在地上。她沉重的叹息，搅动着河水，哗哗的潮涌，变成了咚咚的撞击。我看到母亲的眼睛在流泪，硕大的泪珠闪烁着幽暗的光明。

"老天爷啊，快来救救我的儿子吧！"母亲发出愤怒的呼啸。

呼啸过后，河水冲击岸边的声音忽然变小，宽阔的黑暗之河上逐渐有了光。有条船在泛着波光的河面上越来越近，那是一条乌篷船，船前面的一条桅杆上，还挂着一盏锈迹斑斑的矿石灯。船在一点点靠岸，却看不见划船的人。只听到了一个苍老的男人声音：

“过河的，上船！”

母亲不由分说，抱着我跳上船。乌篷船在脚下抖了几抖，一个瘦长黝黑的老人从船舱里钻出来，背对着我们划起了双桨。

母亲说：“谢谢了好心人，我儿不会说话，不过，他很快就会说话了，从红螺寺回来他就会说话了，回来时还坐你的船，我儿会像我一样感谢你。”

母亲语无伦次，不知如何表达对老人的感谢。

老人没说话，双手上加了力气，乌篷船顿时像加足了马力的汽艇，飞快地向河的深处滑过去。

母亲由衷地说：“这船真快，像箭一样。”

船又快又稳，好像不是人用双手划出的一样。在船上，我们离水面是那么近。河水幽暗，荧光点点，像浩渺夜空中那些诡谲的星。河里的星星发出的却是绿色的光，我很想让母亲知道，让她也看看这些星星，我小心地伸出手去，想去把那些星星摘下来，可它们离我是那么遥远，就像天空和大地的距离。

母亲也看到了，眼里有孩子样的惊喜，她拉回我的手，伸出手，母亲总是那么幸运，伸出手，就够到了最亮的那颗星。

“别动它们，那会惊醒它们沉睡的灵魂！”

母亲倏然变色。她又伸向另一颗星星，星星反转成一块光滑的树枝，被母亲扔到船板上，母亲顽强地伸向第三颗发着绿光的星星，那棵星星再次变成了一截树枝的模样，出现在甲板上，她的身子被雷击了一样，一双手在瑟瑟抖动着，像风中的纸片。

我想把船舱里刚捞上的树枝拿起来看，母亲却吓着似地狠打了一下我的手。

老人转身，那截树枝已经被他拿到手里，他反复观看，突然嘿嘿地笑了，说这是王顺的骨头，又拿起一截，说这个是王珍的，还有这个，我也认得，是六队的刘英家的，她也死在这河里了。

母亲哆嗦着问："你是谁？"

老人回首看了眼母亲，苍老的声音像是带着被放大的回音："你好好看看我是谁！我是你公公！"

"不……不可能，我公公他早死了。"

"死人可以复活，活人也可以死去，有什么好奇怪的呢？"老人阴险而得意。

"不但我活着，你婆婆也活着，你大哥也活着，你小叔也活着，你丈夫也活着，我们一家人现在都活得好好的，就差你了！"

"你休想！老死鬼！"母亲突然站起了身："我一上船就听出了你的声音，恶毒，阴险，伪善，就像所有的吴家人一样……我第一次到你家就被你毒打，只因为我把粥给煮糊了；明知我从来没做过针线活，第二天你们就让我给你做一条棉裤，我做不好，婆婆就用锥子扎我大腿，让我差点成个瘸子；还有你那个不要脸的儿子，你们放着他好好的狱警不让当，却让他回四顷地种大萝卜，他种了两年大萝卜，萝卜没种好，却和后沟曹家女人种到了一起，被我发现后骂他骂得没脸了，就把自己吊死在梨树上……如今你死了，你死后既学人摆渡，就该懂得渡人才是善举，你快把我们娘两个送出天仙洞，不然，阎王爷会怪罪，菩萨也会反目，让你死不得安宁，永世不得托生。”

“我摆渡不是普度众生，是让和你一样的执迷不悟者死去，死在天仙洞的通天河里，只有你们死了，才会喂肥这河里的鱼儿，养育我们老吴家人——不过，我不会让你们死的，我要把你们带到岛上去，让你们活着，生不如死……”

乌篷船像被鬼推着一样向未知的深处疾走。

这时候，我才知道，老人原来是个死鬼。我原来就坐在一个死鬼身边。不知为什么，我并不感到特别害怕，只是闻到一股越来越浓重的腐朽臭气，那是一股令人窒息的臭气，再细看老人，发现老人裸露的胳膊腿上并没有活人的血肉，只是在发灰发暗的白骨之上，糊了一层厚厚的河泥，现在，老人骨殖上的臭泥块正纷纷脱落。

我和母亲被老人劫持到一个孤岛之上。岛看上去并不大，中央一颗枝叶婆娑的大树，那些树叶像是逼真的塑料裁剪而成，树下用树枝织成的篱笆墙围起一个院子，院子里有同样树枝搭成的小房子，小房子像家里的谷仓，圆形尖顶，枝叶遮覆。

篱笆墙和树枝都是发着绿光的骨头。

一个满脸横肉面相凶恶的老女人正在树下一个简易的锅灶前烧火，火苗发出淡绿色的光芒，一个血肉模糊好像刚从煤堆里爬出来的中年男人提着一副粗糙的渔网正朝外走，他走过我们时看了我们一眼，什么话也没说。一个长相俊美的中年男人坐在篱笆院内的一个小房子前吹口琴，他心无旁骛，专心演奏，样子迷人而又忧伤。我看到母亲瞪大了眼睛，继而又痛苦地闭上。我想他一定是传说中母亲的丈夫，他没伸出长长的紫黑的舌头吓我们，却在吹口琴，口琴声婉转动人。

那个低头烧火的老女人凶狠地看了我们一眼，嘴里开始嘟嘟囔囔。老人抖落身上的臭泥块，说："放心吧，他们逃不了，我这就把他们捆起来。"

母亲很淡定，老头捆她的时候，她不挣扎，甚至还抬头看了看树上的叶子，好像想分辨这是一种什么树。

母亲对我说："儿啊，儿，你知道这是什么树吗？这叫菩提树。"

血肉模糊的捕鱼人回来了，他手里提了几条活蹦乱跳的鱼儿，那些鱼，只有鱼的身子，却长着人的脑袋，脸上却是哀戚挣扎的表情。鱼被直接投入烧得滚沸的水中，我听到了几声撕心裂肺的人的尖叫，尔后归于平静。

母亲呕吐起来。母亲说："儿啊，你看到了吧，他们杀的不是鱼，是人，他们一家都是杀人不眨眼的魔王。"

母亲开始一个个指点给我看："这个老头，就是你姐她爷爷，他死了十年了，那个老婆是你姐的奶奶，她死了九年了，那个被砸得看不清面容的是你姐的大爷，他死得最早，十一年了，剩下的那个就是你姐他爸，他也死了六年了……怎么少了一个人呢？她老叔呢？他是老吴家心肠最好的人了，可惜命不好，被一条蛇吓死了……”

他们吃完饭，看都不看我们，就一个个消失在两间小房里。过了会，我再次听到了忧伤的口琴声，那口琴声响了很久，我听着口琴声睡着了。

再次醒来的时候，听到母亲在说话：“是志俊吗……我是你嫂子啊……我是去红螺寺给你侄儿治病……你行行好，放过我们吧，想想那些年我一把屎一把尿拉扯你……”

我睁开眼，却看不到那个叫志俊人，也听不到他的说话声，但过了会，我感到自己被捆绑的手脚解脱了，母亲被捆绑的手脚也解脱了。

我们走出白骨做成的篱笆院，走到岸边，上了乌篷船。

我们刚上船，那船就飞快地跑起来，像是有一种神秘的力量在后面猛推。

我的耳边都是呼呼的风声，我看不到水面，也看不到来时那些点着绿眼睛的骨殖，随着母亲的一声惊呼，我看到一线光越来越强，越来越大。脚下的乌篷船突然剧烈抖动起来，紧接着我们就被一阵风浪打翻在水里。

醒来后，我已湿漉漉地躺在地上，身边同样是湿漉漉的母亲，离我们百米之外，是一个比天仙洞要大无数倍的山洞，四周芳草凄美，树木琳琅。母亲哭了起来。

“娘，娘，你哭什么？”

“你说什么，儿，你再说一遍！”

“娘，娘，你哭什么？你别哭。”

“天啊，我儿，你的病好了，你会说话了，你真的会说话了！”

我就这样会说话了？我高兴起来，抖了抖身上的水珠站起身，我感到双腿再不像过去那样软弱无力了，我的两条腿站得笔直，看到这样的腿，我笑了，好像是要故意试验一下这两条腿的功能一样，我开始跑起来，顺着河边的小路往前奔跑，感觉脚下越来越有力，脚步声一路欢歌笑语，母亲也跟着我跑了起来，她的笑声清脆、欢快，像来自天国。

梨花二章

整个平安庄就像汪洋大海中的一座孤岛。木白的新“家”就在这孤岛之上。

一年前的夏天，木白的父亲突然死了。在医院里，脑袋一歪就死掉了。那时木白正坐在父亲的病床前，努力开着一瓶罐头。那是父亲最爱吃的桃罐头。桃罐头封闭非常严实，木白龇牙咧嘴使了半天劲，也没打开。木白知道，自己和桃罐头较劲时，父亲就一直靠在病床前，笑眯眯地看着他。样子一点不像有病，更没有一点要死的征兆。笑眯眯的怎么会死呢？木白没打开桃罐头，有点不好意思地看了一眼父亲，就一眼，木白就失声惊叫起来。他看到原来一直靠着床头微笑的父亲，此刻，头已经沉重地耷拉下来，一串从嘴角流出的涎水正被透过玻璃的阳光照耀着，一闪一闪发着光。

父亲过世不久，母亲决定改嫁。改嫁前，母亲征询了木白的意见。母亲只有他一个儿子，他的小名叫柏儿。母亲说：“柏儿，我们搬走吧？我们离开这个穷山沟，搬到一个大地方去，那里到处都是厂房，到处都是平原，平原的坡地上到处都是桃树，那些桃树一到春天就开花，花开得漫天遍野，桃花谢后，桃树上就结满了桃子，那是你爸和你都爱吃的桃子，你爸在医院里吃的桃子罐头就是那里的桃子做的。一到那时候，那里的村庄连空气中都是这种好闻的桃子的味道……”

母亲这样描述他们即将到达的村庄，说得花言巧语，天花乱坠。木白不知怎样回答母亲。他愣愣地看着她，看着看着，眼泪就成串成串地掉了下来。木白知道，父亲生前和母亲恩爱，可现在，父亲尸骨未寒，母亲怎么就要远走他乡？他想不通，头越来越痛，后来就在床上迷迷糊糊地睡着了，睡梦中，他听到母亲越来越沉重的叹息声，听到母亲在和父亲说话，父亲不知什么时候已经从坟地里回来了，正躺在床上吧嗒吧嗒抽旱烟，他们说话的声音真好听，就像是唱歌，可那歌声却让人流泪。和父亲说了很长很长的话后，母亲开始叫自己的名字，母亲说，“柏儿啊，柏儿……你爸都答应了，你还不答应？我们，还不是为了你？”

差不多坐了一整天的车，他们在某个黄昏顺利到达平安庄。那时的平安庄笼罩在一片混沌的雾气之中。在四顷地，黄昏曾是木白一天中最喜欢的时刻：倦鸟归林，夕阳西下，沉寂下来的大山有着惊心动魄的辉煌。很多日子里，四顷地黄昏中的落日不是红的，不是蛋黄色，而是蓝色的。蓝色的太阳，挂在西面笔架山的凹口处，一点点跳跃下去……而平安庄的黄昏却迷失在一片大雾之中，大雾中的平原深邃得就像一片海，而平安庄就像大海中的一座神秘孤岛。仿佛，木白他们不是坐敞篷汽车过来的，而是坐在一艘颠簸的木船之上。巨大的木船首尾微微翘起。船上还有一根高高的白色桅杆。桅杆上没有帆，也没有旗子，却有两个灰色大喇叭，像开在不同方向的两朵大大的喇叭花。

整整三个月，除了他们到达的那天晚上，木白曾在一片乱哄哄的吵闹中一个人悄悄溜出大门，走出小巷，到大雾之中的村口不辨东西南北地转了转。剩下的三个月里，他连院子都没出去过。他从一开始的陌生、孤独慢慢发展成自我封闭，到后来甚至患上了“出去”恐惧症，虽然他时刻盼着一个走出去的机会，但又对即将到来的那个机会充满恐惧。

新家院子很大。靠北是一溜四间的房屋，房屋青砖灰瓦，黑黝黝，矮趴趴的，看上去至少有一百年历史。院西，从南到北依次是茅房、猪圈和一间盛杂物的厢房；院东则是三棵树，一棵栽在大门口，是棵椿树，他们刚来时，椿树上的叶子还能摇出一种金属的脆响；剩下的两棵都栽在东屋的窗前，左边一棵是梨树，右边一棵也是梨树。两棵梨树都很年轻，虽然年轻，开花时节一样根深叶茂，气派非凡，也就更衬得这院子的古旧和破败。虽然因为他们的到来，老屋的玻璃窗子上贴了窗花，门上也粘了簇新的对联，可那种衰败的气息还是不可避免地从那几间屋子的缝隙向外弥漫。

木白对老屋有一种深深的隔膜感，却又无端地喜欢这个大院落，喜欢能奏出金属质地音乐的椿树和那两棵年轻的梨树。他甚至为那两棵梨树写出了一篇文章:《梨花二章》。他是这样描写他见到或仅仅是想到的梨花的:

《月下梨花》：

院子是老院，宅子亦是老宅。古老的宅院里却长着两棵年轻的树。两棵都是梨树。每年每年，这两棵树花开花落地重复着，生活在宅院里的人便从没感到过日子的漫长和寂寥。

月华如水的夜晚，一个人，静静地立于树下，鼻息里且有细细的馨香，静谧极了。梨花于月下静默，开得纯洁而又坦荡，热烈而不乏含蓄。月下梨花躲开了白日里嘤嘤蜂鸣，沉浸到夜晚的宁静中，变得十分安详。

在月光下沐浴，想或不想，做与不做，都该是种博大的幸福。人是不如梨花的，名车利马、锦簇花团，活得疲惫而又疲惫。梨花却永远超然淡泊，是优雅的散文也是清新的诗句。花有永久的生命，谢了尚能开；人却只有一次成熟的花期，错过了，就再没有辉煌的时日。

没有风，也没有随风左右的招摇。

月下梨花朦胧妩媚，一脉纯真，圣洁如刚出浴的处子。

《夜雨梨花》：

那一场雨，竟催绽了一树梨花。梨花洁白如玉，被雨淋过，在灯下显得晶莹剔透。

雨白天下，夜晚也下：梨花却只在有雨的夜晚开。仿佛有约在先，又仿佛一切出于自然。雨下得畅快、淋漓，梨花开得真实、生动。夜雨梨花不虚饰白昼，更不媚俗世人。它们选择在细雨轻风的背景下，悄悄地开放，纯洁、坦诚而又执著。它们不学昙花。花开即落，一晚的辉煌后，再也无声无息。梨花却固守着自己的花期，一天也好，两天也好，十天半月也好，总是那么善于等待，等待这有雨的夜晚绽出一树高洁，一树美丽！

雨是随风赶来的，偏偏遇上梨花竞开的日子；梨花是如期开放的，恰恰遭遇了这抒情的小雨！一切的偶然都可能是必然，所有的必然也可能只出于偶然。雨偶然飘落，梨花必然开放；或梨花偶然开放，雨必然飘落。都那么顺理成章！那雨、那梨花，那浓浓的诗情、淡淡的画意，顺手拈来，自然偶合，就是美，就是艺术，就是灵感！

木白大多数时间是坐在梨树下的一个小矮凳上读书。他来时带了一小木箱的书，那是他所有的家产。他没有别的事情可以干。他也只能在外面看看书。他不喜欢屋里的那个家。他总觉得那不是自己的家。他总觉得这个家很古怪。在这个家，他无端地多出一个“爸爸”和一个“奶奶”来。他得管那个长得满脸沟壑，样子很像电影演员魏宗万的男人叫“爸爸”。管那个终日坐在炕头上打瞌睡的肥胖阴郁的老太太叫“奶奶”。“奶奶”至少有一百岁了，她臃肿粗壮，满脸横肉，还有满脸深不可测的麻子。她从来不笑，很少说话，睡觉时都睁着那双绿豆般大小的眼睛，那眼睛就像从一堆肥肉中挣扎着挤出来似的。她还打呼噜，用嘴不停地“噗噗”地吹气！更可怕的是，木白要和她一起睡东屋。夜深人静，“奶奶”睁着眼“噗噗”吹气的时候，木白只好绝望地盯着纸糊的顶棚，等待着成群结队的老鼠们在里面交欢取乐，排兵布阵大阅兵……

木白就是那时学会倾听更多的声音的。

其实他能听到的声音不多，除了电视，就是“爸爸”、“奶奶”和母亲的，而“爸爸”和“奶奶”又几乎都是会说话的哑巴。“爸爸”除了吃饭和睡觉，几乎天天忙在麦地、桃地里，每天进院子都先拍打身上的土，把个院子拍打得甚嚣尘上；骄傲地拍打掉身上的土后，他会哼着几句评戏先到东屋看“奶奶”。很孝顺。“奶奶”威严地坐在炕尖上，脸上看不出高兴还是不高兴。“爸爸”有了母亲后，好像也不管“奶奶”高兴不高兴了。他兴头很足，很快从东屋出来，到堂屋和忙活饭菜的母亲跟前去说悄悄话了。这时“奶奶”嘴里就发出一种野兽就餐前那种呜鲁呜鲁的声响，还用肥厚的大手使劲拍打着炕席以示抗议。“爸爸”和“奶奶”一样，说一口很浓重很怪的土话，听上去十分别扭。每次听到他们说话，木白都想打喷嚏。

木白喜欢听母亲说话。母亲说一口带京腔的普通话。

母亲的娘家在京城。母亲的父亲曾是解放军的高官。但木白从来没见过母亲的家人，只在一张照片中看到过，母亲一家人都有一双大而明亮的眼睛，也都很严肃。从木白记事起，母亲就很少回娘家，也从来没见过娘家人来四顷地看母亲。母亲好像一嫁到四顷地，就和京城的一切切断了联系，唯有她那口地道的京腔多年来依然不改。母亲的身世很神秘。

木白就这样把自己圈在院子里，像关在孤岛上的一个囚徒。不过，他心甘情愿成为这样一个囚徒。囚徒有什么不好呢？他知道，他只是暂时地幸福地囚禁着自己，用不了多久，他就得出去了。他已经在这里整整待三个月了。这三个月里，“奶奶”用手掌拍打炕席的声音越来越响，而炕席里隐匿的尘土狼烟像幽灵一样飞满整间屋子；“奶奶”睡觉时的呼噜和吹气声也越来越大，有时候简直像猛兽的凄厉呼哨；“爸爸”则不停地“开导”他，试图说服他去建筑队或者工厂做工，说等木白一工作，他就给木白买一辆新的凤凰大链套的自行车，而等木白在外面挣够两年钱了，他还准备把这几间房子重新翻盖……

木白听着听着，就开始走神。他的耳朵好像竖起来了，他竖起来的耳朵其实想听到点别的什么声音。那是母亲的声音吗？母亲的意思是先让“柏儿”待一阵，“他还不到 17 岁呢！”“到建筑队或厂子里，就说自己是 18 岁，没人查他的户口，何况，你们的户口还没过来呢。”父亲狡黠地说。然后把一口浓痰直接啐在砖地上，用穿了布鞋的脚上去碾了。母亲说：“你说好我们过来户口就给办过来的。还答应把柏儿送到镇上中学去读书……”然后是父亲急赤白脸的解释。一场小小的争执就要因木白而起了，这时候他就悄悄地出来了，走到大梨树下，然后捧起一本书专心来读。他一点不怨母亲，因为他的户口确实还没办过来，没有户口，读书又有什么用呢？何况，他现在每天都在“读书”，他已经读过一本又一本的书了。不过，只有他自己知道，他读的都是些什么书，想到这里，他也狡黠地笑了。过了会，屋里的争吵消失了，木白的耳朵再次竖起来，他想听到的是头顶梨树上发出的声音，树叶子的私语声，蜜蜂的嘤嘤嗡嗡声，以及花开时的嘶嘶声，那些声音挣扎着又蜂拥着往上面挤，一直挤到天上去了。

后来，木白家的院子里的声音开始驳杂起来，家里有亲戚和朋友来走动了，有时候是“姑姑”，有时候是“表姑”，有时候是戴着眼镜在一所中学教书的“表哥”，来得最多的是前院的“大妈”和一个厨子。

厨子是个很奇怪的人，他据说是平安庄唯一在县上饭店上班的人，长得猥琐瘦小，说起话来却语气磅礴，慷慨激昂，有一段时间他几乎每天都来，在黄昏时分，每次来时手里都要拎着一个袋子，袋子里是他特意带过来的饭店里剩下的“拆骨肉”，然后他坐在东屋的炕上，和“爸爸”一起抽烟，一袋烟抽完，他就开始不管不顾地兀自说起来话来了。他一说能说上好几个小时。那几个小时里，他就坐在那里不停地说，不停地说，像一个蹩脚却特别酷爱演讲的演员。在厨子说的时候，“爸爸”就不停地点头不停地抽烟，然后那些烟就把整个屋子缭绕得烟雾腾腾辛辣无比，在外面看过去就像屋里刚发生了火灾。

事实上，那个猥琐的厨子的高谈阔论是十分具有杀伤力的，尤其对于对声音特别敏感的木白而言。木白很快就被这种别扭的土话的轮番袭击打得晕头转向了，他虽然在另一个屋里看着书，可全然记不得书上都写了些什么，他只好跑到西边最里面那个小套间，用一条被子把自己的脑袋裹起来。那些天他就是这样过来的，他读书，睡觉，为了避免厨子的噪音，他还要冒着把自己捂死的危险在被子里呼吸。

就是那几天，木白感到了自己的苍老。苍老是一瞬间到来的，然后，他听到了自己头发和胡子疯狂生长的声音，他有时用手摸一把下巴，感觉下巴上的胡子已经硬得像被大火燎过的地上的麦茬。他的眼神也越来越不济，看书时书上的字会突然变成双行，方块字也模糊得像蝌蚪文。木白担心自己的耳朵也会受到影响以至失聪，就拼命谛听他所能听到的响动，只是，他自动过滤了那种让他为之发狂的厨子的土话。

后来，木白就听到了一种声音，一种让他为之一振的声音。

他认真辨别着声音过来的方位，他感到自己竖起耳朵在不停生长，很快就从支起来的窗户里钻了出去，从两棵年轻的梨树的缝隙间钻了出去。然后他找到了声音的来源，没错，就是那个大雾的黄昏他看到的那像喇叭花一样开在桅杆上的两个灰色喇叭。那桅杆呢其实就是平安庄最高的建筑，那建筑也很特别，既像大烟囱又像水塔，两个灰色的老式喇叭背靠背、威风八面地立在上面。

那个雾气缭绕的黄昏再次走进木白的记忆。不知为什么，这种发现让木白有了一种不祥的预感，好像那张开的巨大的喇叭，像猛兽张开的血盆大嘴，又好像那喇叭像是两个巨大的陷阱或吸盘。这种莫名的联想让他灰心，也引起他跃跃欲试的探求欲望。

在这个没有起雾的黄昏，木白听到了一种特别的声音。声音是从那两个张着大嘴的灰色喇叭发出来的，就像鲜艳的蘑菇总是从腐朽的烂松叶上长出来。木白听了很长时间，他终于听明白了。那声音是在招呼一个个陌生的名字，然后叫他们到广播室去。那是一种极柔极美极动人的声音。木白认真地听着，不肯落下一个字。那分明是一个少女的声音，说的是标准的普通话，很美。不像本地人。本地人浓重的土话和地方口音让木白很不舒服。

广播过了一阵就沉寂了，可木白耳朵里的那个声音却经久不息。木白有意把这种声音和他听来的许多熟悉的声音分析比较，包括母亲的，电视解说员的，甚至中央人民广播电台的，分析之后，木白发现，他听到的声音竟比中央人民广播电台的女播音还要标准，而且有过之而无不及，更让木白惊异的是，他听到的声音很像一部电视里播放过的外国电影里女主角的配音。

木白一改往日淡淡的忧伤和精神疲沓，情绪高涨，读书的速度明显加快，记忆力也变得非常之强，书里的每个微小细节他都能记得一清二楚。毫无疑问他得益于之后每天不绝于耳的声音。太神奇了！木白常常放下书听着那声音发呆，并借助那声音对村里的播音员进行一番合理想象：一定很漂亮；有一个玲珑小巧轮廓优美的小嘴（那天籁般的动人的声音就是从那里发出来的），有一双大大的眼睛，有一头乌黑蓬松的长发，而且没有男朋友。

我没准儿会爱上她，木白不好意思地想，因为我还没有女朋友。我还从来没有过女朋友呢。如果因为他没有女朋友女播音员就瞧不起他，那就大错特错了。他想大着胆子告诉她：我之所以到 17 岁了还没个女朋友并不是我长得不好看有生理缺陷而是所有与我说话的女孩子的声音都提不起我丝毫的兴趣与之产生共鸣。

这种浪漫的遐想填充了木白闭门索居的许多空白。他在后来的日子里莫名其妙地兴奋着，鼓舞着，一点也不畏惧未来到底有多坎坷有多风险，他开始有计划地看书，那些计划之内的书不几天就超额完成任务而且实际看起来效果颇佳。他想即便日后自己真的找不到工作也没关系的。他完全可以去当个作家。

木白想，说不定几个月后，整个平安庄的人就会发现，待在这个院子里从不出门的家伙原来是个作家呢！作家坐在家里就行了，当然用不着出门了！

想到这里，木白迅速行动起来，他找到自己写在一个硬皮本子里的他唯一的作品:《梨花二章》。工工整整地誊写在绿方格的稿纸上，然后他找到那张村里免费发放给每家每户的市郊小报，在最后一版副刊的右下角他找到了报社地址，他把写好的稿子放进信封，粘好封口，贴上邮票，然后交给了每天去小市场卖果子的母亲，让她帮他寄了出去。

木白觉得最可怜的是母亲，他和母亲相依为命来到这里，他烦闷时还可以看看书，母亲烦闷了又怎么办呢？连个说话的人都没有。看得出来，母亲并不喜欢“爸爸”，母亲和“爸爸”住在一起或许真的是为“柏儿”吧，把柏儿从那条叫四顷地的山沟带出来，带到一个桃花盛开的地方，带到一个可以天天吃桃子罐头的家里。可木白看出来了，母亲其实并不喜欢这里，也不喜欢“爸爸”。为给自己找到了一个营生，她自己到市场上兑果子到集镇上去卖。木白那些天沉浸在兴奋之中，常常忽略母亲是什么时候走的，中午是不是回来过，只记得黄昏接近时，母亲挎着篮子回来时的落寞身影。

多亏有个前院的“大妈”。“大妈”是个小脚，还是个驼背，木白记住了她每次弯着腰从那棵椿树下经过的样子。和别人不同的是，大妈虽然也说一口土话，听上去并不特别别扭。她从来不进木白住的东屋，因为那个“老东西”就住在那里，大妈每次来都是坐在院子里和母亲说悄悄话。

大妈总是用这样一句话开头：“柏儿妈啊，你可不知道我那些年遭的那些罪……”

在大妈的倾诉中，这个家，简直就是个虎狼之地：阴险刁钻的婆婆，狠毒凶狠的公公，因为做饭晚了而打向自己的烧火棍，烧火棍一打三折；还有婆婆每天像防贼一样的监视，每天检查是不是多费了煤油，是不是偷着给自己的儿女藏下了好吃的……

木白听着大妈的倾诉常常忘了拿在手中的书和书中那些故事。一次，大妈说起她年轻时候的事，说她在村东的棉花地干活，每到下午太阳快落上的时候，抬起头都会发现离自家棉花地几十米外的一棵梨树下站着的穿白衣的女人，白衣女人每次“见她”，都背对着她忧伤地哭泣。大妈知道这个白衣女人是吊死在那棵大梨树下的女鬼，不过，她并不害怕这个女鬼，她觉得女鬼是个好心肠的人，因为女鬼害怕自己的样子吓到她，所以才一直背对着她。

大妈说她已经和这个女鬼认识 20 多年了，她最后一次见她是在五天前，女鬼还是穿了件白衣，不过，女鬼已经明显老了，原来黑如墨染头发已夹杂了很多白发，过去直溜溜的肩背也佝偻下去。事实上，大妈已经和女鬼成了很好的姐妹。女鬼从不说话，只知道远远的背对着她哭。时间长了，大妈也就远远地和女鬼聊聊家里的琐事，说自己的男人姓张，人怎么笨，怎么老实，说自己的饭做得晚一点公公就用烧火棍打她，饭做得多了少了，晚上纺线煤油用多了，婆婆就用纳鞋底子的锥子扎她，扎得她身上鲜血直流，公公婆婆每天让她不停地干活，地里的活家里的活炕上的活炕下的活，以至三十岁不到就累成了个驼背。

大妈说到这里，再次流下了眼泪。

大妈说，她当时只想找个人倾诉一番，哪怕这个人是个不会说话的“鬼”，可她没想到，这个鬼会在不久之后的一个晚上来给她托梦。她在梦里对大妈说，咱们姐妹都是天底下最可怜人啊，我们嫁的是同一个人家，有同样的公公婆婆，甚至结婚的对象都是同一个男人。大妈就吓傻了，说怎么可能是同一个男人呢？我嫁过来时，我男人还没结婚，他还不到 18 岁，一直在口外干活。女鬼就说，她说的句句可都是真的，如果不信，就等男人回来了好好去问问他，看他怎么说。

母亲就问大妈后来问没问过他大爷。大妈就诡秘地笑了，说自然要问了，不过一开始他还死活不承认，后来是我逼着他，不给他饭吃，不和他睡觉，他后来熬不住才终于说了实话，说他确实说过这么个女人，不过他那时还很小，16 岁多就被父母私订了终身结婚了，结婚不到十天就到口外去谋生了，后来他就听说那个他还不怎么熟悉的“女人”就把自己吊在大梨树上了。我问他为什么不承认，他说父母说自己的女人年轻轻就横死，不吉利，让他不要对外说，外面的人问起也不要说。其实这也怨不得他，要怨就得怨屋里的。他那时怕那两个老东西，怕得啥似的。大妈声音再次小下来，她用手指了指东屋的窗户。我当时气不过，她整治了我一辈子，把我整治得这么苦，差一点也随那个女人一样寻了短见，可后来想到自己的一双儿女，就忍下了。我想一定是她害了那女人，也害了孩子他二叔，因为有这样的父母，他才大半辈子找不到个女人，谁家有女儿会嫁给这样魔鬼一样的公婆呢？她们以为这事能瞒得住，可这事就像是一场火，纸能包得住火吗？我想这件事说出来，她一定会抵赖，会死活不承认，那时，我就要把这女人托梦的事拿出来好好问问她，吓吓她，看她怎么说……没想到，我过去一问，老东西居然就承认了，老东西还说："她那是自己找死。活该！"

大妈说到这里，木白母亲身体就抖了起来，像梨树上的叶子一样抖了起来。大妈说，你别怕，柏儿妈，你现在不用怕她了，老东西太老了。再也拿不动锥子去扎人了。

这个故事讲完，有一天，大妈再次坐在耳房前面，和母亲讲故事。她这次讲的故事不是鬼故事，可听上去却那么古老和惨烈，故事说的是"文革"时候的事，一个北京下放知青到平安庄，因为模样漂亮，嗓音出众，被大队支书安排到村广播室当广播员，后来这个广播员就和村支书的儿子结婚了，婚后还生了一个漂亮的小姑娘。

大妈说，我还是第一次听到北京人用普通话广播。从广播里传出来的声音真是美极了。大妈又问木白母亲，说听你声音你也是个老北京人吧，说话和那个北京知青一个味，要不我喜欢过来和你聊天呢？怎么就跑到了那么远的山沟里？怎么又改嫁到了这里呢？母亲脸色平静，说这都是命，咱不说了，你还说那知青吧，她后来怎么样了，是又回北京了，还是在这里扎下根了？大妈说，要是在这里扎下根就好了，那姑娘学什么像什么，她有时候还故意学着和平安庄的人一样说话，说得和他们一模一样，我们都以为她学这里说话是不想回北京了，因为她嫁给了书记的儿子嘛，还有了一个四五岁的小姑娘，可谁知有一天，城里落实知青的政策下来了，那个知青又能回去了。大妈说她要是真回去就好了，也就不会发生后来的事情了。

母亲就问，后来又发生什么事情了呢？大妈的声音就又小了下来，眼睛东看西看，看到木白这里，她说这孩子怎么就知道天天看书啊。母亲就说，他啊，早晚得把自己看痴了傻了，他除了看书什么都不会。木白听到她们在说自己了，也放下书，凑过来，说大妈，你快说说那个北京知青吧，她后来怎么样了？

大妈就笑了说，原来你也听着呢，那个知青都定下要回北京了，可谁知就在要回北京的头天晚上，平安庄发生了一件怪事，广播室烧起了一场大火，那场大火那叫个吓人啊，火苗子窜起有好几座房子高，全平安庄的人都跑来看那场大火了……我是到那里才听说的，北京知青和她女儿都在广播室里，知青人都烧成糊炭了，模样都看不出来了，可怜啊……更可怜的是那个小姑娘，那么小，只四五岁，被人抱出来时，据说还有一口气，头发上新扎的蝴蝶结红艳艳的完好无损，可就在准备送医院的时候，那孩子也断气了。

木白和母亲几乎听傻了，母亲一个劲地说，怎么就着了火呢，怎么就着了火呢？大妈的声音就更低下来，说那是有人故意放的火呢。那天知青带着自己的女儿在广播室值班，想要在平安庄站好最后一班岗，谁知就被人放了火。放火也就罢了，放火前，广播室的门还被故意上了锁，不然，火一起，人是可以逃出来的。这是杀人灭口啊。后来事情就闹大了，北京都来人了，案子不久就破了，放火的人竟是书记儿子，是他把自己的老婆和孩子一块给活活烧死了！书记儿子不久就给毙了，书记也受了连累当不成支书了，书记不当支书后，很快人就油魔了，整天大街上胡说那个死去的小姑娘是他闺女，她辫子上的那个红蝴蝶结还是他给买的系的呢！没几年，这人也死了……

这时候，村子上空的广播喇叭又开始喊人的名字，木白又竖起了耳朵，他一时还没从那故事里缓过劲来，等那个声音消失后，木白问大妈，您说的那个知青广播员就是用这样的口音广播的吗？大妈撇撇嘴，说她怎么能和那个知青比呢！她说的就是平安庄的一口道地的土话，那个知青的普通话才好听。木白以为大妈听错了，就说，怎么是土话呢，一点不带这里的口音，很标准，很好听。大妈站起身来说，现在这个广播员就是平安庄的人，这里的人念多少年书，走多远，也改不掉一口土话。

大妈的话，让木白困惑了好几天。他可以肯定自己听到的声音差不了。难道大妈听到的不是同一个人的声音？

母亲的一句话，似乎打开了他心中的困惑，母亲说，在你大妈面前不要东问西问的，尤其不要问广播员。木白问为什么。母亲就告诉她，大妈的女儿高中毕业后，曾特别想当村广播员，可后来那广播员却让村长的侄女当了。

木白很快释然了。他仍旧沉浸在自己的想象中，大妈讲了那个故事后，他还特别想到村广播室去看一看，找一找当年大火之后的痕迹，他想亲眼看一看，现在的广播员到底长什么样？这个念头鼓动着他，让他坐卧不安。每天晚上，他先是听厨子唾沫横飞地说，然后又厌恶地听那个魔鬼一样的老女人噗噗地吹气，他都烦死了！他最喜欢的是半夜时分，那时候“奶奶”的吹气声小了下去，而漆黑的房顶上，却全是他想象中的广播员的样子：很漂亮；有一个玲珑小巧轮廓优美的小嘴（那天籁般的动人的声音就是从那里发出来的），有一双大大的眼睛，有一头乌黑蓬松的长发，而且没有男朋友……

我没准儿会爱上她，木白不好意思地想，因为我还没有女朋友。我还从来没有过女朋友呢。如果因为他没有女朋友女播音员就瞧不起他，那就大错特错了。他想大着胆子告诉她：我之所以到17岁了还没个女朋友并不是我长得不好看有生理缺陷而是所有与我说话的女孩子的声音都提不起我丝毫的兴趣与之产生共鸣……他就这样和她对着话，眼看着她惊恐地瞪大了眼，紧接着就是熊熊燃烧的大火……木白惊悸着醒来后，发现自己的身子全被汗水打湿了。

机会终于来了。

那天的黄昏，平安庄再次被一场大雾湮灭，就在大雾弥漫之时，村里的广播喇叭却传来让木白为之一振的声音。那声音在喊木白的名字。开始，他还以为是自己听错了，在重复三遍过后才确认无疑，那名字就是木白，木白就是那名字——简单而俗气的“赵柏”——那声音告诉他要他去村广播室拿信，那儿有他的一封信。

木白很奇怪，谁会想到给自己写信呢？他在外面没一个可以给他来信的朋友。广播喇叭里诱人的声音还在响着，木白再也坐不住了，三个多月后，木白终于在一个大雾弥漫的黄昏走出了那个院子，经过那棵椿树时他再次听到椿树叶子发出的有着金属质地的响声，那就像来自天国的声音，那么空灵，那么近，而又那么遥远。大雾弥漫，广播喇叭里的声音却不曾间断，木白凭着那不曾间断的声音径直走到村广播室。广播室的门打开着，一盏昏黄的灯下，一个女人背对着他坐在一把椅子上。木白痴迷地盯着那背影，愣了足有好几分钟，然后他极有礼貌地敲响了门板：“小……姐，我可以进来吗？”

她蓦地转头，目光碰撞的刹那，木白十二分惊异地看到她竟然和自己之前想象的一模一样，纤毫不差。他惊叹于这奇迹般的巧合。他望着她，结结巴巴地说：“我，我是拿信的。”

她仍然盯着木白看，过了好久，才用手指了指桌子。桌上有一沓信。在最底层，木白找到了属于自己的那封，木白拿到信后就随便地揣在了兜里，随便得就像把一块用脏了手帕揣在了兜里。他根本没看那信是哪儿来的，他觉得究竟是谁给他来了一封信并不重要，重要的是他见到自己朝思墓想的人，这就足够了。

木白有种强烈的欲望，就是和她、和这位女人说说话，他多么想再一次听到她的声音啊！他多么想告诉她，这三个月来，是她的声音一直在陪伴他并重建了他关于新生活的自信，他多么想告诉她，是她的声音培养他的想象，而他的想象和现实又是多么合拍！简直就是个奇迹！

“请问，你是哪个广播学院毕业的吧，你怎么说这样一口流利动听的普通话，真像……”天哪！木白说出口竟是这样一个蹩脚的理由，更重要的是他把已经到了嘴边的那部电影和那个女主演的名字一股脑全忘了。可是越是这样他越控制不住地想说下去的愿望：“你们可真像……你说这样一口流利动听的普通话，你一定是哪个广播学院毕业的，还有，你这样年轻这样漂亮……如果你能原谅我的唐突，我想冒昧地问一下，你是不是还没有男朋友……”木白词不达意地乱说一气了，就像一杆走火的猎枪朝莫名的虚空中通通通乱放了一通，可木白真的停不下来，真的不想停下来。他就想说，还要说。可这时候木白看到他面前的那张美丽的脸正在急剧地变化着，她漂亮的大眼睛放射出熠熠的光彩，然后他看到她那优美绝伦的小嘴在微微张合。那一刻木白幸福得简直要晕过去了。上帝！他想，上帝啊，他想，万能的上帝啊，他又想。她这是要和我说话了吗？我又要亲耳听到那美妙的声音了。

“呐（你），粗（出），切（去），给额（我）——轱辘（滚）粗（出）切（去）……”那嘴里迸出的竟然是这样一串与本地人丝毫不差的粗野得使人别扭让人不舒服的声音。木白目瞪口呆，当他从她那漂亮的小口判断出她真的在用这样一口土语说话的时候，木白简直成了傻子，呆若木鸡。

“臭流氓……再不出去，我就喊人了！”她柳眉倒竖，杏眼圆睁，猛地从椅子上站了起来。

外面与此同时传来一声惊呼：“妈妈！”一个四五岁、扎着火红的蝴蝶结的小姑娘像一个长了翅膀的小天使突然闪到屋里。

“妈妈，你怎么了，快说啊，你怎么了？”天哪，这竟是她的女儿！她女儿的声音与这女人的声音竟是完全不同，竟是木白从那大喇叭里听来的地地道道的声音。

女孩头顶上的蝴蝶结在灯光下一闪，木白突然被巨大的恐惧击中了，两种杂乱的声音在这屋子里迅速膨胀。木白几乎失去了听觉，他转身落荒而逃了。

又过了一个月，木白的《梨花二章》在那张市郊小报上发了出来。

一个有雾的黄昏，村里的广播喇叭念着“木白”的名字，让他到广播室去拿信。不过，广播里传出的是一个完全陌生的声音，那声音是平安庄人再熟悉不过的当地土话，从那土话中，你无法分辨坐在广播室里的人究竟是个老头还是个年轻女人。广播喇叭一连喊了三天“木白”的名字，一直没人去拿。后来还是母亲突然拍了下脑门，她含着眼泪说，这可能是柏儿的信呢……她那个像魏宗万的丈夫才带着一身尘土去广播室把那封信拿回来了。

这时候距木白离家已经整整过去了一个月。

谁都不知道他去哪儿了。木白在那个大雾弥漫的黄昏走出院子后就再没回来，就像迷失在大雾中了一样。

下编

Medium volume

中篇小说卷

火车与匕首

1

上午九点半，早晨的雾气还没有完全消退，学校的操场上像刚下过雨一样，湿漉漉的。天空被一层灰蒙蒙的东西笼罩，分不清是薄云还是浓雾。高一（3）班的新生面孔也显得灰蒙蒙的，他们懒洋洋地列开队形。前面的女生身子一律胖乎乎的，身形笨拙，像是一群在海滩漫步的企鹅。后面调皮的男生忍不住先笑出了声。体育老师严厉地看了他们一眼，笑声虽止了，身体动作却暴露了他们的心不在焉和随意懈怠。这个班的课间操真是太不像样了。体育老师的脸上一副恨铁不成钢的表情。

旁边有几个高年级的同学在看热闹。他们或勾肩搭背，或抱着膀子，歪着身子。小巴站在全班的队形中间，一边做操一边看外面那几个人，他们看自己班的同学样子像是看耍猴，这让小巴心里很不是舒服。他们凭什么这样看我们？他们有什么权利嘲笑我们？他们为什么不老老实实待在自己班里？他们究竟想干什么？小巴看着外面那几个吊儿郎当的小子，恨不得上前每人踢他们一脚。

还真就有人踢了他们，不过，踢他们的不是小巴。小巴虽然内心冲动得厉害，可还是规规矩矩地待在自己该待的地方，胳膊腿伸展得很老实。因为老实看上去更像漫不经心。踢他们的人是个大个子男生，兰志勇。学校里很多人都叫他勇子或勇哥。

小巴没看到兰志勇是从什么地方过来的，却清楚地看到他过来后就像踢皮球一样照那几个人每人的大腿或屁股都踢了一脚，被踢的那几个人不但没恼，还利马收敛起脸上嬉皮笑脸，做出一副恭顺的样子。

兰志勇的举动很快吸引了班里同学的注意，几个从操场上走过的年轻教师也向这里看过来。一个年轻女老师浅灰风衣上的纽扣好像突然被什么照亮了，一下晃疼了小巴的眼睛。小巴抬头看了看。天还是阴的，太阳并没出来。小巴很奇怪。那个女老师是小巴的专业课老师，叫徐展。现在徐展就在操场边上看着他们。班里的同学都被眼前的一切弄得有些发呆，手脚上的动作也开始变形。体育老师立刻喊起来，说看什么看，做你们的操！小巴想，这个体育老师干吗不去管旁边捣乱的学生，却总是对他们横挑鼻子竖挑眼呢？看来他也是个吃软怕硬的家伙。

体育老师喊过之后，兰志勇也跟着喊了起来，说看什么看看什么看，找踢了是不？胆小一点的，就收起目光不再看了。小巴也以为事情到此结束。他们继续看他们的，而他们也继续做这种在小巴看来完全没有必要的生硬的体操。可愣了会儿，兰志勇不知为什么突然冲了进来，抬脚就踢了小巴身后的一个男生。男生一下傻在那里。不知自己怎么了。很快他的声音里就带出了哭腔，问兰志勇为什么踢他？兰志勇说，为什么？我这就叫你知道为什么。说着又抬腿踢了男生屁股一脚。男生的眼泪唰就下来了，又说了句你为什么踢我。兰志勇非但没收敛，还照着男生的大腿处又踹了一脚，男生差点就趴地下了。兰志勇说我告诉你我为什么踢你，因为你做操的样子太难看了，伸胳膊拉腿的还哭鼻子，样子像他妈个娘们。

兰志勇说完，得意地向四周看了看，说你们看到了吗，谁要是做操像他一样的像个娘们，我就踢谁!

小巴觉得在这种时刻第一个冲出去阻止兰志勇的应该是小葛，他想起那天那些眼前翻飞的阔大叶片，多么像武侠片里的落叶潇潇的背景啊。小葛不出来又会是谁出来呢?

可小葛没有，小巴不知道小葛为什么没能及时冲出来。忍不住冲出来的却是小巴。完全冲动得莫名其妙了。他不知自己冲过去想干什么。是想阻止兰志勇，问他是个什么东西，我们做操凭什么你来指手画脚？还是想冲过去和他打一架?

兰志勇刚看到小巴时也有些懵。开始，他以为遇到了挑战的对手，立刻变换了脚下的步伐，微微叉开腿，站出了个武术中的那种惯有的姿势，有模有样，像是个即将开打的拳师。但他很快发现了不对劲。他面前的这个同学，个子不高，身子看上去单薄得就像片树叶。

小巴攥着拳头的样子像是头愤怒而冲动的小牛，小牛冲过去不知为什么不动了，他低着头一声不吭，不像是对着兰志勇去的倒像是想仔细研究兰志勇的双脚。兰志勇不由自主地低下头，他没发现自己的脚有什么破绽，他的马步扎得很稳，脚下是一双自己在体育课上常穿的蓝条白帮球鞋，球鞋的样式很时新。

小巴还是抬起头来了，他的黑眼睛里像是燃了两团黑色的火焰。

你凭什么踢他？小巴问。声音不高，因为过分的压抑，那声音好像不是从嘴里发出的，而直接来自胸腔，所以尽管声音不高，还是让听到的人感到了共振的轰鸣。兰志勇毕竟是个经验丰富的家伙，他很快镇定下来，面前的小个子男生并不值得他为之紧张。

小巴说，你为什么打他？

兰志勇说，我看不惯就要打，你不服啊，不服我连你一起打你信不信？

兰志勇觉得眼前的对手真是不自量力，他一拳就能把这个小个子打倒，一脚就可以把他踹趴在地上。不过，兰志勇刚打了一个了，他今天不能再打了，再打就过分了，过分了就不好了。

他虽然没动手，却有点盼着小巴先动手。如果小巴先动手，那情况就不一样了，他就可以以正当防卫的名义好好教训一下这小子！让他失望的是，小巴并没动手！小巴站了半天最后只是说了一句话。

小巴说，我不信！

兰志勇说，呵！不信你就试试，咱单挑怎么样？

小巴说，单挑就单挑。

兰志勇说，行，有种，就这周六。

小巴说，周六就周六！

兰志勇说完就走了，小巴傻乎乎地站在那里，觉得背后那枚纽扣的光还在晃。

2

小巴第一次记住兰志勇是在篮球场上。

那天校园里正刮秋风，篮球场上空那些翩翩飞舞的落叶给小巴留下了深刻的印象。小巴的同学小葛正在球场上运球。小葛像个 NBA 的运球大师，把皮球在身前身后运转得像一颗围着太阳转的星球，把看守他的一个高个子对手甩来甩去。围着的同学热情高涨，他们高声叫着笑着把巴掌拍得啪啪响……小葛在上篮前不但成功冲破了高个子的围追堵截，把篮球顺利送进了篮筐，还因为合理冲撞，把高个子撞了一个跟头，高个子恼羞成怒，一个鲤鱼打挺从地上起来，向小葛冲了过去。高个子的鼻子几乎碰到了小葛的鼻子，两个人脑袋上蒸腾的热汗像是熊熊燃起的怒火。高个子嚷道，你带球撞人了知道不？你想干什么？

剑拔弩张的时刻，小巴先紧张起来了——他紧张什么呢？他的身子不自觉地向后退，拳头却攥起来了，掌心里出了汗。小葛却很镇静，面对大个子气势汹汹的逼问，不但没退却，脸上还带了副淡定的笑意。投中的篮球再次回到小葛手中，他用一个手指顶着快速旋转的篮球，看着人高马大的对手，说，是吗？撞到你了？那我不是故意的，对不起啊。

小葛那天的对手就是兰志勇。小葛面对兰志勇的时候不但像个英雄，更像个身怀绝世武功的高手。

那天兰志勇走后，很多班里同学过来，七嘴八舌地问怎么了？小葛也走了过来，他救援似地抱着小巴的肩膀冲出同学的包围圈。其实，他很早就发现他这个同学的与众不同，他瘦小忧郁、抑郁寡欢、思绪沉重，黄眼珠里始终纠缠着愤怒和忧伤。小葛觉得自己有必要劝解一下他。小葛说，你惹他干吗？

小巴直冲冲地说，他要和我单挑。

小葛说，他其实就是个痞子、流氓……

小巴说，我不怕他，单挑就单挑。

小葛说，不行，我不能让你吃这个亏，我得就找姓兰的谈谈。

小葛后来找没找兰志勇，找到后又和兰志勇说了什么，小巴不得而知。因为小葛没和他说。小葛第二天没来上学，说是病了，替他请假的人说小葛感冒发烧很厉害。小葛没来，小巴突然有种进入绝境的感觉，他的害怕来得是那么迅速。而之前，他只是有些隐隐的担忧，为什么小葛没来，他会感到失去支撑般的无助呢？而小葛不来的那天正是周五，那一天，小巴像丢了魂一样，一天的课下来，他什么都没记住，脑袋里想着的一直是“单挑”的场面。他和兰志勇的“单挑”。他当然打不过兰志勇，这是毫无悬念的。他自己非常清楚。他会输得很惨，会被兰志勇打得很惨，他设想了多遍决斗的场面、各自使用的武器，他是应该攻击还是先防守呢？如果攻击，他是打他的上三路还是打他的下三路？无论采取什么样的进攻手段，最后他都会败在兰志勇的脚下。他不是蓝的对手。既然不是蓝的对手，那么他的“单挑”又有什么意义？日后还不成了同学们嘲笑的把柄？如果那样，他当初的挑战就失去了意义。

小巴开始后悔自己的冲动了。班里比他厉害的，比他身体好的男同学多得是，为什么他们就不冲动？虽然，从表面上看，他冲动之下做出的举动会有某种“英雄壮举”相类的效果，可实际上，小巴从最开始冲出去的一刹那就被一种紧张和懊悔紧紧地攫住了——就是说，他有足够英雄的冲动，却没有成为英雄的足够胆量，他的胆小、怯懦和深深的自卑随着虚荣心的瞬间满足顷刻间灰飞烟灭了。

小巴初二那年见过两个痞子打架。是一个大流氓打一个小痞子。大流氓先是抡圆了巴掌在小痞子的脸上来回抽，紧接着又用膝盖狂顶小痞子的肚子，小痞子最终被打倒在地，满地翻滚，可大流氓还是不肯罢休，仍追着用脚朝小痞子的身上踹。小痞子抱着脑袋在地上滚来滚去，像是个被揉皱了破布口袋在地上翻滚，一声不吭，表情扭曲却不见一点痛苦——甚至有些享受——小巴当时非常骇异，又非常困惑，与此同时，他的双手也紧紧地攥成了拳头。手心出汗，心跳加速。他非常愤怒——连他自己都说不清楚为什么会愤怒；他还非常冲动，他的冲动不是想过去制止大流氓或者是挽救小痞子而是想上去加入其中！然而，他的脚却像焊在地上一样一动不动。小巴为此感到屈辱。

屈辱的事情并不止一桩。之后不久发生的一件事再次震动了他。那次他和他初中时最要好的同学雅民到营子大街看电影。电影晚上开始，他们没事，就早去了，在街上转着玩。忽然就四五个青年冲过来，其中一个逼住小巴，让他别动。另外几个团团围住雅民，上去就是一通拳脚。小巴看到被打在地的雅民用双手护住自己的脑袋像皮球一样在街上滚来滚去，自己却不能（也是不敢）上去帮他一下！几分钟后，打人的流氓四散一空，小巴忙跑过去拉起雅民。从地上爬起来的雅民擦了擦鼻血反倒安慰小巴，问他们打没打他？还笑着一瘸一拐到对面的马路买雪糕两个人吃……

从小到大，小巴都是那种别人眼里好孩子的形象，好学上进，自尊心强。其实他心里想的和别人想的完全不大一样，他心里想做的不是成为什么好孩子，他觉得好孩子都是那种一望上去傻乎乎只知道低着脑袋学习的家伙，他一点都不想成为他们，他渴望的是那些具有挑战性的角色。

小巴是个理想主义色彩浓厚的愤怒少年。

让他记忆深刻的还有初三补习班的一场集体械斗。补习班里原本念得好好的一个同学在临近中考的时候突然不念了。谁都没想到这个不念的同学几天后会领着几个营子街上的小痞子来寻仇。他们气势汹汹地拎着棍棒就闯了进来，堵在门口，让无关的同学都出去，女同学都被放出去了，男同学却一个都没动，他们在那一刻居然保留了一致的惊人立场。来打架的想带走那个和他有仇的高个子同学，去操场上“单练”。高个子同学当然不会出去，出去说不定就会被这些家伙打死。他们手里的棍棒打死一头牛都富富有余。最后寻仇的失去了耐心，抡着棍子就奔高个子同学过去了。班里立刻乱成一团。打人的挥着带来的棍棒，被打的也抄起了身边的桌椅自卫……后来，不知谁大喊了声：警察来了，快跑……痞子们闻言立刻向教室外面跑，小巴看到身边的一个男同学把手中的粉笔盒向他们砸去，砸中了一个人后背，小巴手中的椅子也趁机扔了出去，椅子落在黑板和讲台之间发出一声巨响……后来赶到的老师和同学都夸小巴勇敢。小巴却红了脸。他举起椅子与其说是大胆，不如说是胆怯，与其说是勇敢，不如说是心虚，他抄起椅子与其说为了战斗不如说为了自保，只有小巴自己最清楚他那把椅子是多么虚张声势……

3

周五晚上，第一堂晚自习还没开始，班长刘洪生走过来。他碰了下小巴的肩膀，用手指了下窗外，说有人找。见小巴站起来要出去，又拉了下他的衣服，让他小心点。小巴立刻知道外面是谁找他了。他硬着头皮，尽量装得若无其事。他的面孔因为故意做出这副冷漠无视的样子而显得有些发紧。

兰志勇他的几个小跟班在教室外等他。一个小跟班看小巴出来，献殷勤一样地通报给兰志勇，说勇哥，那小子出来了。兰志勇抱着膀子，大咧咧对小巴说，忘了跟你说了，这个周六我没时间，单挑的事咱们下周再说吧。说完傲慢地转身离开了。

小巴足足有一分钟才反应过来。他的紧张像血一样漫进了每个细胞里面去了，兰志勇突然的改口，让他一下无所适从。他不知道是该失望呢，还是该庆幸。回到教室后，很长时间他的样子看上去都显得有些呆愣，班长刘洪生和几个一直关注着事态进展的男生一直在观察小巴。小巴觉得他们的目光刀子一样无处不在。他觉得班里这些男生，包括班长刘洪生都很让他失望。事情发生了这几天，他们既没关心地问一下小巴的感受，也没有人把这件事反映给学校或班主任那里。他们究竟想干什么？是嫉妒他，还是想看他的笑话？

不管怎么说，小巴还是暂时得以放松了。几天来一直紧绷的神经突然放松下来，小巴像害了场大病一样，感到无边的脆弱和孤独……

小巴是周六的中午坐火车到家的。他家锁着门，院子的门却敞开着，邻居二条妈告诉他父母正在高岗上收苹果。小巴就去高岗接他们，刚过马路，就看到从高岗下来的母亲，背着一大篓子苹果坐在一处坝台上打歇。小巴忙过去，叫了声娘，觉得眼眶里突然湿热了一下。

母亲很疲惫，看到小巴的反应也很平淡，她拒绝了儿子要替她背苹果的决定，自己趔趄着背着苹果站了起来。小巴只好跟在母亲后面。快到家的时候，母亲问小巴，怎么不好好在学校上学，这么快又回来了。小巴说今天周六，正好伙食费也快没了，就回来拿……母亲突然咳嗽起来，身子也哆嗦着停下了，她好像很生气。母亲说你上次走，这还不到两个星期吧，怎么伙食费又没了？你是看我们在家供养你读书容易是吧？一点都不知道节省，你一个星期就要花掉二十多块钱，你要是再这样下去，我们怕是供不起你读这个书了！

小巴没想到母亲会突然说出这样一些话来，因为在他的印象里母亲是个很宠他的人。为了他能上这个高中，母亲攀山越岭找到当小学校长的二舅王红旗家，求王红旗去找他的同学——下台子职高的校长，提前去通融、送礼、说情，母亲对他读书是抱着巨大希望的，因为母亲不止一次说，家里顶数小巴弱，如果他不上学在外面出息，他回到家能干些什么呢？小巴兄妹几个，母亲最疼他。母亲怕他考不出去会在家受苦。如果小巴考不出去，那么等待他的只能是两条道，一是回到家来“做个庄稼耙子”，二是去外面的小煤窑背煤，做个“煤黑子”，而这两条路无论哪条，都是小巴不想也不屑于走的。因此他把母亲当作家里唯一理解自己的人。可今天的母亲怎么了？是她心情不好，还是家里实在没钱了？他想一定是家里没什么钱了，因为除了他，他还有一个弟弟一个妹妹在外面的中学念初中。

小巴还是觉得很委屈。外地求学的孤独感和之前突然遭遇的“单挑”的事件让他的挫败和耻辱感再次袭击了自己。他的眼泪在毫无准备的情况下一下子汹汹而出。谁知母亲看到小巴的眼泪不但没安慰他，好像还更生气了，说你哭什么哭，你长这么大除了会哭还会什么，你眼看着就 18 岁了，就要在家里挑大梁过日子了，也不知道帮家里分忧，就知道伸手朝家里要，你说你什么时候才能出息点，让我省省心呢……

小巴听着母亲刀子一样的话，突然愤怒了。你也不用这么说，你不就是不想让我念这个高中了吗，那好，正好我还不想念了呢！母亲听到小巴抢白自己，也流下了眼泪说，你这个不懂事的东西，谁不想让你念了，啊？以不念书来蝎虎我啊？我让你读书还是为了你，你说你这个样子不读书，出来还能干什么？一篓子苹果都能压趴你……

小巴晚饭都没吃，他去了二条家。二条比小巴大三岁，在营子镇水泥厂上班。小巴去过水泥厂，整个水泥厂弥漫着一股又灰又呛的烟尘，工人们都穿着那种只露了两个眼睛的连帽工作服，远看像一群灰色的鬼怪或幽灵，近看又像一群换了装的鬼子兵。在村里，小巴和二条关系最好，小巴小时几乎是从二条家长大的。

小巴替二条写过情书。二条十八岁的时候有人给他介绍了一个下柳河的姑娘，两个人接触了一段时间，不知为什么闹了别扭，姑娘家嚷嚷着要分手、退亲。二条舍不得那姑娘，就想到了给姑娘写信，他找到三读初中的小巴。小巴虽然恋爱的经验为零，但他杜撰情书的本事却堪称天才。他的信写得既深情款款、缠绵悱恻，又充满了空泛而高蹈的人生理想。他从马克思到燕妮，从保尔·柯察金到冬妮娅，从贾宝玉到林黛玉，古今中外的爱情故事被他枯肠搜遍，确实起到了移花接木的神奇效果。两个月后姑娘和二条还真就奇迹般地和好了。

小巴坐在二条家炕上，看二条脱掉那身灰色的工作服，认真地洗脸。二条妈一边给儿子递毛巾一边嘟囔着下柳河姑娘家的事。等二条收拾完和小巴坐在一起，二条才告诉小巴，他准备今年腊月就结婚，二条说，腊月正好赶上你放寒假！小巴说，也许到不了寒假了，我……我不想念了！二条说，为什么？整个乡就你一人考上了高中，你怎么能不念呢？

二条默默观察了小巴一会，走过来递给小巴一根香烟，给他点着，说小巴不是我说你，你不能不念，你看看你父母，为了供你上学读书多不容易，你要是有什么事情就和我说！没钱我借给你，有人欺负有我呢……小巴眼泪都快下来了。二条忙逗他，那是为什么，你倒是说话呀，别是恋爱了吧，要是恋爱，我可就帮不了你了，我和我媳妇的情书还是你替写的呢。二条说完嘿嘿笑了起来。

4

从小到大，小巴都是那种不显山不露水的听话的好孩子。他刻苦努力，品学兼优。是四顷地唯一考上高中的一个初中生。他不知自己是该高兴还是该悲哀。高兴的是，他考了一年，又补习一年，终于考上了一所高中，悲哀呢，是因为他没能如愿或像别人期盼的那样考上市重点。

小巴既对考上这个鸡肋一样职高感到内心受辱，又是那么迫切地想到逃离他补习的学校。除了自己没人能明白他内心的挣扎和纠结。有一种往事不堪回首的辛酸和沉痛。他像是个刚从战场上下来的伤兵，遍身伤痕。不错，他初中时刚刚经过一场初恋，初恋以悲剧告终。可那又算得了什么呢？这样的年龄，这样的花样青春，经历一场有始无终或有因无果的初恋都是再正常不过了，不过是场必然到来的荷尔蒙冲动。这冲动，会随着时间的延长烟消云散。或许是他故意夸大了自己的失意或受伤害的程度，因此他像一头被人追打的落水狗，想悄悄地在无人所知的地方躲起来，舔一下新鲜的尚未结痂的伤口，独自咀嚼往事暗自垂泪？还是想重新开辟根据地，重打鼓另开张？

他安慰自己，虽然考上的只是下台子高中，谁说下台子不是个芳草萋萋的所在呢？但小巴还是失望了。他来后发现整个下台子的女生无非两种，一种是面容黑而焦枯，细瘦如豆芽菜一般寡淡的，一种是黑而油腻矮胖如企鹅般蠢笨的……他用这样的形容词把她们写进日记，就像是自己用枪枪毙了自己，这就是理想和现实的差距吧？差距像是被子弹轰开的黑洞，四周都是参差锋利的边缘。

小巴迷上了学校的图书室，那个光线昏暗的图书室里的书并不是特别多，可他还是一而再再而三的往那里跑，他在那里借了几本书，书全是那个叫小乔的年轻妇人介绍给他的。小乔老师可能从事惯了在这昏暗的图书室管理员的工作，她脸色苍白，语调柔和，身似弱柳，走起来姿态袅娜……小乔老师是个称职的图书管理员，热衷于向来她这里看书的新同学们介绍图书室的新书。小巴第一次来这里，想先借一本《战争与和平》，小乔让他从《复活》先看起。小巴记得小乔老师和他说这话时，并不是在图书室内，而是在室外，就小乔老师和小巴两个人。那时候同学们刚刚吃过晚饭，正在不远处的一个水池子前排队洗碗。小乔老师看着那些男生女生，对小巴说，《复活》是托尔斯泰自己最喜欢的作品，安娜卡列尼娜是托尔斯泰最喜欢的人物，你看过《复活》，再看《安娜卡列尼娜》，这两个小说看完了，我建议你再看《战争与和平》，这个小说挺长的，可以在寒假里看。小乔老师的话是对小巴说的，可眼睛一直在看着别处，那时候西天已是一片灿烂的晚霞，小乔老师的脸就罩在一片霞光里，金黄、圆润、柔和，还透着股神秘，小巴记得小乔老师的话。小乔老师的话轻得像一片低语。温柔而又私密。他毫不犹豫地听取了小乔老师的建议，高高兴兴地抱走了《复活》，回到寝室，很长时间里，他都一动不动地看着那本书，那上面的字他一个都没记住，上面全是小乔老师慵懒而又诱人的形象。

但是三天后，当他把《复活》还给小乔老师时，他不但全部读完了那本书，还可以向小乔老师复述书的内容，点评书中关键的人物了。小巴有点紧张，他磕磕绊绊说着，因为掺杂了急于表白的炫耀成分，使得他的话多少有些词不达意。小乔老师耐心地听他说完，又很快给他找来了《安娜卡列尼娜》，小乔老师说，你再看看这本，这个比《复活》更好。确实，如小乔老师所说的，小巴读《安娜卡列尼娜》时很快进入了小说的情节之中，安娜在绝望中卧轨自杀的细节描写甚至让小巴流下了眼泪。全书读完，他第一个想到要去图书室，希望和小乔老师交流一下他看完那本书的一些想法，他抱着书，几乎是小跑着奔向图书室，一路上都是小乔老师温柔的眼神，低沉得近似私语的声调，他简直着魔了，小乔老师的喃喃低语成了不可抗拒的磁场，是那么深深地诱惑着孤独的小巴了。

图书室大门深锁，小乔老师不在。小巴抱着书，在那里站了很长时间，小乔老师仍旧没来。小巴固执地站在那里，等着他的小乔老师，他有满肚子的话想对她说，可她究竟去哪里了呢？晚饭的钟声响过了，刷碗的人仍在排队，他奇怪那些排队刷碗的同学，为什么都不出声？像是一部无声电影里机械的队形。紧接着晚霞落尽，天空暗淡。星星一颗两颗地渐次多起来了。小乔老师杳如黄鹤，不知所终。小巴还在那里等着。他没去问别人，也没人主动告诉他为什么图书室的门是一直关着的，他等的小乔老师为什么一直没来？

两天后，小巴终于等到了小乔老师，不过，他却一句话也不想对她说了，那天下午的冗长等待已经把这个十七岁少年的热情销蚀殆尽。小乔老师对还书的人絮絮叨叨地说着这两天她去了哪里，她说她去了趟县城，回了趟家，说县城的书店来了很多的书，她说咱这里的书太老太旧太落伍了。轮到小巴递上要还的书时，她的眼睛明显亮了一下，语调也要比平时高出一些，她说，看完了？这本书好吧？安娜这个人物塑造得多么成功啊！安娜的悲剧震撼人心，她选择卧轨自杀不是她性格软弱，是因为她绝望了，人绝望了，是什么事都做得出来了，知道她为什么绝望吗，是因为爱情……小巴发现两天不见，小乔老师变得像个絮叨的老太婆，小乔老师在说着的时候，小巴一直在观察着小乔老师的面孔。他发现小乔老师轻涂了脂粉的面孔苍白而又憔悴，小乔老师低垂的眼角处织着细碎的鱼尾纹，还有低头可见的脖颈处的褶印，以及她一绺干枯而缺少水分的头发垂下来遮住的露出抬头纹的额头，这一切都让小巴有种恍若隔世之感……

晚上，小巴去宿舍后面水池子打水，再次碰见了图书室的管理员——小乔老师当时正弯着腰在水池边刷牙，清亮的月光下，满口雪白的牙膏沫子泛着清光，她看到小巴走过来，直起身，把牙刷从嘴里拿出来，用水漱掉牙膏沫，让他先打水。他和她什么都没说。直到他转身走了，才听到身后传来的小乔老师吃吃的笑声。

小巴回到宿舍内却忘了洗脸洗脚，一头钻进被窝，小乔老师月下丰腴的面庞却逐渐清晰起来，再也挥之不去了，他想，完了，我会因了她失眠的，结果他不久就酣然睡去了，睡前他还在想，小乔老师或许会吃吃笑着和他一起走进梦乡，她那样吃吃地笑，是什么意思？是在嘲笑他吗，她为什么要嘲笑他呢？事实上，她并没有梦到小乔老师。他梦到的是个似人非人的怪物，怪物有脸却没有五官，怪物光着闪烁着清辉的身子，像一条银光闪闪的美人鱼，他和美人鱼极尽悱恻缠绵之能事，把过去从没做过却一直想做的事做了个结结实实浑浑噩噩一塌糊涂……

5

回到下台子的前三天一直都没见到兰志勇。

星期一，小葛来到学校，听说兰志勇取消了上周六的单挑，有些不相信地说，他取消的？小巴说是。小葛问为什么？小巴说他不知道。小葛笑着说，没准他摸不着你的底，害怕了，所以取消了。

星期二上午语文课，语文老师布置了一道作文，作文没命题，语文老师胸有成竹地说，你们都是高中生了，应该锻炼一下自己的形象思维能力和想象力，这次作文你们想写什么就写什么，但一定要真实。语文老师还提到了刚刚不念的富士山，说你们尽管敞开了写，不过不要像刚走的那位，把自己打扮得跟个小丫头似的不说，还总爱在作文后面落上个什么款儿。落款儿也行，放着祖国大好河山黄山泰山五岳恒山不落却偏偏落上个东夷的富士山。

班里同学哄地一下笑了。小巴却没笑。他笑不出来。

富士山这个名字第一次公开亮相是在班里作文讲评课上，当语文老师一字一字念出富士山的名字并问富士山是谁时，班里同学不知是谁带头笑了，接着是笑声一片。笑声中，一个长着红润圆脸，个子不高，腼腆如女孩子的男同学站了起来，他当时的样子有些害羞，因为被老师故意抑扬顿挫念了名字还有些紧张，他的身子歪歪扭扭站起来，显得十分扭捏。语文老师是本地人，说话带有明显的口音，那口音怎么听都有调侃和嘲弄的意味，你是富、士、山……老师也笑了，我还以为真是一座山呢！没人知道老师的话里是不是故意的成分，富士山几乎是上前抢过了老师手中的作文本，而后把脑袋扎到课桌上再也不抬起了。

富士山就在小巴的下铺。但小巴过去只知道住他下铺的叫付长俭。现在才明白付长俭就是富士山。印象中的富士山是个生活规律，羞怯寡言的男生，他像小巴一样很少和人说话，每天起床和放学后的第一件事，是从自己枕头底下找出一枚圆圆的小镜，像女孩子一样来回照，也像女孩子一样往脸上搽雪花膏。他可能是班里唯一一个搽雪花膏的男生。

那次富士山气呼呼地回到宿舍，说，有什么大惊小怪的，不就一个笔名吗？我就是喜欢富士山。富士山有什么不好吗？真是少见多怪！

下次，他的新作文后面仍然会署上富士山的名字。这是个古怪和执拗家伙。他比小巴更加独来独往，每天照例拿一只小圆镜照来照去，每天早晨的宿舍内照例飘着他的雪花膏气味。

有一天富士山突然喊了小巴的名字。小巴愣了下，因为这是富士山第一次叫他的名字。富士山站在小巴对面，探究而颇感兴趣地问他，小乔借给他的《复活》和《安娜卡列尼娜》，哪个更好看？富士山说，我猜，很多去借书的人其实不是奔书去的。小巴问，为什么？富士山还装模作样地背了一句诗：东风不与周郎便，铜雀春深锁二乔。真是莫名其妙。

不过，那之后，最起码有那么一段时间，富士山和小巴成了形影不离的朋友，有一个周末两个人还结伴坐下台子的小火车去了一个叫樱桃沟的小镇，那小镇只一列小火车通过，要过长长的隧道，隧道过去，他们惊奇地发现樱桃沟就像一个世外桃源，美丽、精致、神秘，各种城市设施一应俱全，小镇上的人民风淳朴，对谁都笑脸相对，富士山和小巴用半天的时间逛了小镇，中午两个人还在一家小饭店一起吃了顿丰盛的午餐，傍晚时分他们才恋恋不舍地坐小火车回去了。回来的时候，富士山对他又说了句莫名其妙的话，他说，学校最漂亮的就要算小乔老师和徐展了，不过，那个徐展太骄傲了……

他们从樱桃沟回来没几天就发生了那次近乎轰动的作文事件。不知是故意还是无意，语文老师那次把小巴和富士山的作文一起拿到课上进行点评，语文老师朗读了小巴的作文，并对小巴作文给予了高度的评价，他毫不吝惜自己的赞美，好像小巴就是他眼中一颗冉冉升起的新星。紧接着语文老师提到了富士山的作文。他说，刚才朗读了一篇好作文，下面我再说一篇不是很好的作文，这篇作文我就不给大家读了——作文为什么不好？我也不想多说，大家可以课后向这位同学借阅。我想同学们的眼睛是雪亮的。至于这个作文是谁写的，我也不准备公开他的真实姓名了——说到这里，语文老师用他凌厉的目光在全班扫视一圈，突然就落到了前排的富士山头上。语文老师话锋一转，语气也变得严厉起来，这个同学，作文写得差些也就罢了，我想不明白的是，作文写得那么差，为什么还要一而再再而三落那个款儿呢！他是想通过这个东洋的款儿表明自己的与众不同，还是想通过这个款儿标榜自己卓尔不群？要我看，落那么个款儿，完全是猪鼻子插大葱——装象！

“哄”——教室里的笑声一下子爆出来了。这笑声就像是个突发的灾难，突然降到富士山的头上，毫不夸张地说，他一瞬间就被打蒙了，他粉白的圆脸这时就像一个突然吹涨了的红气球，那个红气球越吹越大，眼看就要爆了。

那一刻小巴没笑，他紧张地看着富士山，一时间他突然觉得自己很卑鄙，好像是他和语文老师合谋表演了这出闹剧。

作文事件后，小巴发现，过去那个腼腆、内向的富士山突然像变了一个人，变得爱说爱闹起来，有时他会故意和班里的女生开很过火的玩笑，或者和班里最凶的男生顶撞——有两次如果不是被人拉着，甚至动起手来，即使被人拉开，富士山也会挣扎着口出狂言向人示威：你狂什么狂，牛什么牛，打架你以为我就怕你啊，不信咱就白刀子进红刀子出……

富士山说这话时面露狰狞，令人刮目。他变得爱说了，可朋友好像更少了，连小巴都有点躲着他的意思。紧接着小巴又发现了富士山的异常，异常是针对专业课老师徐展去的。

徐展漂亮、年轻，而且骄傲。徐展第一次来上课就在班里掀起了一阵骚动的热潮。徐展教他们的课程中有一门是“动物的遗传与育种”，记得第一堂课，她刚在黑板上写下这个标题时，下面就引起了一片哄笑声。以后几乎每次徐展上课，只要她刚往黑板前一站，下面就是一片耳语或窃笑，等徐展愤怒转身，厉声责问谁在捣乱时，下面是一片憋压着的鸦雀无声，待她再次转身黑板时，身后憋压着的声音却就像自来水一样开闸释放出来了……徐展的耳朵里是一片“我我我”争相承认的怪声。

富士山突然一改过去徐展的课上低调、清高的样子，他着迷地盯着徐展的身子看，那样子已明显超出了一个学生对一个老师的注视，那样子也不像一个暗恋者对对象的迷恋，那样子在小巴看来更接近一个花痴和一个变态狂。在小巴看来，班里几乎有三分之二的男生（包括小巴自己）爱上过徐展，可谁都比不过富士山的大胆和狂野，他盯着徐展胸脯和屁股看人的那种眼神和一个流氓没什么本质区别。有一次他和小巴在厕所蹲坑，富士山说，我知道班里有很多人暗恋徐展，可我相信徐展不会看上他们中的任何一个——包括你。他指着小巴突然豪放地笑了起来。富士山说，你们不了解徐展，徐展看上去冷漠，内心里却像火一样狂热，她需要的征服，是大胆而狂野的征服。我一定要征服徐展。你们瞧着看吧，我一定要让徐展成为我的女人！

富士山说这话时咬牙切齿，像个野兽！

徐展很快发现了富士山的不正常，她被富士山看毛了，她开始有意躲着富士山，躲避着他大胆的火一样的目光。但她发现自己错了。因为躲避带给她的是更肆无忌惮围追堵截，有几次她挑衅地将目光逼射过去，想以此让这个已经不知羞愧的男孩收敛些，但最后她发现，这根本没用。有一次她实在被富士山盯得受不了了，就当众喝令他站起，问他究竟在看什么想干什么。富士山站起来做出一副逆来顺受的表情，说我什么也不想干，我就是想看看老师，难道这也错了吗？

和白天的肆无忌惮相比，晚自习上的他更像真实的富士山，一个内敛羞怯的男生，喜欢安安静静地坐在那里看书或学习，那时的富士山几乎是全班女生的暗恋对象，可这一切只有小巴最清楚，富士山根本没对班里的女生动过哪怕是一点的感情。

有一次熄灯前，富士山突然爬上了小巴的上铺，他趴在小巴的耳朵根说，我完了，我发现我真的爱上徐展了。

好像是为了证明自己对小巴的话是真的，也好像是为了说服自己爱上徐展是真的事实，富士山收敛起自己狂野大胆的围追堵截，又开始变得柔情脉脉起来。他用他的目光耐心而执着地又编织了一张温柔的大网，和原来的网比起来，这种网更是无处不在，无鱼可漏，更让人无可奈何。

富士山后来转学离开下台子，完全是因为爱徐展无望。因为徐展突然有一天在课上高调宣布了自己订婚的消息。富士山一定是受不了打击才选择离开的下台子。徐展这件事做得让人匪夷所思，不可思议，然而更让人不可思议的还是富士山，富士山临走时竟然一点伤心的表情都没有，反而有点兴高采烈的，他神秘地把小巴拉到一边，告诉他转学去是想去县城学医。我会选择学妇科。富士山说，你别笑，世界上最好的妇科医生都是男大夫。富士山还说，不管你们信不信徐展订婚真假，我是信的，我信她说的订婚是真的。她迟早有一天会离开这里，她最后肯定也会出现在县城！会调到县城工作、结婚，甚至生育……富士山说到这里哈哈大笑起来，所以我要先她一步了，我要去县城等着她！我会把她弄到我的床上去的，哪怕是产床……

富士山走后，小巴从原来的上铺搬到了下铺，他在富士山原来的铺上铺床单时，意外地发现床头有几处用刀子划出来的字迹，小巴仔细查看，竟是“徐展我恨你！”

6

小巴曾是徐展专业课的第一任课代表。小巴在富士山走前表现得中规中矩，上课认真听讲，积极完成作业。徐展对他也不错，经常把他当成学习榜样叫起来表扬。但不知道为什么，自从富士山走后，小巴也开始变了。首先是小巴被叫起来提问时的表情，他的表情慢慢变得不情愿甚至是抗拒起来。他还搞起了恶作剧，好像故意要和徐展过不去。课堂上一反常态地大声说笑、徐展板书时故意嘘声起哄，被提问时更是装疯卖傻，阴阳怪气，徐展问东他说西……以至于终于有一天，徐展被他气得摔门而去。

小巴为此差点成了全班同学的敌人。首先是女生，她们对小巴气走徐展的愤怒溢于言表，而班里那些最为调皮捣蛋的男生也没因此把小巴归到他们阵营中去。他们居然也故意冷淡他。小葛是小巴在这个学校里为数不多几个朋友之一，可自从那次小巴气哭了徐展后，小葛对小巴也冷淡下来了。那天徐展走后，坐在后排的小葛不知为什么也跟着徐展出去了。小葛走过小巴时，用巴掌貌似不经意地碰了下小巴的脑袋，而后什么也没说就出去了。教室里鸦雀无声，小巴觉得自己的后脑勺已经被小葛有力的手掌削掉了一块，呼呼的风声顺着破了的黑洞涌进了脑袋里。

小巴被班主任叫去狠骂了一顿，甚至学校的教导主任也来了，想看看这个调皮捣蛋的学生生着怎样的三头六臂。结果教导主任很失望，因为他眼里的小巴根本不值一提。他甚至连预备好和班主任一起批评他几句的想法都一并取消了。他笑着走出班主任办公室的样子让小巴顿有受辱的感觉，他一边听着班主任的训话，一边在心里暗暗发誓，等着吧，你们！总有一天我会让你们对我刮目相看的！

星期二的中午，小巴意外地出现在学校图书室里。小乔老师还像过去那样倚在门框那里问小巴借什么书。小巴说他想看看有没有最新的杂志。小乔老师笑说，你来得巧，上周正好新到了一批杂志。小巴在放杂志的阅览架子前翻了翻，他找到一本《啄木鸟》，问他可不可以拿到宿舍看去。本来杂志是不允许带出阅览室的，但小乔老师那天竟答应了他。说好吧，不过可要记得及时还回来。小巴感激地看了眼小乔老师，想到那个晚上做的和她有关的梦，不禁惭愧得红了脸。

那天的中午小巴一直在看啄木鸟上面的一篇小说，小说的名字挺长《一半是火焰，一半是海水》，是一个叫王朔的北京人写的。那个小说吸引了小巴，他下午甚至把那本杂志带到了课堂上，利用老师不注意偷偷地拿出来看一眼，再看一眼。到傍晚时，那个小说已经被他看了三遍，他还看了杂志上一篇叫魏人写的破案小说，但他觉得魏人的那篇照王朔的差远了。晚饭之前，他就把杂志还给了小乔老师。小乔老师看他还得这么快，还问他看完了吗，说不用这么着急的。小乔老师温柔的语调让小巴既心碎又心猿意马。

小巴是在星期二的晚自习动笔写老师布置的那篇作文，不知是不是受了王朔小说的影响，他一下文思泉涌，下笔如有神助——多年以后，他还记得自己那篇作文的题目《火车与匕首》，他在作文里虚构了一把子虚乌有的匕首：那把无处不在的匕首正在接受着某种黑恶势力的挑战，作文里的主人公正在以大无畏的精神等待着那把匕首的出击。出击可能会有伤痛和鲜血，但是主人公将为了公平和正义无怨无悔。小巴作文里的主人公是个沉稳、果敢又心思缜密的人，同时还不乏侠骨柔情和悲悯情怀，这个人物不仅真实可信甚至还感动了塑造这个人物的作者：小巴自己。就是说，小巴被自己写的作文感动了。写完作文，小巴热血沸腾，心情激动，一段时间以来的不快和压抑一扫而光，他觉得自己就是作文里的那个“他”。他将和“他”一样，揣着那把匕首无怨无悔地挺身而出了。

他没想到那篇作文会给自己带来这么大的麻烦。

作文是周三上午最后一堂语文课交上去的，下午，语文老师就找了小巴，闪闪烁烁地问一些在小巴听来莫名其妙的问题，比如小巴多大，家里生活怎么样，弟兄几个，听着像是查户口，眼神里却透着无限关心。语文老师对自己的不错。这小巴知道。但老师的问话却让他紧张和不舒服，他不明白老师问这些和作文无关的事想干什么？最后语文老师终于憋不住了，问小巴是不是在学校里碰到了什么过不去的事了，如果碰到什么事，就和他说。老师最后给他说了一句莫名其妙的话：“作文写得不错，可我从里面嗅到了危险的味道……”

其实从作文里面嗅到了危险味道不光是语文老师，周四上午刚上课，小巴就被班主任老师单独叫到了办公室。班主任老师倒是开门见山，说小巴的那篇作文“几乎全学校的老师都传看过了”。班主任老师就是这样说的，班主任还说你这样做很危险，有什么事不能通过老师和学校来解决呢？为什么要动刀动枪？这里是学校，不是黑社会。小巴都不禁笑了，他说那不过是一篇作文。同时，他在心里对语文老师出卖自己感到无可奈何和愤怒。他怎么能让全学校老师都知道呢！作为一个语文老师，他难道连一篇虚构的作文都看不出来吗？

班主任说，请你相信我，相信我们。我们都是有多年教龄的老师，有自己的分辨能力，知道什么是作文什么不是作文，现在我要求你把东西交给我们，我们会给你保密，也会对你负责的。

小巴说：什么东西？

班主任说：作文里写到的东西啊，你自己写的怎么还忘了？

班主任不想磨叽了：就是那把匕首啊……拿出来吧！

小巴斩钉截铁地说，没有。那是作文。是我编的！

班主任说：你就别和我隐瞒了，我是你班主任，把它拿出来给我，对你有好处。

小巴说：可我真的没有。我说了那不过是篇作文。

班主任说：你把自己当小孩行，也把我们都当小孩吗？还什么作文，什么虚构？别以为你们私下里那些鬼鬼祟祟的勾当能骗过我？我不过是不愿意管你们就是了，都是高中学生了，老大不小了。

小巴说：我没骗你，可你说的那东西我真没有。

班主任说：我好事做尽，好话说尽，你要是再不拿出来我也没办法了。

周五的一早，小巴没上课，因为校教导主任突然带了学校秩序维持会的几个队员来了，他们把小巴堵在了宿舍里。小巴还是第一次见到校教导处主任，一个瘦高的戴眼镜的男人，他身后的维持会的队员，小巴却都在体操课上见识过了。可小巴想不到，他们会是维持会的队员，而兰志勇居然是他们队长。

教导主任一见小巴就很不客气，让他赶快把东西交出来。小巴重复了他说给语文老师和班主任的话。他感觉很疲惫。他一遍遍重复着那几个关键词：作文。虚构。没有。可他的话在教导处主任听来完全在撒谎。兰志勇说，我早看出这小子不地道了……我去维持他们班上操，他居然跳出来要和我单挑！兰志勇说，我看再问他也没啥意义了。要不我们就动手了，搜……教导主任看了眼兰志勇，又看了眼小巴，说了一个字：搜！

小巴顿有受辱之感，他对教导主任说：搜可以，要是搜不到呢？教导主任说，搜不到我就信你一回，不管你是不是撒谎。可要是搜到了，你也别怪我不客气……

兰志勇也说，搜到了我先让你好看！

兰志勇亲自带头搜了起来，他干得很利落，像是经过特殊训练，把小巴铺子的边边角角都搜了，搜的过程中，小巴突然有些恍惚，好像自己真有这样一把匕首，被他藏在褥子底下，被子的一角，或者就在枕头下面，那把匕首闪着冷光，厚实、坚韧、手感舒服，他开始还紧张，可随着兰志勇的搜索，他慢慢地放松下来，搜到最后，他的脸上竟少见地带出笑来。

兰志勇不放心，又让手下搜了一遍。还是没找到。兰志勇最后甚至连小巴的临铺和上铺都搜了。

兰志勇坐在铺上直喘粗气，不知是累的还是气的，他对教导主任说，不知道他藏哪儿去了……他肯定有，我知道。他是冲我来的……

兰志勇是最后一个出去的。出去前，他对了小巴说了一句话：我改主意了，周六的单挑取消了。

7

那几天下午放学，近处回家的同学都会看到校外那条小路上一个人徘徊的孤单身影。有一次小葛从附近的山地里回来，竟发现小巴一个人在两条铿亮的铁轨中间往车站走。小葛很奇怪，问他在干什么。小巴说没事，随便走走。小巴的行为越发古怪起来。他脸上始终笼罩着一层忧伤的气息，而他淡漠的眼神又时不时透出一股凛然的杀气。

八月十五前一天，小葛突然提出要请小巴到自己家里过节。小巴拒绝了。谁知第二天中午小葛就买好了一网兜的啤酒和月饼来找小巴，说下午要和小巴出去过中秋节。那是小巴和徐展课堂冲突后，小葛做出的最具实质性的让步，他所表现出的友情豪爽而又真挚。小巴再拒绝就太不近人情了。

那天下午，他们早早地出发了。小葛先带小巴去了南山的果园，并和小葛一起品尝了园中的果子，直到他们的高声谈话把看园子的老人吸引出来了，才洋洋得意地离开，从山上下来，天已然黑了下来，小葛拉着小巴在一处林间小路上坐下来，拿出啤酒和月饼，还有他们刚刚偷摘下来的还没吃完的苹果。他们喝着啤酒，看着月亮从远山升起来，阔大圆白，比他们手中的月饼大多了。

小葛问兰志勇这几天有什么动静没有。小葛说，兰志勇取消了上周六的单挑。小葛笑起来，说是你写出来的那把刀子让兰志勇害怕了？小巴也笑起来，说谁知道？我觉得姓兰的敏感多疑，像个娘们……小葛也说，他要是真取消了也是好事，可谁知道他心里琢磨什么呢？小葛说他这两天左眼皮跳了又跳，总觉得有什么不对劲地方，怕是没好事，他让小巴小心点。说要真有事了就去找他。小巴说没事，能有什么事呢。

可偏偏就来了事。还真让小葛说准了，真有事了。周五那天晚自习刚开始，兰志勇就找他来了。他在窗外向小巴招手。小巴这才想，坏了。

兰志勇说，我又改主意了，单挑改今天晚上了。

兰志勇定的地方是校门外的供销社后院。兰志勇说半个小时后在那里见面，谁不去算谁孬种，谁不敢单挑谁是孙子，乖乖地从下台子给我滚蛋！

兰志勇说得狠呆呆的，说完就走了！

小巴回到教室，坐在座位上发呆。晚自习里一片出奇的静，静得有点反常。因为通常这个时候的晚自习，班里是最热闹的，说说笑笑、打打闹闹的，今天怎么了呢？小巴看了眼四周，发现班上的同学像是得到了发令枪的队员，一个个整齐划一地在低头看书。就在几分钟前，兰志勇在外面招呼他时，里面还是一片嘁嘁喳喳声，教室里齐刷刷的目光追光灯一样照着他，让他如芒在背……现在，那些目光却都变成了怕光的老鼠，一齐躲避了他。就连班长刘洪生也不知躲到哪里去了。可惜的是小葛不在，他多么希望小葛这时能过来碰他一下肩膀，说一声：嗨，你别出去了，我出去！或：我和你一起去！可是小葛不在，小葛不在，也没有人站出来哪怕是安慰性地对他说哦一句话！什么都没有。只有沉默。冷酷的、决绝的沉默！或许还有人在沉默中期待着发生一些什么吧？发生什么呢，无非是小巴的失败！当初小巴一个人站出来，并不是想扇全班男生的嘴巴！他只是看不惯兰志勇他们！班上看不惯兰志勇的很多，他们为什么在最关键的时刻集体失声了呢？

小巴怀着末日审判的心情走出了教室，外面很黑，黑得像是被谁在夜空泼了层墨汁。他的身后鸦雀无声。他别无选择了。他往越来越黑暗的操场一角走去的时候，确有一种走向法场的感觉。学校只有一个大门。大门在学校的东北角。出大门左拐就是供销社的大门。小巴像是个在暗夜里蜗行摸索的人，暗黑的环境让他紧张，心狂跳不止；而暗黑的人情却让他增强了一点勇气，能有什么呢？大不了就是一个耻辱。顶破天去，无非一个死。不忧生，又何患死？都去他的吧。

供销社的大门是虚掩着的。小巴双手一推，那门就吱吱呀呀地开了。里面还是黑，就在他双脚随着大门的扭开走进的一瞬间，围墙上突然飘下了几条黑影，他们瞬间把小巴团团围住。一个声音说，老大，他来了；又一个声音说，没别人，就他自己！

小巴突然觉得这场面有些可笑。像是他合谋出演的一幕蹩脚的电影。兰志勇站在山墙旁边的一个土堆上。小巴很快被带了上来。电影的场景越来越逼真了。接下来该发生什么了，小巴甚至充满了期待。是的，期待。他几乎就要强迫认同这个角色了。镜头正对着他。可他还是颤抖起来。

关于那个晚上后来发生的事情，小巴记住的情节很不连贯，甚至有些支离破碎。那晚上他被带到兰志勇身边，先是被兰搜身，他听到兰松了一口气，紧接着，他就被谁踹了一脚，到底是谁踹的呢……后来，他从地上爬起来，有个影子就过来了，不知是想打，还是想吓他。

把手举起来！小巴听到这声指令，他几乎不任何反抗就配合地举起了双手。完全是下意识的举动，像镜头感极强的演员，不用认真复习台词，只要导演的“卡”一响，他就会配合着做动作……

8

一个星期后，小巴黯然离开了下台子。他再也没有脸面在这个校园里待下去了。他一个人背着包袱卷走出秋风阵阵的校园。身后好像有人送小巴。不多。屈指可数。虽然屈指可数，可他事后还是想不起来都有谁送过他了。他的记忆跟死了一样。小巴记住的只是走出校门前在学校小卖部那里看到的一张脸。那是兰志勇的脸。兰志勇当时正站在小卖部的门口，吃着一种叫小浣熊的干脆面。他把干脆面放在嘴里嚼得嘎巴声响，他用一种似笑非笑的表情目送着小巴离开，一句话没说。

退学的那一个月里是小巴一生中最为难堪的日子，他不但要听着父母的唠唠叨叨和唉声叹气，还要不时回放咀嚼和兰志勇那不堪回首的一幕，他没想到不念的日子比在学校更难熬。

小巴重新陷入孤独之中，他常常一个人跑到大路上去，一走就是两三个小时，他低着头，怕碰到任何一张相熟的脸和一句哪怕是最无心的问候。小巴迷上了写信，他的第一封信是写给富士山的，富士山看来早已撇下了下台子曾留给他的阴影和对徐展的怀恨和迷恋。他变得信心满怀，大有春风得意之志，好像天涯处处是芳草……他的劝说非但没能让小巴释怀，反而让他更加忧郁和伤怀了。那一个月里，小巴做得最莫名其妙的一件事是，他居然给下台子一个女同学写了一封信！而这之前，在学校里，他几乎从来没和那个女同学说过一句话，他给她写信的原始动机是如此令人怀疑。信的内容小巴记不住了。女同学给他回了信。不过，最信却不是女同学写的，是班长刘洪生的代笔。刘洪生在信中感谢他还记着他的这些同学们，说同学们也一直在怀念并想着他……这口气让小巴一下脸红起来，仿佛自己是个心怀叵测的小偷，在惦记着别人菜园里的青菜时，却不妨被菜园的主人发现并送他几棵，同时暗示这菜园是他的一样……

让人尴尬的事情远不是这一桩。他回来不久，正赶上二条开始筹备自己的婚礼，听说小巴不念了，也没深问，只说不念也好，正好在家给我帮忙。说实话，小巴没有什么忙可以帮二条，他也不知道应该帮他什么。为了结婚，二条去美发馆烫了个时髦的爆炸式……爆炸式烫好后，二条怕被水泥厂的灰尘弄脏，还小心翼翼用一块头巾把那脑袋蓬松的毛发包裹起来，包裹后又戴上了那顶鬼子兵式的连耳帽……二条怪里怪样的样子让很多人发笑，唯独小巴笑不出来。回到家，脱下帽子和头巾，二条看上去是那么高大、俊朗，一表人才……再过不久他就要和他心仪的姑娘结婚了，小巴被一种非常复杂的情感包围着，二条结婚，他非但没高兴起来，还从心里感到忌妒，反抗，他甚至盼着二条的婚礼出点差错……本来他对自己替二条写情书的姑娘无知无觉，可现在一想到二条不久之后就和那个和他通信的姑娘一起步入婚姻的殿堂，和她一起同庆共枕生儿育女，小巴的心里还是很不得劲，仿佛二条与之结婚的是自己相爱许久的恋人。

夜深人静的时候，小巴反观自己，觉得自己的想法不但亵渎了他和二条的伟大友情，还让自己看上去显得变态和心理阴暗。但他管不住自己的心！回到家里的那一个月里，小巴不止一次在暗夜里流下悔恨的泪水，并偷偷地抽自己的嘴巴。在父母叹气抱怨的时候，在富士山铺展自己的理想并劝说他的时候，在女同学让班长刘洪生写来回信的时候，在二条心无芥蒂地渴望发小们祝福的时候……

小巴觉得自己毁了，毁他的人不是别人，是兰志勇，他发誓不能饶过这个小人、流氓、痞子、恶棍，他总有一天他要去下台子找他，报复他！

二条婚宴需要大量硬柴。他找了几个人，也找了小巴。进山的一路，他们互相开着玩笑，打探着都谁有了女朋友，谁又离结婚快了的消息。小巴难得地笑了，脸上的表情也云开雾散，有了神采。可到目的地后，小巴就笑不出来了，因为一旦走进深山，干起活来，小巴才发现自己弱智到根本不知道怎么砍柴，是用斧子砍呢，还是用手攀下那些干树枝弄折它们。二条干活前就交代过，弄树枝可以，但不能砍树，因为一旦被看山人发现砍树，那罪过就大了。小巴一到林子里就懵了，因为他实在分不出那些树枝哪些是干的哪些是湿的……看别人各自热火朝天地干着，他急出了满脑袋的汗……好不容易找到了些干树枝，小巴想去掰折它时，又发现看着细细的一条，他使了吃奶劲竟都弄不折，他一个人在和那条干树枝的较劲的样子非常可笑，看上去像是个心怀巨大仇恨的人在和树枝做游戏一样荒诞……两个小时过去了，同去的每个人都弄了满满一大背的砍柴，只有小巴手里几条干巴巴的小树枝。有人当场笑了。二条故意用玩笑安慰他，说小巴大学生嘛，他是我故意派来监督你们的。小巴觉得无地自容，同去的人都去二条家准备吃午饭，他却一个人讪讪地偷着回了自己的家。

二条来找小巴。小巴恨不得找个地缝钻进去。

二条真心实意地说：整个四顷地，就咱两个哥两个最好。你读了那么多书，怎么还不明白这个道理？还这么小心眼？你不比我们，你这些年一直念书，没干过这种活，再说会打柴算什么本事？什么都不如好好读书，以后有个好出路……这些日子我忙着准备结婚，一直没问你，怎么好好的，说不念就不念了？究竟是为什么？

为什么？小巴突然十分的委屈，眼泪很快就充满了眼眶，能为什么？上学老是挨人欺负！

小巴没想到他简单的一句话，会让二条动真格的！第二天早晨二条就带着弟弟三条、双岁和小群儿来找小巴了，让他带着他们去下台子找“姓兰的”去！三条是被二条临时抓的差，他在镇上的小煤窑上夜班，刚下班就被哥哥二条给截住了，让跟他走。三条糊里糊涂的被带到了小巴家。一听他们谋划的是出去打架，立刻嚷嚷他不去。二条说，小巴被人欺负了，你敢不去！三条人滑，嘿嘿笑，说他和小巴一样不会打人还竟挨人打，小时候在家就老是被大条二条欺负。他还劝二条也别去打人，说你再过一个月你结婚了，万一出点事怎么办？这话把二条说恼了，他让三条滚，三条也不脸红，真的转身走了。

小巴看着气呼呼的二条说，要不算了吧。二条说，算了还行？你挨欺负就等于欺负我一样！二条又问双岁和群儿是不是。双岁和群儿也说，就是，这事不能算，欺负人欺负到四顷地人头上来了，打他去！

他们很快出了沟，没想在沟口又碰到了小巴同学雅民和虎子。雅民和虎子一听说小巴被人欺负了，二话不说，就要跟着二条他们走。双岁问二条是不是弄个家伙带上。二条说，要什么家伙，你要是想学三条，这会儿回去不晚！双岁被二条说得面红耳赤，说我什么时候想回去了？我是怕大家吃亏，毕竟下台子是人家地盘。虎子说，弄个家伙也好，我有办法。说着就去了路边的木器厂，几分钟后，虎子就抱了一抱打磨好的棍子出来，那棍子粗细和擀面杖差不多，却比擀面杖长，也不知干什么用的。二条接过一根耍弄了一番，说这家伙好使，别说一个兰志勇，就是一群兰志勇我也能把他们打趴下。

他们每人手提一根木棍在营子街面走过，招来很多人注目。那些目光反射到他们身上，让他们每个人都有了一种所向披靡的感觉。几个人在边走边商量，在哪里打兰志勇好？意见不大一致，雅民和双岁坚持说最好别在校园里打，最好把人约出来，那样打出屎来学校也不好管了；二条和虎子则坚持在学校里打，二条说我们去就是打架去的，去就是让他们看看，我们哥们他也敢欺负！虎子说，对，打架既是示威，也是目的，得让他知道咱们哥几个的厉害，得见点血……这个姓兰的真不是东西，我见了他非把打残废了才好……小巴一听害怕了，嘟囔说要不去吓唬吓唬他得了。小巴这话一出，大伙不干了，说打架就是为你去的，你怎么还退缩了？小巴红了脸，说我不是退缩，我是怕到那里打群架，会把警察招来。虎子说，警察招来怕他个啥？警察来了还有我爸呢，县里还没有我爸不认识的警察呢！二条一听乐了，说那最好，警察要是向着姓兰的，咱把警察一块打了，让他装孙子！

那天下午火车上人非常多，几个人在车厢里前后走了一遍连一个空座都没找到。在家里娇生惯养的双岁就急了，让群儿和他一起走，两个人走到左手能做六个人的地方往那里一站，看着座位上的人也不说话，座位上的乘客一看他们立刻别了脸，都把眼睛望向了窗外。双岁和群儿又来到另一座位上，这回双岁看都没看他们，把手中的木棍砰地往座位中间的茶几上一敲，结果那六个人像被电击了一样一下都跳了起来。双岁和群儿就各站了一边，大喊小巴他们坐过来。几个人旁若无人地坐下，双岁嚷嚷着要打牌，二条说，打什么牌呀，再有半个小时就到了。

到时候打人不比打牌来劲？二条这句话说得豪迈，在座的每个人都变得跃跃欲试，连平时很少说话的群儿都兴奋起来。他走腔走调地率先唱了起来，“少林少林——”，最后一句大伙都跟着一起唱：“有多少英雄好汉一起传扬！”

刚才被夺了位置的有人找来了乘警，乘警过来问小巴他们是干什么的？二条就说，他们都是下台子高中的学生。乘警不信，说你蒙我，学生带棍子干什么？虎子就油腔滑调地说，我们上的是职业中学，要在山上实习住宿，老师怕有山牲口，就让我们每个人回家带了跟棍子，打狼用的。乘警说，打狼？我看你们就像群狼！你们最好给我老实点！

乘警说完转身走了，几个丢了座位的冲乘警又是挤眉又是弄眼，谁知乘警看都不看他们就过去了，警察的这一举动无疑又给了双岁的勇气，双岁冲那几个丢了座位的瞪眼，说怎么的，我坐了你们座儿了，不服就过来啊……说得那几个人是敢怒不敢言。

9

一个月不见，下台子就让小巴认不出了，他走时，学校周围还是青纱帐，一大片没有收割的庄稼，现在，青纱帐不见了，成了一大片裸露的荒芜，被割倒没有来得及运走的玉米秸像灰色的尸体一样到处横陈着，而那些剩下来的割得短短的玉米根茬，还残留着镰刀锋利的痕迹，每根玉米根都以一个凌厉的角度伸向天空，像是一片片被倒栽在那里的刀子。

下台子中学就处在这片刀子地的一边，过去没注意，现在看清楚了，学校北面就是一条弯曲的河流，河流的北面是一脉灰苍苍的走势雄伟的山。和刀子地和那脉山比起来，学校显得孤单而寒怆，突兀、单调、毫无生气。

他们到时，正是下午最后一节课的尾声，有的班体育课，放的早，同学们三三两两地走在校园里。小巴他们进去时，没引起任何人的注意。看门老头几乎连看都没看他们一眼。几个人商量了一下，决定由小巴和雅民先去兰志勇所在班级找人，他们在操场上等。

兰志勇正在班里上课，雅民过去敲了敲门，一个戴眼镜的老师出来了，见雅民眉清目秀，满面微笑，没引起他的任何警觉就问找谁。雅民说，兰志勇。

兰志勇很快就出来了。小巴从窗户就看到了兰志勇的高身子，那身子晃荡着，带一种不可一世的劲头。他大咧咧地出来，问谁找他。雅民说，是我。兰志勇说，你是谁，我不认识你。雅民笑着指了指站小巴，说你认识他吧？兰志勇这才注意到小巴，他明显吃了一惊，不过他很快镇定了。兰志勇说，你们找我干什么。雅民笑着说，没事，想叫你出来聊会，想你了。兰志勇说，好，你们等着。看得出来，他根本没把小巴和雅民放到眼里，小巴是他手下败将，而雅民个子和小巴差不多，长得白白净净的又像个姑娘。他出来后，没看雅民，对小巴说了一句，你不是不念了吗，怎么回来了？

雅民看他出来了，就收起笑容，说别废话，跟我走。

兰志勇说，好，你们说上哪儿，我奉陪！

雅民说，快点，到外面去！

兰志勇说，你厉害，你厉害行了吧，你说哪儿吧？

小巴说，那就上次单挑的地方。

兰志勇说，那里啊，行，今儿带家伙了？

小巴说，还有脸说，说单挑却带了一帮人打我。

兰志勇忽然笑了，我们没打你，真没打你，你忘了？是你自己把手举起来的！

雅民上前推了兰志勇他一把，说再废话，我在这里打你满地找牙信不信？

兰志勇看了雅民一眼。这时，他才注意到不远处操场那里有几个人向这里走过来。

兰志勇转身想回教室，被雅民拦住了。雅民说，怎么，害怕了？

兰志勇说，我去换双鞋，这鞋不方便。

二条他们看兰志勇出来都过来了，二条问小巴怎么了，怎么还不出去。雅民说，他想换双鞋！二条说，让他换条腿得了，说着就拎着棒子要冲过去，被双岁抱住了，双岁说，让他去换！兰志勇这时才感觉不对劲。他磨磨蹭蹭地往宿舍走，到宿舍的时候，又说忘带钥匙了，又要回教室去找钥匙。他低三下四地说，你们让我换双球鞋再跟你们走，行吧？二条说，好，不过你可得快点，我们的耐心是有限度的。兰志勇一个人慢慢地走向教室，虎子问二条用不用跟着，二条说不用，咱看着他呢，他跑不了。群儿说，他不会去找帮手吧？虎子说，找帮手好啊，找帮手才有意思！二条说，对，来一个打一个，来两个打一对，来一帮打一帮！

兰志勇磨蹭了会果然回来了，不过，这次他的身后还跟了两个同学。虎子说，嘿，果然带人来了。虎子说来的人我对付了。虎子嘿嘿笑着迎了上去，那两个家伙看到手里玩着大棍子的虎子，立刻站那里不动了。

兰志勇来到宿舍门前，门锁怎么也打不开。他说钥匙拿错了，还得回去换。二条上去，一把薅住了他的脖领子，一个巴掌左右开弓就是两个耳光。兰志勇的鼻子立刻出了血，血很快流到嘴角。兰志勇都快哭了，说，你干吗打人？二条说，不干吗，想打，打你好玩，你要是不老实，我用棍子揎你你信不信？

兰志勇的门还是打开了。看着兰志勇那副狼狈样子，小巴非但没有复仇的痛快感觉，居然不合时宜地可怜起他来。在二条打他的那一刻，他竟然还想过去拦一下，他现在才明白自己的心里所谓的复仇，不过是想“吓唬”他一下。他肚子里装的都是小乔老师之仁，是令人可鄙的仁慈和柔肠。他清楚为什么会在兰志勇面前举起手来了，他本来就不是一个杀伐果断的人，这一发现，令小巴倍感悲哀。

兰志勇进屋换球鞋，他们就在外面抽烟说笑。虎子拿着个棒子守着那两个同学，逗猫逗狗一样，一会戳戳这个，一会捅捅那个，两个家伙脸站在那里吓得一动不敢动。

下课了，有班里的同学先发现了小巴，回去一说，很多人围过来。

小巴觉得这些同学不是来看他，而是看他的哥们的。他们都是势利眼！他们和小巴小心地说着话，问他这一个月过得怎么样，小巴哼哼哈哈地说，就是和哥们一块混呗。他的话让他的同学一脸羡慕。小葛也来了。小葛来后先是问小巴他们吃饭没有，如果没吃，他一会就去食堂给他们打。小巴很奇怪，小葛什么时候开始吃食堂了？小葛把小巴领来的人每个人都看了一遍，把小巴往后拉了拉，说这些人都你带来的？小葛说，兰志勇是该打，可你这样一闹动静就大了。有人已经去报告老师了，闹不好老师会报警。

这时兰志勇磨磨蹭蹭终于出来了。双岁冲过去就踹了兰志勇一脚，说你换鞋呢还是买鞋呢。又回头叫小巴，说，给我狠狠给我打丫的，让他欺负你！

小巴被群儿推到兰志勇面前。小巴犹豫了一下，不知该怎么动手打他。二条冲过来，抡起棍子就照兰志勇的大腿弯处打了一下，兰志勇毫无防备，一下就跪倒在小巴面前了。双岁和雅民哈哈大笑起来。小葛红着脸过来拉兰志勇，说杀人不过头点地，兰志勇已经认错了。我看就算了吧。

这时虎子冲了过来，说你算哪根葱？你也找揍啊？

小葛平静地说，我是小巴朋友。

虎子没揍小葛，二条的棍子却落在了小葛的头上。二条说，朋友？我看你倒像姓兰的朋友，我就打你这朋友了！

10

几个人是跑着逃出校园的，他们以为后面一定会有人追来，就一边跑一边向后看。跑了一段，看没人追，再搭上跑不动了，几个人就慢下来。虎子说，操，跑什么啊，出不了人命的。我们跑什么？他因为没亲手给兰志勇一棍子还愤愤不平着，到半路时差点杀回去。他骂：操！真不过瘾。谁先跑的啊！双岁说，我还以为兰志勇多厉害呢，咱们刚出现他就尿（读 sui）了，吓得躲到宿舍里不敢出来。群儿也说，就是，还是校痞呢，校“屁”吧！

群儿又说，不过，二条你那棍子打得可不轻，要真把人打坏了，可不闹着玩儿的……说不定他们一会就带人追上来！

二条说，打就打了，打死他老子给他偿命，怕个啥？虎子、双岁也说群儿：一看就不是干大事的人，胆子忒小，打就打了。怕他们怎么的？说着虎子和双岁还纷纷耍起大棍，嘿嘿哈哈地回头舞弄起来。

到火车站时，天已经擦黑了，回去的火车只有晚十点的一趟。灰暗狭小的候车室里就他们几个人。候车室的里不知为什么停了电。双岁骂骂咧咧地用手中的棍子，这里敲一下，那里打一下。雅民和二条正在那里点烟抽，烟头鬼火一样，闪了，灭了，闪了，灭了。虎子和群儿嫌候车室里太暗，就跑到外面站台的月亮地里撒尿。外面的站台上空荡荡的。天空上的月亮和星星却出奇的大，亮。两个人开始还互相开着“谁大谁小”的玩笑，后来就都不说话了……

小巴坐在黑暗中，眼看就要哭了……他无论如何也没想到，二条会把棍子敲在小葛的头上……为什么？为什么会出这种事呢？他现在的脑袋里全是小葛倒下去那一瞬间的形象！二条的棍子一过去，小葛就倒下了，倒下的小葛额头上很快流出了血……倒下的小葛正好看了小巴一眼，小葛的眼里流露出的是不解和哀伤。

当时带头跑的是群儿和雅民，他本想留下来，看看小葛怎么样了，可他们一跑，自己就跟着不由自主地跑起来。他跑得上气不着下气的。他跑一会儿，回头望一眼；跑一会儿回头望一眼。后来他不跑了，还是禁不住一遍遍地回头望去。回望的一路，都很安静。怎么就没人追来呢？难道真的出大事了？小葛究竟被打成啥样了？小葛会死吗？小巴脑袋都想疼了，他觉得不管小葛怎么样，今天他们捅的娄子都足够大了。尤其是二条，他过些日子就要成为新郎了，如果他真的把小葛打出个好歹，会怎么样？会被抓起来吗？会坐牢吗？会被枪毙吗？小巴想起初中时被学校组织去看枪毙人的场景了，被枪毙的人跪在河滩深处，执行的法警一枪过去，人就栽倒了，栽倒的样子多像……多像小葛栽倒的样子啊，现在小葛怎么样了呢？还有学校的老师们，他们怎么一直没出面呢？或许他们已经报警了吧？或许接到报警的警察现在正从四面八方往这里赶……

小巴静静地坐着，他这会儿只能静静地坐着，等着即将到来的一切。

鸳鸯戏水

1

小画匠只有黄昏才会来到我们四顷地。那时候，他穿一身干净的衣裳，肩上斜背着一个小木箱，如果是冬天，手上还戴着露出十个指头的线编手套，每到一家，他会最先在一盏昏暗的灯下把自己随身的小木箱打开。在我看来，小画匠的木箱就是个神奇的多宝盒，至今还记得第一次木箱打开时那一瞬间带给我的震撼。那木箱看上去古旧得很，可一旦打开，里面就好像有一道七彩的虹霓飞出来。小木箱共有三层，第一层放画笔，大大小小总有几十只吧？第二层是各种各样的颜料筒，在我看来更像是小号的牙膏，不过它们挤出来时不光是白色，而是各种颜色都有；第三层就是盛颜料的碟子了，碟子是白色塑料那种，有单个的，也有里面被分割成若干个小格子的，分放不同的颜料。那些碟子都已经失去了白的底色，被各种各样的颜色点缀，却不显脏，七彩斑驳的，在昏暗的日光灯下散发出一种迷人的色彩。

小画匠的脾气真是好，每次打开箱子前，他总会对人抱以浅浅的一笑，似乎没人见过他板着过面孔。比那些习惯板着面孔的木匠、油匠们可强多了。而且，他很少在主人家吃饭，也不像那些木匠和油匠，不但天天要在主家吃，一旦主家言语不周或饭菜少放了油盐，他们就会冷下脸子，“叮叮当当”发脾气，更有恶劣的还会故意刨坏木料刷花了漆，让主人既心疼又自责。小画匠从没这样过。他很有耐心，即使我们这些吃饱了撑的没事干的野孩子围挤着他看热闹，他也是很有耐心地对我们笑，他先用水泡开颜料笔，再一点点往那些碟子上挤颜料，有时会有人大声质疑：“颜料盘子都脏了你怎么不洗洗？串了色怎么办？”他就会拿起颜料碟子翻来过去给人看，还让人下手去摸，嘴里轻声说：“是干净的……很干净是不是？串不了色的。”于是大家就放心了。

小画匠总是蹲在那里画，给漆好的家具画各种各样的画。他画得最多的是花鸟。鸟什么样的都有，我们都叫不出名字，花却差不多都是牡丹，大朵大朵的，鲜艳的牡丹，名曰“花开富贵”或“富贵吉祥”，偶尔也画“松鹤延年”，或有着圆鼓鼓大脑门的“寿星佬”。他一蹲在家具面前就是一两个时辰，他画画的时候非常投入，忘我，有一种浑然物外的艺术家风范。有时候主人把小板凳都塞到他屁股底下了，他也不坐，就让那小板凳空着。当然，有时候，实在太累的时候，他也会直起腰来，像那些上了年岁的老年人一样，用手腕处托着腰，慢慢站起，一手托盘，一手执笔，他站起来总要用他温和的眼睛看一眼主家和我们这些围观的孩子，带着些许歉意地微笑一下，说：“喘口气。”就说这一句。于是主家和我们就都笑了，有忙着给他搬椅子的，有忙着给他倒加了白糖的开水的，也有忙着给他递毛巾的——忙着给他递毛巾的如果是个胆大的姑娘，还会不顾害羞地过去，满面通红地给他擦擦额头上的汗，而这时候小画匠也会跟着把脸红了，甚至，还要扭捏地躲几下。

我姐姐就给小画匠擦过汗，是因为小画匠也在我家干过活，如果在别人家，当然轮不上她去献殷勤。如果小画匠在别人家，我姐姐就会整晚都不高兴。她不高兴的样子总是很丑。她本来也不漂亮，一张黑黄粗糙的脸，怎么擦雪花膏都擦不白，还有她凌乱粗重的眉毛，她的单眼皮耷眼梢的眼睛，还有她的塌鼻子和鼻子周围星星一样密布的雀斑……我不知道姐姐为什么长得这么丑？我父亲和母亲都算得上四顷地的漂亮人物，可为什么我姐姐丑得像个天外来物，像个外星人呢？

可我姐姐从不觉得自己丑，好像长相丑陋的人都不以为自己是丑的吧？他们总以为世界上比他们丑的人还有很多，和那些人相比，他们就是漂亮的。因此我姐姐每次在小画匠来时都要换上一件花衣裳，往脸上涂更多搽雪花膏，最后还要扑上一层香粉，把自己打扮得像个舞台上的女丑。她像一只花枝招展的俗气的大蝴蝶，总是围着小画匠飞来飞去，抢着干这干那，说这说那，希望博得小画匠的垂青与关注……

如果在别人家，抢着为小画匠擦汗的是另一位脸蛋红红的姑娘，我姐姐就会妒火中烧，不但自己要甩下脸子离开，还每次都拖上我。只要一离开别人家，她就会像泼妇一样大发牢骚，骂那个姑娘不要脸，说人家又贱又骚，是个不要脸的货……和这样的姐姐在一起，我总是感到很没面子。但有什么办法呢？这就是我姐姐。

说实话，我也希望姐姐能博得小画匠的喜欢，甚至还设想过姐姐能嫁给小画匠，可那怎么可能呢？我姐姐虽然算不上四顷地最丑的姑娘，可也和四顷地的漂亮姑娘差着十万八千里的距离呢！小画匠怎么会看上她呢？我姐姐不但长得丑，脾气还特别倔，特别犟，心眼也特别小。她喜欢上小画匠后，每天的黄昏来临，她都要早早出门，到大路上去等那个熟悉的身影，如果那个身影进的是王贵家她就高兴得小辫子一撅一撅地跑回家来了，说她晚上不吃饭了；如果小画匠进的是王珍家，或孙老喘家，或吴志江家，她就会皱着眉头回到家摔摔打打，因为王贵家没有女孩，只有四个儿子，剩下的就不行了，王珍家有王二丫，孙老喘家有荣头，吴志江家有小灵儿，她们都比她好看，可话说回来，谁又比我姐姐长得不好看呢？就连那个见到谁都笑都流口水的傻丫头明头，细看上去都比我姐姐多几分姿色。

自古丑女多作怪，我姐姐也不例外。只要小画匠不能心随她愿，她就会把一口气撒到家里，摔摔打打，指桑骂槐，说东指西，她难道一点都不知道，人生气的时候最丑这个道理的吗？我母亲在四顷地是个出了名的好脾气的人，姐姐恶声恶气的时候，她就劝她："人的命天注定，人的因缘也是老天早就派定好了的，争是争不来的……"，可我姐姐那时却像吃了蜜蜂屎一样，什么大道理到了她耳朵里都好像别人故意给她下咒语。

我姐姐对母亲说："娘，家里该打家具了，看看咱们家的家具都老得成什么样了？"母亲说："不是去年新打了一个橱柜了吗？"新打的橱柜上就摆在我姐姐面前，橱柜上的玻璃上画着两尾鲜活得几乎要蹦到眼前来的鲤鱼，那就是小画匠第一次到我家时给画的，我还记得他在一盏十五瓦灯泡下，轻声轻气说话的样子。他对我母亲说："就画鱼吧？画鱼吉祥，吉庆有余。"他还看了我一眼，用沾了颜料香气的手在我头发上摩挲了一下："鱼，寓意也好……鲤鱼跃龙门，你家将来能出大学生。"而我的姐姐却强烈建议在橱柜的玻璃上画一对鸳鸯。"画鸳鸯戏水！"她说。我们都感到既无奈又好笑，连小画匠都笑她了，说："橱柜上画鸳鸯干什么？只有在妆奁匣子或新人洞房的床头上才画鸳鸯。"我们一家都说服不了的姐姐，没想到小画匠几句话就让她服服帖帖，小画匠画那两尾鲤鱼时她忙前忙后，递水递烟，表情下作得就像小画匠带来使唤的一个随身丫鬟！

"那就给我打一对盛妆奁的箱子！你答应过我的，给我打一对妆奁箱子。"姐姐逼着母亲说。

"可是你现在连对象都还没有……"母亲说。

"早晚得有，你早晚都要给我打，你总不能一辈子把我留在身边，不让我嫁出去吧？"姐姐为了达到自己的目的，连这样不知廉耻的话都说出来了。

母亲没说什么，叹口气。母亲叹气的意思，连我都听出来了，姐姐那年已经二十出头了，到还没有一个提亲的上门，对象的影儿还都没有呢，她却操心上自己的妆奁箱子了。

当然我们都知道姐姐要妆奁箱子真实的目的，还不是希望小画匠上门，给她在妆奁箱子上画她喜欢的“鸳鸯戏水”？她也能以最有力的理由去接近她朝思暮想的小画匠了，可以亲自给他递一杯加了白糖的水，拿垫了棉垫的板凳，拿了用热水浸过的毛巾去给小画匠擦擦汗？

可即使她想干的都干了，又能怎样呢？小画匠根本不可能看上她。

“小画匠根本不可能看上四顷地的姑娘。”记得有一次我姐姐和小灵儿、荣头、二丫她们在一起秘密议论小画匠的时候，小灵儿说过这样一句话。

“那可说不定。小画匠看上谁，只会记在他心上，又不写在他脸上。四顷地还是有他能看上的好姑娘的。”我看到我姐姐说这句话时甚至红了一下脸。我想她所说的好姑娘就是指她自己吧？

然后她们说起了四顷地的姑娘。她们指名道姓地说了差不多二十多个姑娘，她们就像无比挑剔的皇后给自己的老公皇帝选妃子，再好的姑娘到了她们口里都有说不尽的不足和缺点，而她们蠢蠢欲动的表情却暴露了她们内心的真实想法，她们隐秘的情感已是司马昭之心路人皆知，可她们还在顾左右而言他，还在装疯卖傻。

只有胖乎乎的荣头说了句实话：“小画匠可能看上一个四顷地的姑娘，可他不会看不上我。”

说这句话时，荣头显得有些忧伤，两天前，小画匠刚刚在她家为家里新打的穿衣柜画好了梅兰竹菊四扇屏。

荣头说："我看，四顷地只有一个人配得上他！"

我姐姐立刻问："谁？是谁？"

"高君英！"

荣头说完这句话，热闹的场面一下冷清下来。我现在还记得姐姐听到这个名字时张着嘴瞪着眼的错愕表情。

没错。高君英。我想她们肯定故意忽略了这个名字。也许，她们根本没想起四顷地还有这样一个人。也许，她们都知道这个人，却从心里觉得，她的存在根本不在四顷地，而是在别的更远更辽阔的地方吧？高君英这样的女孩怎么会是四顷地人呢？她应该出现在某个大城市的广场或一个有着高楼洋房的家中。

但高君英是四顷地人，是谁也否认不了的。她是四顷地支部书记高大全的小女儿。他的大女儿高俊梅曾经是四顷地的小学老师，后来嫁给了风度翩翩的东风镇学区校长曹德江。高俊梅长相一般，高君英却出类拔萃。姐妹两个站在一起就像两家人，她们一黑一白，一丑一俊，一矮一高。按我们四顷地人的话说：高君英生下来就该是个城里人！

所以我姐姐她们根本不可能忽略高君英的存在，高君英的存在就像她们的头号天敌，她们都和高君英是同学，而且据我姐姐说，她小学时还和高君英同桌，只不过后来高君英考上了县里的重点初中，又考上了地区的中专，而她们却连一个普通初中都没有读完。她们既想在心中无视这个巨大的存在，又觉得这个存在对她们是种巨大的挑战，哪怕是拿出这个名字来和小画匠放在一起随便说说都让她们气馁。

事实上，我姐姐她们议论高君英时，小画匠还不认识高君英，说来也是吊诡，小画匠后来认识高君英却是在小画匠给我姐姐在她的妆奁箱子上画鸳鸯戏水。

2

凶悍霸道的姐姐终于逼着母亲答应为她打一对妆奁匣子了。

姐姐对于用什么木料谁当木匠哪个油匠来打底漆显示出一种心不在焉和完全不负责任的态度，但对于请谁当画匠她却表现得铁板钉钉一样不容更改。那些天，我看到母亲唉声叹气地张罗着为姐姐打一对妆奁箱子，姐姐无所谓，母亲却要认真审慎，母亲知道姐姐心思不在妆奁箱子而在小画匠身上，她知道自己这个犯起倔来九头牛也拉不回的女儿，打骂不行，劝说无益，她又能怎么办？打家具的木料还没准备齐呢，我姐姐就跑到正在红四家干活的小画匠身边，女唐僧一样一再嘱咐小画匠别忘了给她的妆奁箱子画“鸳鸯戏水”，以至于红四妈一看到我姐姐就调侃:“看，鸳鸯戏水又来了！”

一到冬天，来四顷地干木匠活的人并不少，虽然只是一对妆奁箱子，母亲选择起木匠来还是颇费心思，因为木匠和油匠都不好选，为什么不好选，前面已经说过了，这些匠人对活路挑剔，对主家言语甚至饮食也挑剔，他们完全和小画匠不同。所以四顷地的木匠和油匠常常是换来换去，大街上挑着木匠摊子的换了一拨又一拨，可为家具画画的却只有小画匠一个人。

因此我姐姐那么急不可耐地定下小画匠，就显得有些多此一举。四顷地有了小画匠，就断了很多画匠来四顷地找活路的念头。有小画匠，谁还用别的画匠呢？

为找到一个合适的木匠，母亲操心费力，甚至多花了钱，因为打两个妆奁箱子的活儿并不大，一个技艺纯熟的木匠有个两三天就完工了，所得有限，木匠们就有些不把这活放在眼里的意思。最后，母亲说好说歹，总算把一个木匠师傅请上门来了，还在东屋炕上专门给他铺了狗皮褥子，让在矿上的父亲买回了足够吃好几天的猪肉、粉条和海带，木匠用他锋利的刨子刮木方的时候，我们都在那里观摩，姐姐正眼看都不看一眼就和小灵儿跑出去等小画匠了！

时隔多年，我还记得小画匠再次出现在我家里时的情形，那是临近春节时候的又一个黄昏，小画匠背着他那只我们早已熟悉了的三层小木箱子出现在我家的院子里，我感觉我家的院子因为他的到来而宽展亮堂了，就像突然被谁点亮了一盏五百瓦的大灯泡儿，焕发出一种特别奇异的光彩。这一天，我姐姐并没有出去接小画匠，她甚至一天都没出家门，从一早晨开始就心神不宁地在屋子里走来走去，在一个巴掌大的圆形小镜子里来来回回照，好像只要这样一照，她就能换张面孔变得好看起来一样。

过去，我的姐姐是个啰唆的人，每天里要说很多话。小画匠要来的那天，她不知怎么，好像中了邪一般样，一天里也没对家人说过一句话。我母亲和我都曾试图和她搭讪，可一看她的表情立刻就知难而退了，她眼里的神情已经超然物外，好像正走过万水千山，历经艰难险阻，我母亲、我，好像都不在她的视野之内了，我们又何必自讨没趣呢？母亲只有一个劲地叹气。

当黄昏时分，小画匠终于在院子那里出现时，我们终于听到姐姐说了一句话："他来了……"这时母亲也说了一句："这个人是个南方人……"我觉得母亲和姐姐一样让人费解，因为小画匠是南蛮子的事实，早已经被四顷地的人证实过了，我不记得母亲在小画匠第一次来家里画鱼的时候是不是也这样自言自语说过，那么，她突然说出的这句话又是什么意思呢？

小画匠进屋的时候，我们一家人正在灯下吃晚饭，他刚进院子的时候，我姐姐已经放下筷子和碗，她还要求我们也放下筷子和碗，但我们没照她的要求做，因为那时候我们的晚餐刚刚开始。小画匠一进来，我就看到他招牌一样的笑，是他一贯性的微笑，令人着迷的微笑。我母亲甚至有点冷漠地问他吃了晚饭没有，如果没有就一起吃。我看到小画匠点点头，说谢谢，他已经在别处吃过了。

说实话，我对这个小画匠有很多不解，比如他为什么总是黄昏时才会出现在四顷地，比如为什么每次问他吃饭他都说吃过了？那他又是在哪里吃的呢？据我所知，他在整个东风镇无亲无故，而且那时候的饭店极少，距离四顷地最近的饭店也要十几里开外……那他究竟是吃过还是没吃过呢？如果他在撒谎，这对他又有什么好处呢？而且，我还觉得小画匠这个人非常神秘，他总是对人问及他是哪里人以及姓甚名谁闪烁其词。比如你问他：“小师傅是哪里人啊？”他顶多回答你一句：“南方人。”你再问南方哪里啊，他就只笑不答了。还有他的姓名。你若问他：“小师傅尊姓大名啊？”他就会以一句“您别客气，叫我小画匠就行了。”再问，还是一句：“他们都叫我小画匠。”这时候一般就不会有人细问了，四顷地的人生下来就实在——人家小画匠干的是技术活，活干完干好了，你给人家钱就是了，哪里来的那么多问题呢？——当过大队会计的孙老喘就这样说过——因此，关于小画匠，我们所了解的无非两种：

一，他是南方人；

二，他叫小画匠。

我问过母亲：“小画匠为什么不告诉人家真名呢？名字也保密吗？”

母亲说：“人家不想告诉你呗。”

母亲又说：“也许画匠和木匠和油匠不一样，他们不习惯用自己的真实名字。他们是用艺名。”

母亲话是这样说，可脸上也是一副茫然和费解的样子。

母亲一直是个安详随和的人，但这一次小画匠来，母亲却变得警惕起来。她始终盯着姐姐的一举一动，有时候对姐姐过于殷勤的举止还低声呵斥，这同样让我费解。母亲警惕什么？母亲又害怕什么？难道她怕自己的女儿被小画匠拐走？这可真是个笑话！

小画匠刚来的时候，我母亲就问他，画好这两只箱子要多久，小画匠说，按说应该画四天，每两天画一只，但最近他在别的村里还有活，而且年底了，他还要回南方老家，所以，他想晚上多画会，两天画完。我姐姐听了不干，她非说要画四天的，她的说法是“那样才能画的细！”母亲却支持小画匠，母亲干脆地对姐姐说，两天就两天。说完又对小画匠说：“就两天，画吧，工钱一分不会少算给你。”听母亲的语气，好像根本不关心小画匠画出的质量，而是尽快让他画完赶紧走人。小画匠一脸感谢母亲的样子，还不忘了回头安慰我姐姐一下：“你放心，两天，我也不对付，会画得同样仔细。”这回倒轮到我姐姐叹气了。她粗重的叹气声响了一个晚上。

谁都没想到，小画匠会在第二天反悔。第二天，他来时突然对母亲说，为了对我姐姐未来的幸福负责，他还是要精修细画，还是决定把时间延长为四天，至于那个村的活，他已交给自己的一个同行去做了。小画匠说这话时，他没看母亲，没看姐姐，而是不停地用眼看着一个突然造访的人，这个人就是我姐姐的同学高君英。她是在小画匠还没来时，由小灵儿和荣头领来看姐姐未来的新嫁妆的——她尤其喜欢小画匠的画的“鸳鸯戏水”，虽然那连个半成品还算不上，但她却叹息般地说了一句：“这小画匠手艺真是好，这鸳鸯都被画活了！”我姐姐那时还不知道危险，还热情地挽留高君英在家里吃晚饭，晚饭后一起看小画匠画“鸳鸯戏水”，而高君英居然也没怎么推辞就留下来了。那也是我第一次见到高君英。就像听到她的传说一样，她果然非常好看，而且那天她穿了件只有城里姑娘才穿的在农村很少见的白色羽绒服，她穿着那件羽绒服，漂亮得就像一个把翅膀隐藏起来的仙女。

我母亲也为姐姐能请到大队书记的女儿在我家共进晚餐而高兴，晚上她还做了只有木匠师傅在时才做的猪肉海带炖粉条，问了很多关于高君英的问题，比如多大，在哪里读书，她姐姐高老师生了小孩没有，生的是男孩还是女孩，以及高书记两口子身体如何等等一系列琐屑问题。我当时只顾得一边吃猪肉海带炖粉条，一边偷眼看仙女一样的高君英，我记得她吃饭的样子，吃一口就把筷子放在碗上，对母亲鸡零狗碎的提问她回答得也相当有耐心，平心静气，那天高君英走后，母亲说了一句话："真是龙生龙凤生凤老鼠生来会打洞——大队书记的女儿就是不一般，一听说话就知道是大家闺秀。"母亲那句话其实也是在提醒姐姐，因为姐姐那一晚，一喜一忧，喜的是小画匠终于多留了两天，忧的是小画匠突然对高君英的投过去的热辣辣的眼神让她坐立不安。

"他从来没用那种眼神看过四顷地任何一个姑娘。"这是我姐姐后来说过的话。

高君英那次是从学校刚放假回来，半路上她碰上了小灵儿，小灵儿就和荣头把她带到我家。

我已经记不得小画匠和高君英那天是不是说过话了，也许根本就没说过话，但他们还用说话吗？那天的小画匠一改往日的沉着与镇定，他执画笔和颜料盘子的手多次发抖，虽然没影响他的工作——但他画的速度却明显减慢了，他好像忘了该怎样画"鸳鸯戏水"了，画的过程中，他多次停下，装作皱眉头思考的样子，他是在利用各种机会像仙女一样的高君英瞥去几眼，高君英也少了几分大家闺秀的样子，像我姐姐她们一样有了小动作，一会动动头发，一会整理一下羽绒服的下摆，一会把围巾摘下一会又围上，最重要的是他们的眼神，他们的眼神的交流，无声，迅疾，却蕴意丰厚，后来，当我读到一见钟情这个成语的时候，我会第一个想到他们俩，我想，小画匠和高君英算得上一见钟情吧？

我姐姐虽然那晚上就感到了某种危险，但也没有多少反常举动，只是在他们走后，她开始数落高君英：“我还以为是个公主呢，还不是和我们一样俗气，我其实就那么一虚让，她还真就不客气在咱家吃了。”母亲说：“那是人家君英大方、不扭捏。”母亲这个晚上是高兴的，并没因小画匠突然延长工时而烦恼，也没像昨天那样盯贼一样防着姐姐。她对高君英的印象相当好。“大方什么啊？”我姐姐说，“还不就是仗着自己是大队书记的女儿？还不就是仗着自己比别人漂亮点？我看也就那样吧，而且你们看到没有，她脸白是白，但我怎么觉得白得不对劲呢，我看她准是有病——”母亲打断她：“不许这样说人家，你这是嫉妒！”“嫉妒怎么了，小画匠给咱家画画，她没事过来看什么，讨厌！下次再来我就撵走她！”母亲说：“你敢！你知道你哥是怎么当兵走的不？你知道你姐为什么能去外面的批发站当称泵员不？不懂事，以后你的工作也指望人家呢！”姐姐一甩袖子：“我才不稀罕！我就是要撵她走！”

姐姐口上是这么说，可当第二天，高君英真的出现在我们家时，她还是没好意思像说的那样撵人家。她怎么撵人家呢？因为她不是跟着小灵儿和荣头的，她第二天来竟是小画匠领来的。

真是让人难以置信啊！我清清楚楚记得小画匠第二天领着高君英走

进了我家的门，他们一路说说笑笑，就像是认识很久的朋友——而昨晚他们才在我家认识，话都没说上一句，而仅仅过了一天，两个人就以这样一种让人匪夷所思的场景出现了。小画匠话也多了，看到我们诧异的眼神，他只玩笑般地说了一句话："我新收的徒弟……"这当然是玩笑了。不过高君英在说过一句撒娇一样的"讨厌"之后，竟真的叫了声："师傅！"他们相互取笑的样子不像一对师徒，倒像一对恋人。让人不得不怀疑，他们是什么时候再次见面的，又是哪里见面的，他们谁先找的谁，又是谁先主动的？

尽管小画匠和高君英的携手亮相让人感到突兀，但你不得不承认，他们确实称得上一对般配的恋人，也可以说一对配合最好的师徒，小画匠拿笔，高君英托着颜料盘，小画匠画一笔鸳鸯，看一眼高君英，看一眼高君英，再画一笔鸳鸯，而高君英呢，则是看一眼画再看一眼小画匠，目光绵密得像在相互之间织一张网。他们郎情妾意，珠联璧合，堪称璧人，就连我见过大世面的母亲也看得呆了，后来当我姐姐大骂小画匠和高君英是对狗男女时，我母亲根本没理会我姐姐的愤怒和伤心而是沉浸在当时的场景中，说了一句："他们确实太般配了。"

我已经忘了姐姐在那两个末日般的夜晚的表情了。也许不是忘，因为那晚上姐姐一看到小画匠和高君英两个人出现在我家里不久，自己就跑出去了，直到他们走了之后她才回来，我姐姐什么时候跑的，跑去哪儿了？我也不知道。我总是对生活充满了好奇，而生活也总是接连不断地为我制造着奇迹，而我的姐姐注定会在这场无望的爱情中出局，这一点，就连我都早早就想到了，有什么好奇怪的呢？

3

我姐姐疯狂的反击是正月里的事了。正月初六我们就看到小画匠的身影出现在四顷地了，与以往见到小画匠在黄昏出现不同，这次他是上午来的，没背那个三层的小木箱，却穿了一身呢料的新衣服，他在四顷地的上午走过，那个上午的阳光就像专门给这个南方人预备的一样，她们追逐着他，抚摩着他，让他呢料服装上那些纤细的毛儿都光芒万丈。小画匠是从小路上走来的，他经过我家时，我听我姐姐"嗷"的喊了一声，就像一匹受伤的母狼，她转身，一双眼睛在屋内乱找，扬言要把这个"流氓蛮子"打的妆奁箱子用斧子劈掉当柴火烧，母亲没有阻止她，却流露了一丝略带嘲讽的微笑，那微笑就像闪电一晃而过，可还是被我发现了。小画匠刚刚走过，高老喘的女人就走进我家和母亲聊天了，高老喘女人皮肤很白，人显得很年轻，她平时是个不言不语安静的人，这次却主动聊起了小画匠。

"听老孙说，南蛮子要找人向高家提亲了……"

"看上去倒般配，不知高家会不会同意？"

"你不知道啊……高家小英原是定了对象的……听说是她姐夫曹德江介绍的……是东风镇上的人，在办公室上班……"

"那……"

母亲刚要说什么，却听到姐姐一声古怪的笑，然后姐姐撅着丑陋的小辫子就跑出去了。姐姐跑到了大道上，大道上正月里总是聚积很多闲人，那里地势高，又是整条沟去镇上必经的交通要道，可以看到很多穿新鞋新衣上来下去的人，我们队上的大人小孩子都喜欢站在那里。他们也都在议论小画匠。他们也都看到小路上走过的小画匠了。

“南方水土好，人家长得就是比咱们这里的人清秀、白净……”

“白净管什么用，小白脸没好心眼。”

“南蛮子哪里人都不知道……不会是个骗子吧？”

“他和高家小英好怕是没好事……”

我姐姐哪里人多往哪里凑，听到议论小画匠，不知怎么，竟突地哇一声哭起来，大家面面相觑，不知谁惹了付家的丑姑娘了。

“二曼，这是怎么了？”

“小画匠是个流氓！”我姐姐擦了把鼻涕眼泪说。

围观的人立刻兴奋了。他们围着我姐姐，像是探矿者突然找到线丰富的矿脉，欣然之情溢于言表，于是，小画匠是个流氓的传言就像风一样很快在四顷地传遍了。小画匠是个流氓？为什么是个流氓呢？因为小画匠借为人作画之机，经常调戏挑逗那些人家的小姑娘，有时候连已婚的女人也不肯放过，说是外面的梅岭已经有两个女人为他打胎了，挨着四顷地的黄庄也有女人为他自杀喝过卤水。我确信这个谣言的始作俑者就是我姐姐。因为那天下午孙老喘的女人就找到母亲，小心翼翼，试探性地追问，小画匠两次在我家画画，是不是把二曼怎么了？

我母亲不知道我姐姐在人群中的哭诉。我姐姐说：小画匠有一次趁没人时，突然抱住她……还有一次，她出去小解，回头看到小画匠也跟出来了，小画匠上来就往下拽她裤子，要不是她死命地拽着，坚决不从，腊月里小画匠就把她强奸了。小画匠不甘心，终于有一次趁她不防备时强行摸了她……我姐姐抱住胸脯，好像抱住最后一块童贞，她一字一泪的哭诉："小画匠，这个流氓，他骗了我……他说要娶我的，还故意上门来给我画鸳鸯戏水……我差点就认了……差点就被他毁了……这个人面兽心脚踩两只船的流氓……"

我当时不在现场，不知道现场的那些人听到我姐姐明显臆造事实时是什么表情，他们会是相信呢，还是根本觉得不可能，我相信很多人他们在我姐姐的哭诉下是半信半疑吧？不然为什么孙老喘的女人来试探性地问母亲，我们家准备去告小画匠，是不是真的。

我母亲听到这些，只是一个冷笑，来回说"二曼，二曼，这丫头怕是疯了。疯了。"

我也觉得我姐姐就像一条疯狗，到处乱吠乱咬，不可救药了。

每次我母亲审问我姐姐时，她却矢口否认，说她从没说过那些话，她狡猾，百般抵赖，还赌咒发誓，说谁说过那样的话就天打雷劈，气得母亲拿起烧火棍狠狠往她身上敲，说我怎么生出呢这样一个不知廉耻的女儿！我姐姐捂着脑袋到处跑，边跑边哭，边哭还边犟嘴："他就是流氓……难道，我说错了吗？"

对于小画匠和高君英恋爱这件事，高大全一家的前后态度却迥然有别，他们一开始对这件事的处理显得相当暧昧和莫衷一是，至少从四顷地人看来是这样的，他们对事实既不承认也不否定，因此在一开始时，小画匠和高君英在四顷地出双入对，如入无人之境，两个人即使走在大街上也不忘你看我一眼，我冲你一笑，开学后，我几次看到高君英和小画匠在学校前面的马路边上站着，而他们的身后坝坎下不足一百米就是高君英的家。

开学后高君英没能返校。不知为什么。难道她为了爱情连中专都放弃不上了吗？黄昏时分，我们也很难见到背着小木箱的小画匠在四顷地的人家出没，难道他为了爱情养家糊口的画匠也不做了吗？在这时候，关于小画匠的传言却正甚嚣尘上，有人说，小画匠其实在南方的家很有钱，他不缺钱，他是把画匠当玩儿的，但也有人说，小画匠看人的眼神躲躲闪闪，怕是在老家有过不干不净的过去，到北方当画匠是在躲避什么灾什么难也未可知……总之是众说纷纭。我觉得这些都不算什么，就连我姐姐不是还给他制造绯闻和传播谣言吗？可也没见谁能把他和高君英分开。那些日子，小画匠和高君英沉浸在爱情的甜蜜中，就连我姐姐这样固执的异己者最后都放弃了对他们的仇视，开始转变了。我有一天听到她和小灵儿说："这一对男女流氓快结婚了吧？"

小画匠和高君英的故事就是从这种甜蜜的平静中开始产生变数的，没人能具体说清是从什么时候，有人说是夏天到来的时候，高君英的姐夫曹德江往自己的老丈人高大全家跑过几次之后就开始了……不管怎么说，夏天里，小画匠和高君英的爱情遭到来自高大全一家的飓风般强烈和迅疾的反对，有人看到高大全把小画匠叫到自己的书记办公室正式谈过一次，紧接着高君英又被姐姐高俊梅开来的一辆草绿色的吉普车带出了四顷地。小画匠面对素以强硬著称的高大全是怎么表态的？而高俊梅又是怎么苦口婆心劝说她唯一的妹子回心转意放弃这段感情的？恐怕除了他们自己没人知道。但有一点可以肯定的是，这种棒打鸳鸯的做法并没有把这对鸳鸯拆散，很快我们四顷地的人又看到他们在一起了。

王贵家的四条有一次从东风镇回来，他抄近路，仗着腿长脚长胆子大，走在高高水渠上上，想到大坝上攀爬修水库时凿出的天梯一样的山崖回来时，竟在大坝上发现那对时髦的年轻人，大坝上只有他们两个人，他们手握着手，肩靠着肩，一起坐在水库的坝顶之上，正看着绿莹莹的水发呆。大太阳下，也不知多久了。“真浪漫……”四条说，“可惜，四顷地最好的妞儿让个小蛮子泡了。”

这是六月里某个星期一发生的事。紧接着，又一个星期一，就发生了火车站那惊险一幕，那件事最后扩散之快影响之大，堪称一出传奇，好几个四顷地人有幸目睹了那件事的全过程。那一天上午八点多，东风镇的火车站还很安静，因为距离九点一刻开往北京的火车时间还早，偌大的火车站只有零星的几个乘客候车大厅或站台上无聊地闲逛。东风镇火车站是个开放性的小火车站。坐火车的人可以从四面八方过来。有的打票，有的不用打票，不打票的可以在车上补，如果乘务员或乘警疏忽，还可以逃票。当时我们四顷地有好几个要去北京的人早早地来到了火车站。不久，他们就在火车站发现他们熟悉的人，这些人里有大队书记高大全，有高大全老婆，有高大全的大女儿高俊梅，还有女婿曹德江，当然，还有几个他们不认识的人，这些人都聚在曹德江周围，有我们四顷地的人过去和他们打招呼，问这一家子聚这里，是坐火车去北京呢，还是等着在接站从承德过来的人。高大全说："我们不去北京。"

高大全老婆说："我们也不接站。"

曹德江说："我们找人。"

高俊梅说："你们看到小画匠没有？看到我妹妹小英没有？看到他们两个人没有？我们在找他们我们东风镇了连他们的影儿也没找见一个急死我们了！"

高大全老婆这时就哭出了声："我可怜的小英一定是被南蛮子给害了啊啊啊……"

高大全喝住老婆："闭嘴，你这个乌鸦嘴，要不是你娇生惯养，她……"

曹德江说："爸，妈，你们放心吧，他们跑不到哪儿去，我不相信他们能跑得出东风镇！"

这时候过来两个铁塔般的小伙子。一个说："曹校长，你放心吧，我们哪儿哪儿都布置好了人，他们跑不了。"

另一个说："这个南蛮子胆大包天，这小子要是不把身体零件丢几样还不知道东风镇人的厉害。"

听到这话，四顷地的人就悄悄地往后退了，心惊胆战的样子，好像丢了零件不是小画匠而是他们。

他们只盼着火车快点来，但他们又担心自己看不到一出好的戏。因此他们很纠结。

九点钟的时候，火车站候车的人开始多起来，而且越来越多，他们从四面八方赶来，那么多人，人山人海的，不像是坐火车，倒像是到火车站来看一出大戏来了。

火车站也确实有一出大戏等着他们看呢。那天在火车站等火车的还有一个四顷地人，就是王开的女人，她刚嫁到四顷地王开家还不到一年。这一天她正在车站接一个河北过来的亲戚，她昨晚住在了东风镇的另一个亲戚家，因为离车站很近，所以她九点了才往车站走。她是从一条偏僻的小路赶过来的，在那条偏僻的小路上，她碰上了一对奇怪的人。九点钟的夏天上午，太阳已经很毒了，她看到一对穿着打扮很洋气的小伙子走在前面，两个人都戴大大的草帽，对，就是因为草帽，引起了王开女人的好奇，她觉得怎么洋气的人总应该戴个洋气点的帽子，那种小巧的，有帽檐的凉帽，可他们为什么偏偏要戴个不伦不类的草帽呢？带着这种疑惑，她总是不由自主地一次次回头看他们一眼，尽管他们离得不近，可她还是隐约嗅到了一种熟悉的味道。这味道她太熟悉了。一年前她在未婚夫王开家闻到过这种味道，她怎么能忘了那味道呢，是那种独特的，掺杂了些颜料和汗味香气的味道。王开女人是个鼻子特别灵敏的人，据说她看人前要先闻人的味道，通过味道才能确定和人相处的远近关系，她就是通过闻王开的身上的烟味觉得这个小伙子还不错而准备要嫁给他的。而一年前那个夏天的黄昏，当小画匠走到王开家时，她首先闻到了他身上的味道，那种独特的弥漫着各种颜料味儿的味道。等他蹲着为她的婚床画鸳鸯戏水的时候，她从他的身边经过，又闻到了他的汗味，这是和王开迥然有别的味道，也与所有北方男人迥然有别的味儿……

就是因为这味道，让她发现了小画匠。没错！这两个戴着大大的草帽，还戴着个大大的墨镜的两个小伙子，其中的一个正是小画匠。

“小画匠……”王开女人停下脚步，等两个人走近时，她下意识地喊了一声。王开女人是个热情的人，她觉得碰到熟人就应该停下来和人家打声招呼。然而让她想不到的是，她刚一说话，那两个戴草帽的人突然低下头，脚下加快了速度，迅速从她身边超过了她，好像她是个瘟疫。王开女人当时还很奇怪，以为自己认错了人，还站在那里愣了会。后来当她来到站台，在站台上张望那两个戴草帽的人时，她已看不到他们的背影，却听到人群中有人大喊了一声：他就是小画匠，抓住那两个戴草帽的……

站台上顿时大乱。

这时候从承德开往北京的火车已经喘着粗气像一条蜿蜒的巨蟒滑进了车站，想去北京顺义做小工的王贵二儿子二条佐证了王开女人说碰到小画匠的事实。他当时并没听到喊“抓住那两个戴草帽的”，他是在挤上火车站一个靠窗的座位坐下来时才看到发生在他眼皮子底下的事的，一个戴着草帽的小伙子正好摔倒在他的车窗前，几个人很快把他围了起来，二条以为是在抓小偷，结果发现那个小伙子的草帽被摘掉时发出的是个女声。

她喊了一声:“山坡，快跑……”就又累又喘瘫倒在地上。二条一下认出了她就是高大全他们要找的女儿高君英。二条一看是高君英就好奇地伸出脖子看她喊的方向。在离这节车厢不远的另一节车厢的中部另一个戴草帽的人也两个铁塔一样的小伙子扭住了。

二条后来说:“我听到高家小英喊的是，好像是什么山坡……很奇怪的名字……原来小画匠叫山坡啊……”

火车在东风镇的车站停留只有三分钟，它可不管车站上都发生了什么，三分钟后，在一片杂乱喧嚷中，火车又吼叫了两声，开始驶离站台，这时候高君英离二条的窗下越来越远，他看到高大全和她老婆，高俊梅和曹德江此时都围了过来，高大全的老婆气得骂了声:“臭不要脸……小婊子，你给我起来，你丢尽了我们的脸……”

火车哐当哐当地开走了，走了很久，二条的耳朵里好像还在响着拳脚击打在小画匠身上的沉闷的噗噗声。二条在顺义求职不顺，第三天就又坐火车从顺义回到四顷地了，他回来后和我们说到了那件事:“我听到曹德江喊了声，给我打，后来，离着一节车厢我都听到他那些手下下手打小画匠的声音了。他们说要小画匠的身上少几样零件，看来小画匠这回肯定是凶多吉少了，世界上那么多好女人，他怎么偏偏看上高大全家的小英呢?”

过去了一个星期，二条又对我们说:“高大全说了，小画匠再敢踏上四顷地一步，他就要打断他的一条腿，看来，小画匠是再也不敢到四顷地来了……我结婚的家具这回谁给画呢？”

高君英那次女扮男装，和小画匠逃婚未成，回来就被高大全关在了自己的东屋里。

4

半个月后，一次课间休息，我跑到前院的供销社买冰棍儿，路过大队门口时我看到一个人，看样子很熟悉，走近前一看，吓了一跳。这不是小画匠吗！他看上去明显瘦了，穿的衣服邋里邋遢，下巴上也胡子拉碴，刚开始时我差一点没认出他来。我看到他就上下左右地看，我是想看看他是否真的被曹德江给卸掉了某个零件。看了一圈，我放心了。他身上的零件还都在，只是脸上的伤疤还青着，看他走路，腿好像也没有原来那么灵便了。小画匠也认出了我，冲我讨好地一笑。我很不好意思。因为想到姐姐对他的诬陷。不过，现在好了。现在我姐姐被大姐弄到了批发站去做小工了。我很少见到我姐姐了。

我站下，想了想，问小画匠：“你还好吗？”

他把手抬了抬，我想他准是又想抚摩我的脑袋了，我想站近一些，让他的手放到我头上，可这时候，我看到四顷地的民兵连长凶神恶煞般地从一个屋子走出来了，他对小画匠怒吼了一声：“滚……我们书记说了，他再也不想看到你，让你滚得远远的！”

“我只是想见一下小英，求求你了，让我再看一眼她吧，看她一眼我我就走，真的走，再不来了……”

“滚！”

又是一声怒斥。我吓得冰棍儿也忘了买，转身跑回学校了。

上午下课，路过大队部时，我特意往大队部那里看看，发现大队部的门已经上锁，小画匠也不知哪儿去了，我又跑到供销社看，供销社里也空空荡荡的，只有售货员四眼在那里无聊地拨拉算盘玩。

我把碰到小画匠的事回家和母亲说过了，母亲叹了口气，说：“这孩子怕是毁了……”

我问母亲什么是“毁了”，母亲说：“去去去，快写作业去……”

中午吃完饭，我在家里写了会作业，趁母亲不注意，就从屋里悄悄溜了出来。

我心里老是记挂着小画匠的事，我想小画匠一定是躲起来了，我有预感，中午我将会在哪里再次碰到小画匠。大路往供销社那里拐弯的地方，有一座小石桥。小石桥下面并没有水，只是一条干河沟。我过了小石桥，就停下了，远远的往供销社那里张望。那里寂静的很，除了偶尔有一两个早来的学生经过，我没发现有任何异常，小画匠也不在。然而，我刚要走时，却听到身后喊：“喂——”

我回头四处找，不见人，往前走几步，又听到身后“喂——”，我就往回走，结果发现“喂”声是从小石桥下来的。我站在小石桥上往下一看，这回我看清楚了，原来桥下的干河沟里站着一个人，正是小画匠。

我说了声：“你——你怎么跑这儿来了。”他立刻做出让我噤声的手势，还冲我招手，让我下去。我犹豫了一下，还是抓着路边的一棵小树下到河沟里去了。

小画匠把我引到石桥底下。桥底下，没有疯长的杂草，露出一片沙土地。我在沙土地上发现那里有人躺卧的痕迹。

“你一直在这里吗？”我傻乎乎地问小画匠。

小画匠冲我笑了一下，没回答我，却说了句：“你长高了。”

“你见到高君英了吗？”我又问。

小画匠的脸上就流露出痛苦的表情。他的眼睛红红的，眼角的瘀伤清晰可见。过了好大一会，他才看着我说：“我叫你，是想请你为我做一件事。”

我说：“我能为你做什么呢？”

小画匠热切地说：“你能的，只有你能，我相信你！”

我问他：“那你说什么事吧，看看我能不能做。”

小画匠就从口袋里摸索出一个纸条来，说：“我想请你把这个送到高家去，送给小英……”

我立刻后退了几步，连忙摇头说：“你说的这个可不行，这个我可干不了。”

我说的是实话，我知道高家自从把高君英弄回家里后，就把她关了起来，我不上课的时候经常去高家附近去转，想偷窥到什么。过去高家围墙并不高，现在，高家不但把围墙加高了，还在上面栽了很多蒺藜狗子和碎玻璃，过去高家的大门大白天的经常开着，我每次从那里过都能看到院子里的鸡舍和拴着的那条大狼狗，现在高家的大门不但换成了又高又大又厚的大铁门，而且每天关得严严的……我想这都是因为小画匠，他们像防一个强盗防贼那样防备着小画匠，小画匠难道连这些一点都不知道吗？

我说：“你说的这件事我还真的干不了，我胆子小，他们家的大狼狗很凶，每次我和同学去河边玩，那只大狼狗总是对我们又咬又叫……我要是进去，还不被大狼狗吃了……”

“大狼狗被铁链子拴着呢，咬不到你……求求你了，你会有办法的。”

我没想到小画匠一下抓住了我的手，他抓得那么紧，就像一个溺水的人突然抓住岸边的一把稻草，他急切地说：“你行的，你一定行的……求求你了……救救我们吧，救救我们吧……”

我的手都被他抓疼了，我长这么大，还从没被一个大人求过呢，何况还是给我家画过鲤鱼跃龙门和鸳鸯戏水的小画匠！我觉得自己如果不答应他，他甚至会给我跪下来，那样我就更不好脱身了，于是，我用力把他抓着我的手打开，我想了想，说，好吧，那我试试……不过，要是不行，你也别怪我……

为了能把信亲自给高君英送去，我还真动了一番脑筋，甚至还在班里找了个和我不错的小伙伴和我一起配合，我没有把为小画匠送信这件事告诉他，我可每那么傻，我只是告诉小伙伴，我说高家的大狼狗生小狼狗了，一下生了六只，我想办法进去偷两只出来，如果偷到了，我和他就一人一个。我让小伙伴守在大队部那里，一旦看到高大全出来了往家里走就大声唱《让我们荡起双桨》。小伙伴痛快地答应了。我拿了个小皮球就奔高家去了，我先是把小皮球扔进高家的院子，听了听有了动静，就过去敲门，我想等高大全的老婆来开门，我就闯进去，装作找皮球找到关高君英的屋子，然后把那张纸条扔给她，我当时就是这么想的，而且我觉得这是我唯一能想到的最好的办法。

一切都按计划进行，我信心十足，我想即使信送不进去也没关系，至少他们不会怀疑一个十岁出头的孩子。我惴惴不安地开始敲高家的大铁门，我用了很大力气，一边敲一边喊开门。结果门真的开了，门打开的那一刹那，我愣住了，因为开门的不是那个整天耷拉着一张老脸的高大全老婆，却是我想送信给她的高君英，她当时穿了条碎花的裙子，高高的个子，居高临下地看着我，问我有什么事。

高君英的出现太出乎意料了。我本来想好的一套理由一句都说不出口来了。因为也用不着说了，我只是胡乱地把那张纸条塞到她手里，然后扭身就跑，连扔到她家院子里的小皮球也忘了要了。

替小画匠完成这件事，我非常高兴，一点不在乎小伙伴没得到小狼狗的懊恼，我只想立刻告诉小画匠，他求我的事，我给他办成了！

十分钟后，在小石桥下，我把事情的经过告诉了小画匠。没想到小画匠竟像个孩子似的哭了。他摇着我的手，一个劲地说谢谢。说得我都不好意思起来了。我问他把信送到了他会怎样呢？他说他想回老家，我又问他老家哪里，他说在南方。我说我还不知道你名字呢，我听二条说你真名叫山坡是吗？小画匠就笑了，说，可他们都叫我小画匠，你也叫我小画匠吧。说实话，小画匠的回答让我很失望，我冒着那么大的风险去给他送信，结果还是从他口里得不到一点我想知道的。想到这里我就有些生气了，我说他们还说你是个流氓，是个拐骗妇女的骗子，是个逃到北方的犯罪分子呢……没想到小画匠听我说完这些不但没生气反而笑了，他抹去脸上的眼泪，问我他们说的我信还是不信？我看着他，摇摇头，又点点头。他就笑得更厉害了。笑完，小画匠就催促我快走，说时间长了老师怕是会来找。我抓着那棵小树爬上大路的时候，小画匠还在后面拖了我屁股一下，走很远了，我回头，还看到他在冲我微笑。

我没想到那竟是我最后一次看到小画匠的笑脸。

我是在暑假里听四顷地的人再次说起小画匠他们的。在这个故事版本中，高君英再次骗过家人和小画匠一起私奔了，没人知道他们是怎样从众人眼皮子底下成功脱逃的。高大全盛怒之下打了老婆一个响亮的嘴巴，还到派出所报了案。曹德江高俊梅又发动了很多人参与寻找。他们找了一个夏天一个秋天，又一个冬天，但始终连小画匠和高君英的身影都没发现一个。有人说这次小画匠肯定把高君英拐到他南方的老家去了，如果去了南方，高大全曹德江势力再大也只能干瞪眼了。

这个冬天，四顷地的黄昏来得有些平淡，我们再没看到小画匠背着小木箱走家串户的熟悉身影。看来这次他是真的消失了。他们真的顺利脱逃到南方去了吗？南方又有什么好呢？四顷地也有走南闯北的人，有去过南方的人说那里简直不去是人待的地方，夏天蚊蝇横行，热浪滚滚，冬天阴冷潮湿，冻雨绵绵……四顷地的人都开始为天仙一样的高君英担心了，那么娇弱的北方姑娘如果到了南方又该如何度过这个冬天？

我姐姐好像已经把小画匠完全忘了，她在批发站如鱼得水，每次从批发站回到家，如果家里正在谈论小画匠她都嗤之以鼻，说她早发现小画匠不是个东西了，所以她才没上小画匠的当，只有傻乎乎的高君英才会被这个南蛮子骗，高君英跟了他总有一天会连自己怎么死的都不知道。我姐姐还像过去一样刻薄和恶毒。然而，正月里她领回的对象却让我们大吃一惊：他高大、开朗、俊美，据说还是镇上的非农业户口，这真是让四顷地的人都大跌眼镜。丑人有奇福。这让我们说什么好呢？生活就是这样荒诞。

我还是会不断地想起小画匠和高君英，我觉得他们在一起很好，他们在一起才是真正的神仙伴侣，每想到这些，我都油然升起一种自豪感和沧桑感，我心里装着去年夏天的那个秘密，谁都没有说过，包括我的母亲。因为那个秘密的缘故，我好像一下长大了不少。

就在四顷地的人逐渐淡化了小画匠和高君英的时候，就在高家对找回女儿不抱任何希望的时候，这年的春天，一个从西厢县城回来的四顷地人到处说，他在西厢的西关大街上看到了小画匠和高君英。他说："没错，就是那个南蛮子和高家小英，我一眼就认出了他们。"他还说，他看到他们的时候是一天的下午，那个下午风不大，很暖和，他发现小画匠和高君英正从一家私人诊所走出来，出来的时候，高家小英还把手遮上额头挡了挡太阳光，他特别注意到高君英走下台阶的动作，他说高君英下台阶时，用手托着肚子，小画匠一直搀着她，下了台阶，走了很远，他还搀着。

他说打死他也不会想到自己能在西厢县城看到他们，他和四顷地大多数人的看法一致，就是认为小画匠和高君英去南方了。

“你说他们不回南方在西厢干什么呢？高大全很快就会找到他们的，他不会放过他们任何一个人。”他最后说。

高大全正是通过这个线索找到女儿的。据说他们在西厢一个出租屋内找到女儿时，女儿已经身怀有孕，那天不知为什么没找到小画匠，房东说小画匠可能下乡去给人家画家具去了，他竟还干着这活计，高君英带回来后，先是被高俊梅接到了家中，两天后又强行把她送到了镇上的医院，为她做了引产，据说，引下来的还是个男婴，当时已经五个月大了。

做完引产不久，高君英就疯了。我们四顷地的疯子一般分为两种，一种是文疯，一种是武疯，文疯不打不闹，形同痴人。武疯则正好相反，每日披头散发，又喊又叫，见物就抓，见人就打。高俊梅家显然容不下个武疯子。高大全就偷偷地把女儿接了回来，这次真的是把她关起来了，关起来还不行，还要用锁链子给人手脚给锁住，她才老实。

我母亲有一次去供销社买油盐还借一次串门的机会偷偷去看了高君英一回。

“那孩子真是可惜了……”母亲慨叹之余又愤慨：“人都瘦得脱了形……完全不认人了，手脚上都是血印子……高大全真是作孽啊，要遭报应的……”母亲说到高君英的种种现状，不禁垂泪。

四顷地的孩子们一听高家有疯子，都想趁课间去扒着门缝去看看。我一次没去过。有同学问我：“你为什么不去看？”

“一个疯子有什么好看的呢？”我说。

疯子也确实没什么好看的。不久之后，他们就失去了对一个疯子的兴趣。

我心里还想着小画匠，想小画匠如果知道高君英疯了会怎么样？有一次我问母亲这个问题，母亲说“他又能怎么样呢？恐怕慢慢地也就忘了……”

小画匠的去向也成了个迷，因为高君英被抓回来后，谁都不知道小画匠干什么去了，是背着他的小木箱到处画，还是真的回了他的南方了？

很快，又一个夏天到来了。这个夏天也真是奇怪，雨下得一场比一场大，风刮得一次比一次狂。雨骤风狂。自然灾害随之就来了。很多地方发了大水，很多地方的庄稼被夷为平地。四顷地下面的黄庄有一块土地肥沃的土地，从来没遭过灾，这次也闹灾了，玉米大面积倒伏，整个玉米地成了一片泽国。雨停风住，雨水退去，一个农人披着块塑料布去地里去扶那些倒伏的玉米，玉米地那么大，倒伏的那么多，他扶了一棵又一棵，扶了一片又一片，他一边扶一边骂不开眼的老天爷，扶到挨到山边的那片玉米时，他被一个东西挡了一下，然后摔倒了，爬起时他甚至还用脚踢了踢，这一踢就踢出一声失声的尖叫来。

小画终于再次出现了！原来，他没回到他熟悉的南方去，却跑到一个他肯定不熟悉的地方来了。消息传到四顷地的时候正是我们熟悉的黄昏时分，也是小画匠最喜欢出没的时辰，可他永远不会来这里东家画西家画了。小画匠死在了黄庄的那大片玉米地里。让四顷地人不明白的是，他没事跑到那片玉米地去干什么？那里没有等着他画的各种家具，也没有等着他泡的黄花闺女？他到那里不是找死吗？他不死倒是真的让人奇怪了！

小画匠最后被公安局拉走，经法医鉴定为他杀，奇怪的是他身上还揣着一个布包，布包里包着一大笔数目不菲的钱款。钱还在，人却死了。如果不是图财害命，谁杀这么个手无缚鸡之力的画匠干什么？不是有眼无珠么？小画匠身上除了那包钱，没有任何能证明他究竟是南方什么地方的。没有也好，不调查也罢，但杀人总是大案。于是很快就有公安调查到高君英身上来。可高君英早就疯了。就又调查高大全。高大全在小画匠尸体发现两天前已突发脑溢血一屁股扎到办公桌下，送到医院时，人还会哼哼，手脚还会动弹，重症监护室治了一个月后，人仍然会哼哼，手脚却都不会动了，舌头也早栓死在口腔里，空留下一条人命，却不能说不能动了。小画匠的案子后来就没了下文，成了又一个无头案。

我的小脑瓜想疼了也想不明白，他拿着那么一大包钱不回南方却往那片玉米地跑为什么？我想他目的当然不是在玉米地，而是在高君英身上，但高君英那时已经是个标准的疯子了啊，难道他想继续和一个疯子私奔?

那年夏天，豪雨刚过，又遇干旱。干旱的日子里，高家锁着的疯子也病了，最后被送进医院。也不知在医院里住了多久。那个夏天的天，真是疯了，旱了几日，天又雨了，先是毛毛细雨，继而小雨，天气预报说，晚上到明天还有大到暴雨。我们整天被关在教室里，连教室的门都出不去。老师也懒得给我们上课了，对我们说，如果再下大雨，我们学校就放假，反正又快暑假了。

雨稍歇，我们跑出去上厕所，厕所在学校外面，在供销社斜对面的一个小土包上，那里的路一踩一脚黄泥。我小心地拔着陷在黄泥里的脚，一步一步挪着好不容易才到了马路上，不想马路上却开过来一个拖拉机，拖拉机开到大队门口那里停下，司机跳下来，看我们瞪大眼睛看拖拉机不动，司机就来了火气，说看什么看看什么看，死人没看过啊。一说是死人，我们都跳着脚往后躲，司机就向坝坎下跑去了，一会就从坝坎下传出了苍老的哭声。

哭声越来越响。高大全的女人出现在我们面前时，我们差不多都认不出这个人了。她哭：“我的那个可怜可恨的小英哎，哎……”最后好像要断气一样，可哎了一会儿后居然能再次回来，还是：“我的那个可怜可恨的小英哎，哎……”我们才知道原来武疯子高君英死了。

富有喜剧性的一幕是，高大全女人跑出来哭她家女儿时，她家的鸡鸭鹅也跟着跑出来了。计有三只鸡，一只鹅，两只鸭，他们到马路上很快就分道扬镳，分别跑向了不同的三个方向。其中两只鸭子拧着腿跑进了我们学校。虽然雨又下起来了，可我们都不想走，都想在那里看热闹，因为高大全女人拍着拖拉机哭的功夫，很快又来了一辆车，从车里钻出的是高俊梅和曹德江，高俊梅下车就抱了她的老母，两个人一块依依呀呀地哭，曹德江皱着个眉头站在雨幕里，样子也相当凄苦……

我们都知道曹德江是我们老师的老师，是校长的校长，因此，他一来，我们都有些害怕了，开始往学校倒着走撤退，到学校门口时遭到校长刘红旗的一声大喝，才突然醒悟似的跑回教室里去了。

刚到教室，外面的雨就大了，老师不在教室，一群学生都挤到窗户那里去看雨，雨都下成雾了，雨下到地上声音很响，很快盖过了高家母女断断续续的哭声，这时候一个孩子说："看刚才的那对鸭子，在水塘里戏水！他们也不怕雨！"

透过雨幕，我确实看到因雨而积起的一个小小水塘，里面有一对尤物，在你追着我我追着你尽情嬉戏。

"不是鸭子！"

"就是鸭子，就是刚才那对鸭子！"

"不是鸭子！"

怎么会是鸭子呢？我确信那不是鸭子，鸭子哪有那么漂亮的羽毛？这么漂亮的羽毛我只有在一种动物身上看到过，是哪里呢？对了，就是在小画匠为我姐姐画的妆奁箱子上见过的，它们叫鸳鸯。

"你眼睛有毛病吧，不是鸭子是什么？"

"是鸳鸯！"

“鸳鸯？”他们大笑。

“就是鸳鸯。是鸳鸯戏水。”

“是鸭子！”

一个大个子男孩朝我头上打了一下。

我气不过，开始苍声苍气哭起来，像个没出息的男人一样哭起来。

狗男女

1

45 岁生日那天过得兴味索然又了无意趣。这是可以预见的场面。老婆崔莺莺比平常早回来一个多小时，买了肉，特意多炒了两个菜，还开了瓶酒。做这些的时候，她没有一句话，寡瘦的脸上有一种难得的红扑扑颜色，样子比往日悦目多了。

孩儿们也提前赶回来了。儿子说："看我妈给您开的这酒，是您最喜欢的'百年富贵'，这酒名取的，就好像是给您量身定做的一样。"

我拿起酒瓶，禁不住笑了。我平时很少笑，因为笑起来样子不好看，一笑就露出了我招牌性的大板牙和半截暗紫的牙床子。

这酒确实像我的私人订制。我的名字就叫富贵。"百年富贵"的富贵。事实上，我姓苟。这姓不好；但名字叫富贵。我爸爸念过两年小学，他能把我们姓苟的没叫成"狗剩儿""狗不理"，而取名"富贵"已经很难得了。

儿子学习一般，初中毕业念的是三加二。女儿学习还不错，去年考了个三本。两个孩子每年将近三万的学杂费，已经让我负债累累；崔莺莺愈加沉默寡言，本来就黑瘦的她越来越像块干柴棒了。她还在东风镇给人搞装修，她的合伙人还是彪子。两个孩子用的钱几乎全出自崔莺莺铲墙皮、刮磁、刷涂料一分一分攒下来的血汗钱。

女儿红着脸给我夹了一箸菜，吭哧了半天，说出这次回来的真正目的：她想要个笔记本电脑。

儿子也替他姐说话："爸，就给我姐买一个笔记本吧，人家大一都用笔记本了，就咱家比别人差？"

儿子说话的口气，有点像我。这一点我挺喜欢这小子。他把百年富贵酒把我的口杯倒满，还用刚才的口气说："我和我姐一样，我们宿舍也是6个人，不过，我们还用不上笔记本……宿舍的五个人，每个人用的都是苹果，就我用的是诺基亚，现在您满大街去看看，谁还用诺基亚？"

"苹果多少钱……一只？"

"和一个笔记本差不多，好一点五千多吧！我想要那种最流行的土豪金。"

五千多！女儿夹的那口菜还没咽下去，就差点被儿子倒的这口酒噎死。我把酒杯往桌上一顿，说你们吃了我得了。我没钱。一分钱没有。想要那些玩意出去找你妈要去。

听我这样一说，女儿把身子一扭，真出去找她妈去了。儿子也开了腔：你没钱，你前些年干装修挣下的钱花哪里去了？不会都扔西厢那条胡同去了吧？

儿子的话等于在我千疮百孔的肺管里开了一枪。我一时傻在那里。等明白过那话里的恶毒时，想用手和脚同时回敬这个忤逆不孝的儿子，他却先我一脚窜到屋外去了。

那一刻，院子里满是白花花的阳光，那些白花花的阳光就像无数把钢针，让我有一种瞬间失明的痛感……

2

“生活就像个婊子。一个无情寡义的婊子。不管你多么器宇轩昂，不管你多么优秀无双，只要你手中没钱，她同样毫不犹豫地把你抛闪一旁。”这是多年前我在北京搞装修时，趴在冰冷潮湿的地下室床上写的一首诗。我当时很为自己写出这样的诗句高兴，甚至想把这首拿到黑孩的报纸上去发表，结果遭到了拒绝。但发表不发表又算得了什么呢？一点都不妨碍我对它的喜欢。现在，当我有机会再次重温这句话时，它仍然犀利得像一根冰针，让人有一种彻骨的冰凉。

本来，我在东风镇还有一份工作，可就在生日的前一天，被正式辞退了。

我在镇政府每月拿600块钱的工资，已经干满三年。钱虽然少得可怜，可我从没动过要离开的念头。我贪恋的不是那份工资，是那份体面……表面看起来确实足够体面，如果你不多嘴，外面没人知道你拿的工资还不够人家的四分之一。如果不喝酒不碰到女人，我在外面本来就像个哑巴，我不是个多嘴多舌的人，对于我这样的人，钱多当然很重要，钱少也算不得什么。我又不是没挣过大钱。钱对于我来说可有可无。我常常这样安慰自己。

但没钱也是万万不行的，就在一个星期前，黑孩打电话告诉我，我那本小说集《狗男女》就快出来了，让我准备好剩下的一万块钱，尽快给他们打过去。我电话中嗯嗯啊啊答应着，心里却在想那一万块钱上哪儿找去。

我这本书的名字叫《狗男女》。我觉得这名字非常好。当初黑孩和他介绍的那家出版公司的编辑和我讨论是不是换个书名，说这名字听上去是不是有点那个了？我说不换，坚决不换，千金不换。我喜欢它！它亦庄亦谐，亦褒亦贬，可哭可笑，可夺眼球。我告诉他们，世上人事，无非男女，而世上男女，又有多少是狗男女？何况我本名姓苟，我喜欢狗，也喜欢狗男女，觉得有他们的存在，这世界才如此生机勃勃和妩媚妖娆……在我的坚持下，小说集最终还是定名《狗男女》，他们也睁一眼闭一眼不再说什么。他们能说什么呢？我是花自己的钱给自己出书！为这本书，我已经花掉了从北京逃回来时手里硕果仅存的两万块。现在又有同样一万块的窟窿等着我了。

说到《狗男女》就不得不说黑孩。他是我的老乡和同学。黑孩本名不叫黑孩叫顾全顺，因为自小长得又黑又丑，又喜欢自嘲，又喜欢写文章，就用黑孩做了笔名，大学毕业后，黑孩到了北京，因为写了篇吹捧某文化高官的报告文学而声名鹊起，十几年后成了《华夏艺术报》的副总编。

几年前为躲一次交通事故欠下的外债，我走投无路，跑北京干装修第一个找的就是黑孩。在北京那几年，我没事了就去编辑部找他玩，他当时工作在一座有玻璃幕墙的20层高楼的一个狭小房间里，每次见他不是写就是画。每次我去，他都问我他写的字画的画怎么样。说实话，他的字很丑，初中时的钢笔字还写得一塌糊涂，更别说毛笔字了；他的画更一般，有一次看他在一张宣纸上用粗毛笔画画，我不知那算不算画，照我看，那画就像个鸭蛋，丑陋的圆石头，更像坏孩子作文本上被老师狠狠圈上的大零蛋。看到他的画我就笑了，我说你画的是个啥，是个“笨蛋”吗？我跟他说话从来不客气。但他很客气地对我说，苟富贵啊苟富贵，你知道你为什么不长进吗？这才叫文人艺术，现在流行这个。说完，他把那幅画慷慨地赠送给了我。虽然觉得黑孩的字画真不好看，可他每次送给我的字画还是一张不扔地保留起来。

三年前，我抱着黑孩送我的书画走进了东风镇党委书记邱大成的办公室，从此成了东风镇的一名编外工作人员。

可三年后，就在我生日的前一天，邱大成却要辞退我了。

那天，邱书记把我叫到他办公室，让小李给我倒了一杯冒着芬芳香气的花茶，还亲自把一根软中华递到我手上。他先说了段开场白：富贵呀，实在对不起了，现在上边风声紧，政府机构改革可能要玩真的了，我只好忍痛割爱了，你是个人才可我也实在没福气留你了。接着他就告诉我立刻回值班室收拾一下，说他已经和镇上会计打了招呼，让他们多开我一个月的工资。最后他说，富贵呀，明天你就不用来镇上了，好好回去搞你的创作去吧。

邱大成真是个混球，几句话就给我打发了。混球书记和我说这些话的时候，眼睛始终没看我，而是盯着自己宽大办公桌上的一份文件。难道那文件是个人见人爱的婊子？是刚为我沏茶倒水的小李丰满诱人的裸体？我觉得一股气在心中蒸腾。我很想骂几句什么。事实上，整个过程我屁都没放一个，只是手指微微哆嗦着，慢慢地吸那根很贵很贵的软中华，是软中华啊，一根就要好几块钱呢。

混球书记说完，见我还没走，冲我挥挥手，他想挥挥手就把我轰走？像轰狗一样轰我出去？可我不想走。不想就这样走。我应该说点什么。硬气地说点什么。可说什么呢？说混球曾经答应过给我一个编制？说混球曾经要把我的工资涨到一千？说混球一个月前还满口答应在他调走之前把我弄到西厢县文体局去编县报？说混球曾经拿过我多少送给他的黑孩的书和画？现在，我送给他的那些装裱好的书画被他挂在墙上，被他附庸风雅地摆在书柜和参差不齐地树在一个青花瓷的大瓷瓶里。就连那个青花大瓷瓶也是我给他买的呢！

混球书记见我迟迟还不出去，本来和颜悦色的脸上不大好看了，就好像我是一泡赖在他屋里的臭狗屎。老子虽然姓苟，但绝不是狗屎。我想我必须证明这一点。

我说："邱书记，我的小说集《狗男女》就要出版了……"

“你那本书，我听说了，我不明白放着好好的英雄的东风儿女你不写，偏偏去要写什么道德败坏的狗男女，看来镇里那么多人向我建议让你走是对的。不走，不知道你要给我惹出多少麻烦来……”他厚嘴唇一直嘟嘟着，脸上那种厌恶的表情一直飘散不去。

这时候混球办公室里的电话突然婉转地唱了起来。他拿起电话嗯嗯哈哈，久久不肯放下，却再不肯多看我一眼。我傻站了一会，走到青花大瓷瓶前，在那里我沉默了三十秒，然后我双手抱住那个大瓷瓶，像力士一样举过头顶，朝那个已经秃顶的混球书记狠狠砸过去，青花瓷瓶呈爆炸状粉碎，混球的脑袋像开了染坊血花四溅……

当我抱着两卷书画蹑手蹑脚贼一样溜出混球的办公室时，我确信眼角的余光看到了那个仍然傲然挺立的青花瓷瓶和毫发无损的混球书记，此刻他鲶鱼一样的目光正越过瓷瓶瞥在我的身上，就好像瞥在了一个叫花子的身上，瞥在一堆臭狗屎身上，目光里毫无怜悯，有的只是不屑和鄙夷。

3

揉着脑袋从床上爬起，屋里屋外没一个人。空空荡荡。院子里也不见一个人影。阳光慢吞吞地爬到了院墙根，正和那里的倭瓜藤和丝瓜架纠缠不清。崔莺莺和孩儿们都走了。崔莺莺肯定开着那辆响声雷动的三马子到火车站送他们了，三马子开动的声音那么大，怎么就没吵醒我？

脑袋更疼了，像一根无形的钢针正顺着脑壳的缝隙往里钻，顺着这个缝隙，外面的风像一群被人追杀的小鬼纷纷涌入，它们吵哄哄闹嚷嚷地动来动去，用它们锋利的牙，尖利的喙和锐利的十指疯狂撕扯着我的血肉和神经。疼痛如此汹涌，我有点黯然神伤。他们是多好的一对孩儿啊，闺女平时很少张口，儿子的手机也是三年前买的。可问题是，我现在真没钱。我手里仅有一千二百块钱。他们不知道这是我在东风镇最后两个月的工资。

头疼得越来越厉害了，像被谁在里面安了个定时起爆器，正在倒计时。这是这几年酒后新添的症状。

我翻箱倒柜找止痛片。原来正屋里的抽屉里是有的，那里常年备着各种廉价的药片，包括整盒整盒的去痛片，现在那些盒子还在，可里面的去痛片却不见一粒，难道那些去痛片都被崔莺莺吃了？她这两年，吃去痛片像吃糖豆，干活一累就吃这种药，一吃就是一大把……

药没找到，我又回到床上。双手高举过头顶，腿则耷拉到床的一侧，脚上的一双皮鞋挂在脚趾上，一副欲说还休的样子。如果此刻房顶上有一双眼睛，她一定能看到我的样子：像一具沉重的尸体。我现在躺的床上，曾经躺过瘫痪在床的父亲，五年前他躺在这张床上死了；还躺过得了脑梗半身不遂的母亲，两年前她也死了，就是在这张床上喝的药水。我到现在也想不明白她为什么要死，而且居然选择喝药水去死，好像受了谁多大冤屈，而更早的时候，这个床还躺过我弟弟，一个壮实得像黑车轴一样的小伙子，但他后来也死了，不是死在这张床上，而是死在一个水泥搅拌车的轮子下……想到某一天自己也会死在这张床上，我就会变得特别绝望，没有人能体会到这种绝望，崔莺莺也体会不到，她现在就想着装修，钱，儿女。她想过她的丈夫会在未来的某一天也在这张床上死去吗？

一个人躺在这张床上，仰望着屋顶，想到死去的一个个亲人，想到亲人们一个个死去，他们的影像就像黑白电影里的画面一样一张张在屋顶上无声滑过，我想着他们，眼泪会不由自主地从眼睛里涌出来，大颗大颗的眼泪，感叹号一样连缀在脸上。

4

现在去西厢真是太便捷了，中巴车，不到十分钟就有一辆。奇怪的是车次越多，车上碰到熟人的概率就越低，这很好，唯一让我感到不安的是，很多班车上的司机和售票员还是会第一眼把我认出来。

“末代皇帝又要出巡了？”我刚上车，那个胖胖的女售票员就和我打招呼。她居然叫我“末代皇帝”！这还是第一次被人当面叫我末代皇帝！记得有一次，她指着我“啊啊”半天，说真像，你长得可真像电影里的一个人……到最后她也没能说出我像的人是谁。她不说，我也知道自己像谁。我当然知道自己像谁，已经不止一个人说过了，说我长得像，非常像。我高高瘦瘦，眼睛大大，还戴着圆圆的黑框眼镜。确实和那个倒霉的末代皇帝十分酷似。

“又去西厢？有阵子没见你坐我们这趟车了。你不是天天去西厢吧？”她是个饶舌的胖子，是不是所有的胖子都这么饶舌呢？

“听说西厢的房价又涨了，你准备在西厢买房了？”她为什么问我西厢的房价？难道我看上去像个准备在西厢买房的人吗？我才不会在西厢买房，在东风镇我都不会买，何况西厢？我在四顷地有个大院子，有坐北朝南的四破五大房子，还有东西厢房，我老婆是装修队的老板，我是个名声在外的……文化人！我为什么要在西厢买房？在四顷地生活多好，在四顷地我生活得更像是个皇帝。

看我一直没搭腔，她又奇怪地盯着我看，好像我是个怪物，好像过去我曾许多次和她故意搭讪而这次却故意装着不理她的样子。我觉得自己不奇怪，她倒是个奇怪的人。

“头疼。”没等她再次开口我赶紧说。我不能不理她了。我指了指自己的脑袋。“中午喝多了。不想说话。”

“那以后少喝点。酒可不是什么好东西。”她突然来了句，样子有一种莫名其妙的妩媚。正当我琢磨她缘何用这种口气和我说话的时候，她已不再理我，掉头和闷头开车的司机聊起“汽车站那条胡同”的事，说昨晚那里又有几只鸡在卖淫嫖娼时被警察抓了。

“那就像西厢的一截烂肠子，早该治理治理了。”女胖子售票员愤愤地说。

她的话在我听来像一种暗示，更像一种警告。她是在暗示谁又在警告谁？是我吗？

西厢班车站前一如既往的热闹和狼藉，各种廉价的五颜六色的出租车排在站前广场，黑车司机像苍蝇一样见到有人下车就嗡嗡嗡地围了上来。我嫌恶地从那些嘴里冒着烟臭蒜臭韭菜臭的司机中挤出来，又往前大步走了十几米才肯停下来喘口气。20 多年了，20 多年的西厢县城没什么变化，如果说变化，也只是变得越来越脏越来越乱，那些突兀之间冒起来的高楼大多在城西。沿山而建，逐河而居，高大的广告牌子上写着：山水宜居，西厢福地。我站在站前广场遥望着那些一簇簇拥挤着的高楼，看着广场附近那些低矮无序像野蘑菇一样生长的小房子，感觉那些楼群更像是建立在一堆即将废弃看着却是百废待兴的垃圾场上，在我的角度看，那些楼多像一群身躯过分发育的衣衫褴褛的拾荒者啊。

我还是不由自主地走向了“那条胡同”，走向那条被胖子售票员形容成“一截烂肠子”的胡同，完全是不由自主的习惯使然。那是一条倾斜的街道，不宽，左边是棚户区一样的低矮民居，右边是错落建开去的一栋栋六层楼房，二层以上是住户，一层商铺，各种商铺混杂，百货店，洗头房，小吃铺和各种面目不清的小旅馆，整个街道散发着一种古怪的味道，确实像一截烂肠子。不过，我喜欢这里。这么多年了，我现在还数不清西厢到底有多少条街道，可对这条胡同却熟悉得闭着眼也能如鱼得水出入正常。街道的中央，靠左，就是西厢二医院。当年，我父亲住院，我母亲住院，都在这里。那些年我在医院陪床，一住就是一两个月，在医院待得烦了，我就跑出来到胡同里透口气。去百货店买包烟，去吃桂林米粉或杭州小笼包，或者干脆去洗头房做个干洗和按摩，这里的洗头房通常有小姐出没，不过我不喜欢在洗头房里和她们干。我喜欢的去处是那些小旅店，什么春红旅店，梅香客栈，这些旅店都很小，小姐也乏善可陈，最大的一个叫站前旅馆，打通了上下两层楼，是一个外号叫黑玫瑰的东北女人开的，她今年已年过五十，人胖身壮，看上去就像一朵妖娆绽放的大丽菊。

我就是那些年迷上这条胡同的。准确点说，是迷上了这条胡同站前旅馆里的春色。那时黑玫瑰手里有两个头牌姑娘，一胖一瘦，一白一黑，一热辣火爆，一沉静如藤，因为她们，黑玫瑰的站前旅馆终日客流不断，来此寻欢作乐甚至要提前预约。当然，她们的价格也是西厢最贵的。那时我没少往这里跑，那时我在北京还有个小装修队，装修队还雇着几个工人，手头上还有些活钱，那些钱砸在医院里也是砸，砸在这里也是砸。怎么说呢，那两个头牌姑娘的身段、长相乃至做爱的技巧都各有千秋，属于冰火两重天，但都同样让人着迷。

站前旅馆的兴衰好像和这两个姑娘联系在一起，也好像和我有着某种隐秘关联。后来这两个姑娘一个去了深圳一个回了东北，站前旅馆一度冷清下来，那时我在北京的装修队也出了事，一个油漆工在三楼的住户家装修时鬼使神差般地从窗户摔下来，摔断了一只胳膊一条腿，我把他送到医院躺了两个月，就再也不敢去看那对每次见到我都要流眼泪的苦命夫妻了，然后我一个人揣着仅剩的两万块钱偷偷跑回了四顷地。

他们一直没找来过。那个油漆工是安徽的，他老婆在工地上帮忙。他们一直感谢我收留了他们。或许他们也会恨我吧？或许他们也想找我而没找到？谁知道呢。我在外面一向谨慎。

我还是到站前旅馆来了。旅馆里相当冷落。登记处一个四十岁左右的寡瘦女人无精打采地看了我一眼。她不认识我。一个月前，这里登记的还是一个脸上长痣的姑娘。

“住店吗？”

“不住。”

“不住？”

“嗯。不住。”我看着她。她被我看得有些不知所措，她这样子不像四十岁的女人，倒有点像刚刚出道的小姑娘。

“大姐——”她把脑袋探出来，向里面喊了一嗓子，“有人。”

又过了会，黑玫瑰就略显疲沓地出来了。她站在走廊里，像打量牲口一样看了我一眼。然后过来，故意用抖颤的肉身撞了我一下：“稀——客呀！”

一个月不见她老相多了。她把我带到一间客房，刚进门，她就把我推坐到床上，然后在我身边像一口白面口袋一样轰然躺下，把身上的裙子大幅度向上一撩，露出雪白的肚皮和阴森的小腹。她裙子里什么都没穿。

“来吧。我知道你喜欢这口。”

我笑了：“今天不行。有事。”

“你能有屁事。”她一把抓向我，过了会儿，确信那里毫无反应，才佯装生气地拽下裙子，“怎么的，又被哪里的姑娘抓了去了？”

“想哪儿去了黑玫瑰，我现在是个穷光蛋。姑娘见了我都躲着走。”

“穷光蛋来我这里干什么。我可不是你的免费蛋糕。”

她确实给我提供过两次“免费蛋糕”。第一次是那两个姑娘还在，我喝多了酒来找她们。她们却被别的男人带走了。我没处浇愁，很失望，她把我带到一个房间来，撩起裙子，说来吧，老娘的X也是X，和她们没区别。她的挑逗来得生猛有力，粗俗怪异，颇能撩拨欲望。第二次是一个月前，我来这里等贝多芬，从下午等到半夜，她也没来，黑玫瑰寻上门来，为我再次免费撩起她的裙子。

“我想过来看看，最近有没有人到这里找我……”

“你是说那个叫什么芬的女人？”黑玫瑰冲我翻白眼，“没有，一次都没有，就那次一回，后来连个影子也没见。你也是个二逼，把女人领到这种地方来，我这里只能闻到裤裆的味道。正经女人不喜欢。”

把贝多芬约到这里确实很荒唐。她现在早已不是25年前的那个淳朴的姑娘了。她穿的衣服，手上拎着的皮包，以及她开着的那辆红色马六身上我闻到了一种别样的陌生气息……

看黑玫瑰不悦，我把一张五十块钱的钞票拍在她双腿之间，然后站起来。我可不想给黑玫瑰留下一个爱占小便宜的印象。我之所以拍给她的是一张五十的纸币而不是一百，是觉得她目前也就值这个价。

从站前旅馆出来，前行不到500米，有一间“四通八达”网吧。网吧名四通八达，其实很小，是一间改造的小三居，里面密密麻麻摆满了过时的电脑。我在最里面一处位置坐下，伸了个懒腰，看到能上网的电脑，我的心就踏实下来了。

贝多芬的头像还是黑的，我再次给她留言，最近一段时间，我已多次留言给她，她从没给我回复。我告诉她，此刻我正在西厢，在鸿运大酒楼。我是特意这么写的，鸿运大酒楼是西厢唯一的三星级酒店，我写下鸿运大酒楼时，突然感到刚才去过的站前旅馆是那么污浊不堪，难道像我这样的人不应该经常出入鸿运大酒楼吗？最后，我还强调性地把自己的电话号码写了出来，明知道这样有些画蛇添足。

画蛇添足就画蛇添足吧，我现在比任何时候都渴望见到这个女人。

5

剩下两个小时，我一直在微博中浏览。我这个微博关注了很多人，他们有网络大V，有当红影视明星，著名作家，报刊编辑，崭露头角的文学作者……我喜欢在微博上面看这帮家伙每天在干什么说什么吃什么住什么开什么玩什么，我觉得这很有意思。

有个编辑发了篇长微博控诉他所在的编辑部，这个编辑我没见过，却是我的一个恩人，几年前他“力排众议”发了我的小小说《狗男女》，让我从此浪得虚名。我就是通过这个小小说获得了全国小小说银鸽子大奖，还靠这个小小说出了我的第一本集子。现在我的集子都快印出来了，没想到他却被单位给除名了。之前我一直以为他是个正式编辑，没想到他和我一样是个临时工，而且有好几年每月只拿四五百块钱的工资……还不如我。看到这条微博，我在东风镇的遭遇开始变得可有可无，甚至还产生了莫名其妙的幸灾乐祸，这可真是件奇怪的事，人可真是个奇怪的东西。我不由感叹。为了显示自己的不平和对他的声援，我在那条微博后留下评论，我坚决支持他去维权，让他努力把官司进行到底。一句话，必须告他们丫的。

网吧上网的人，差不多都是孩子，都像是无家可归的孩子，他们戴着厚厚的耳机在打游戏，好像只有我一个在刷微博。我把微博最小化，打开了自己的私人文件夹，开始翻看这些年和女人激情视频时截下来的图片玩。

当初我随手复制下这些照片，纯粹是觉得好玩，没有任何目的。照片上的女人也并不是一个。保留在电脑中的照片不会发黄，没有留下岁月的丝毫痕迹，现在翻看仍有一种人在面前的镜头感。里面有几张贝多芬的照片，这个女人和另一些照片上的女人完全不同，她看上去有些拘谨，有些羞涩，她的一双手好像完全不知道如何处置，不是用一只手抱住自己的胸，要不就是一只手无望地遮在小腹上。照片上的人好像有些害怕，有些迷茫，好像即将面对反动派的严刑拷打，也有一种对未来一无所知毫无把握却又心生向往的纠结。只有一张，她像个健美教练那样岔开双腿，一副爱谁谁豁出去的样子，看上去有一种凛然和放荡的妩媚。

贝多芬那些照片有一个共同的特征，就是她好像在冬天被迫向人展示出她的裸体，脸上都是一副怕冷的神情。其实那是个夏天，是个火热的夏天。那个夏天，我母亲用整整一瓶的农药把自己弄死在家中那张老式木床上，那个屋里的农药味道整整弥漫了整个夏季。整个夏天，我都躲在东风镇的一间值班室内，我不敢回四顷地，怕那些过分热情和悲恸的乡亲们提到她，他们抹着眼泪，或者面带微笑地问我，她好好的为什么会死呢？为什么会喝了农药死呢？他们问得多了，我会害怕，就像我是一个漏网的杀人犯，好像母亲是被我杀死的一样。

我没法回答他们，母亲为什么会死，为什么会喝农药死。这对于我是个同磨盘一样沉重而巨大的疑问。她让我喘不过气来，让我头疼。我就是那时患上头疼毛病的。我回避它，可有时候我也禁不住对自己发问。我在东风镇政府值班室对着空虚的墙壁和雪白的天花板，一遍又一遍地问着，妈，妈！我的亲妈哎，你为什么不好好活着呢？你为什么会死？你是真的活够了吗？你活够了就去死，可你为什么还要用你的死折磨你的儿子呢？要知道我是你唯一在世的儿子啊？问着问着，就会有虫子一样的贪馋的眼泪从我的眼角爬出来，可这时候，冷漠的母亲只会用一张凄然麻木的面孔在天花板上俯视我，她什么话都不说。

多亏东风镇的值班室还有一台能上网的电脑，不然我会发疯的。后来我就迷上了电脑，迷上了网上聊天。我觉得网络真是个神奇的玩意，如果不上网，我觉得自己就是个可有可无的人，没人管没人理也没人关心，但一上网就不一样了，自从有了那么多不知从哪儿咕嘟咕嘟冒出来的网友，我感觉自己的生活变得有意思多了。比如有一天晚饭后，我感觉牙有点疼，后来，我就在空间里随便写了句“牙疼得厉害……”，写完这句话后，我就忘了这事，也忘了牙是否真的疼过。我跑到政府外面的小卖部去买烟，还和烟摊的老板聊了半个多小时，等到天黑之后回到值班室，再次打开电脑，登录空间，发现之前只是随便写的一句话已经有了不少网友神一样的回复：

怎么了？

含口盐水，存一分钟

弄上个花椒

去牙科看看，我同学在牙科上班可以免费给你治！如果是小毛病的话！

上火了吗

这么大火呀？

看来你得吃药了

别乱吃药，去牙科看看

蛀牙？

牙疼不算病，疼起来要你的命！

去公安局门口骂人，见警察就骂，三天就不疼了

……

“他们”在关心我，体贴我，甚至在大咧咧地和我开玩笑。这感觉改变了我对网络的认识，觉得网络并不是虚拟的，冷漠的，而是有血有肉有人情味，最起码比东风镇那帮自以为是的孙子强多了。

东风镇也有很多女人，那些女人在我面前都高傲得像仰着脖子走路的野天鹅，和这些势力的女人相比，网上的女人就可爱多了。她们不但和我聊天，还和我视频。那些女人我都不认识，之前从未见过以后也不会有机会再见，正因如此，我们才完全没有了距离感，不用多久，我就会和其中一个或几个打得火热……这一切演变得如此之快，发展得如此之快，快得有些让人猝不及防。网络这玩意真是新奇，而网络和欲望纠缠在一起的时候就不光是新奇还让人上瘾了。

我已经忘了贝多芬是如何出现的了，QQ 上的好友好几百人，有些人加进来后就从没说过一句话，更不可能知道是男是女。直到有一天我无聊地翻看那些好友的名单时，发现有个叫“贝多芬”的头像在亮着，我们才有了第一次对话：

你好音乐家。

我不是音乐家。

你不是贝多芬吗？

谁说贝多芬就非得是音乐家？

那么说你也不是个聋子了？难道你不知道贝多芬是个失聪的天才音乐家吗？你不知道贝多芬全名叫路德维希·凡·贝多芬，英文名字是 Ludwig van Beethoven，生于 1770 年死于 1827 年，是德国著名的作曲家、钢琴家、指挥家，维也纳古典乐派代表人物之一？

我告诉她：贝多芬一生共创作了 9 首编号交响曲、35 首钢琴奏鸣曲、10 部小提琴奏鸣曲、16 首弦乐四重奏、1 部歌剧、2 部弥撒、1

部清唱剧与3部康塔塔，另外还有大量室内乐、艺术歌曲、舞曲。从1796至1800年，整整4年，贝多芬的耳朵像他的音乐一样日夜作响，最终让他成了一个著名的聋子。

我在一个陌生网友面前滔滔不绝地卖弄自己的学问。在网络如此发达的今天，学问这件事已经难不倒像我这样的聪明人了。

我也知道你。贝多芬说。

你知道我？知道我什么？

“我知道你叫苟富贵，你博客名字叫花开富贵，是著名的小小说作家，全国小小说银鸽子奖得主，省作家协会会员，柳河市东风镇宣传部部长……”

我哈哈大笑，没错，这些都是我，是我写在自己博客首页的自我简介。

“你真是东风镇的宣传部部长？”

我又哈哈一乐，未置可否，否定什么呢？那不过是我杜撰出来的一个职位。事实上，东风镇并没有这样一个部门，东风镇也没有多少宣传工作让我去做，我在东风镇更像个打杂的。最初镇里派给我的工作是在政府办帮忙，往各科室送报纸，偶尔写点材料，我总是把那些材料写得比文学作品更像文学作品，文采华然、字词优美得让领导们无处下嘴。后来他们干脆连材料都不让我写了，就让我坐在办公室接电话，晚上替人值个班什么的。这工作更像个打更的，但我喜欢。因为没有具体工作，我大多数的白天都无事可做，躺在值班室里一支接一支地抽烟、喝茶、看报，累了就蒙头大睡，直至黑夜降临。而东风镇的黑夜却是诱人的。机关干部早早下班回家，只留下几个值班的人幽灵一样在空空荡荡的办公大楼外面晃荡。他们很少搭理我，我在他们眼中就像个吃闲饭的懒汉，这样的懒汉又有谁喜欢搭理呢？不过，我才不管他们呢，我喜欢一个人待着，待在值班室里，太阳一落山我就兴奋，就开始蠢蠢欲动，我在值班室叼着根烟走来走去，等着外面的走廊彻底静下来，等着外面的夜彻底黑下来。这期间我会用别人的茶叶给自己沏一杯滚烫的茶水，等茶水凉下来，我就拉上窗帘，打开电脑，像个耐心的渔夫一样等着那些同样不耐寂寞的女网友像一条条贪馋的鱼儿来咬钩。对于新来的，比如像贝多芬这样的，我多少要做一些“功课”，需要点耐心和时间，而对于那些熟客，我甚至连简单的铺垫都不需要就直接命令她们：脱！

那可真是件过瘾的事。

6

贝多芬和她们不一样。她叫我苟老师。

“苟老师，你忘了二十五年前那次笔会了吗？”

“二十五年前的笔会？”

“是啊，二十五年前，笔会，西厢招待所，那个下大雪的冬天，你真的忘记了吗？”

西厢招待所？大雪？记不得了。我坦白。自从八年前开着三马子把一个老人撞下路基后，我也受到了刺激，记忆力已经变得越来越不靠谱了，许多事情都要人提醒几次才有印象。

“对啊，就是那次笔会，我们十几个人住在那里，但吃饭都去街上的饭店。那次笔会是西厢报主办的，西厢报的主编姓杨，叫杨天晴，是个北京下放的知青，他是西厢报主编，还是县文联主席，这些……你都忘了吗？”

我恍惚想起来了。西厢。招待所。会议室的暖气坏了，很冷。杨主编的一口京腔京韵。一场突然而降的大雪。十几个人跑上街头，天越来越黑。灯火通明的饭店。热气腾腾的火锅。

“……那天晚上我们吃的是火锅？”

“对。终于想起来了。还不错，还记得火锅。”她开心地笑了，“不过，你还记得我是谁吗？”

“你不是贝多芬吗？”我坏笑。

我还是想不起来她是谁。二十五年毕竟太遥远了，遥远得就像一个梦。那天的大雪也像个梦。那天东风镇有两个人参加了西厢笔会，黑孩和我，我们坐在一辆颠簸得特别厉害的破公共汽车上，汽车上冷得哈气成冰，可我和黑孩因为第一次参加笔会而特别兴奋，两个人张着嘴大笑着说了一路。后来我们到文联登记，被安排在招待所后面的一排平房住下。每间平房可以住四个人。我和黑孩和另外两个男人住一个屋，那两个男人是谁，来自哪里，又叫什么名字，我早忘了个干干净净，那么贝多芬又是谁？

"我知道你早把我忘了。那次会上就我和倪姑两个女孩子。倪姑是城里的姑娘，又那么漂亮。你不会把倪姑也忘了吧？"

"倪姑？"我想起来了，一个梳辫子的漂亮姑娘，冷漠得就像具石膏像。我和黑孩给她起了外号叫"尼姑"。

"对，是倪姑，她当年还在西厢一中读高三，你那时可坏了，吃饭时故意过去喊人家'尼姑'，你还说自己是'和尚'，说和尚和尼姑坐在一起才有意思。你还想和我换座儿，当时我就坐在倪姑边上。我还真给你换了座。我那时的样子是不是特别傻？特别不起眼？是不是特别容易被忽视？"

"……真忘了，时间太久了。"

她发了个大哭的表情。"可我一直没忘，永远也忘不了，那天，你就坐在我的边上，你和倪姑说话，人家不理你，你就和我说话，你和我说话却显得那么正经，你说，你怎么穿得这么少，穿这么少你会感冒的，你还问我叫什么名字，问我写什么东西，问我干什么工作，你的话那么多，像是被倪姑冰冷拒绝后的无聊的反抗，可我却一点没觉得你无聊，还觉得你那么温暖，那天我也喝了点白酒，我记得你和我说话时，我的脸一直红着，越来越红越来越烫……"

"那你真实名字叫什么？"

"笔会开了三天，第二天倪姑就不来了，人家正忙着高考冲刺，倪姑走后，笔会上就剩下我一个女的，我显得可有可无，好像是你们那些人的陪衬，开会时听你们高谈阔论，喝酒时看你们吆五喝六，可我觉得自己一点也不孤单，真的不孤单，我特别喜欢和你们待在一起，和你们这些西厢的才子们待在一起，哪怕自己变成个哑巴，什么也不说。什么也不说，光听你们说就是幸福的。我那会刚当上代课老师，也不会写什么东西，是杨老师鼓励我，才在县报上发了首小诗，谁知道只发了首小诗就幸运地被叫来参加笔会了，认识了你们，怎么说呢，我觉得很幸运，就是现在，我仍然觉得西厢有你们这样一群才子是特别美好的事。”

“后来呢？我是说笔会是怎么结束的？”

“后来……后来……笔会就结束了，大雪也停了，街上却刮起了大风……你真不记得了？笔会结束那天还是你送我去的班车站呢，我们从招待所一路走到班车站去的，路那么滑，我一路摔跟头，你就用手一路拉着我。风那么大，我冷得直打哆嗦，嘴唇都冻紫了，话都说不出来，你就特男人地把自己的军大衣敞开，把我拉到怀里，用军大衣使劲地裹着我，那军大衣上全是你的烟味，你那么高，而我那么瘦，那么矮，小得就像个街上流浪的小猫小狗……我依偎在你的军大衣里，实际是依偎在你的怀里，你那时就知道一路向前，一路去挡风挡雪，你不知道，我依偎在军大衣里时，我哭了，整整哭了一路……后来到了班车站，你就站在风中看我上车，你还问我说你眼睛怎么了，那么红，那么肿，我就说是冻的，后来班车开了，你转身大咧咧地走开了，我却一路看着你，看着你走远，走到消失，我又忍不住哭了……”

她一直在追忆，在回望，我却有点走神，喝了口晾在一边的茶，茶早凉了，我又点燃了一根烟，这么一阵工夫，我刚买的一盒烟就已经瘪下去了一半。我突然有点后悔和这个贝多芬搭话。没错，她确实唤醒了我关于那次笔会的一些回忆，我也确乎想起了是有这么一个女孩，她哆嗦在我的棉大衣里，一句话都没有……可那又怎么样呢？我到现在还想不起她的名字。

“你是真忘了，忘得一干二净……我后来还给你写过信，你连一个字都没回。”

或许吧，我想不起都有谁给我写过信来着，也想不起那些写信人的名字。二十五年前，我还那么年轻，那么潇洒，那么……玉树临风，说得上风流倜傥，应该会有很多女孩给我写信吧？我记得有个胖乎乎的女孩，她住在一个深山里的兵工厂家属区，她几乎每天给我写信，让我去她那里玩，后来我真的去了，坐班车坐火车，中途又倒一次小火车，然后我见到了她。为了和我见面她把父母都打发走了，一个人住在那种兵工厂统一盖的家属房子里等我，那种房子乍一看都一模一样，以至于有一次我去外面公厕回来后差点迷路走到别人家去，她在那个小屋里不停地和我聊天，给我沏最好的茶，给我买最贵的烟，给我做她最拿手的豆角沾卷子，还和我做爱……她做爱的样子像只卡拉熊，紧紧地抱着我，可我还是走了，走了就再没来过。女孩子太矮了，而且头发里有一种味道，像现在的崔莺莺，崔莺莺的头发里也有一种味道，那种味道我不喜欢。后来她还给我写过很多信，那些信我一个字都没回，有的甚至连拆都没拆就扔一边了。现在我连她叫什么都想不起来了。

“那你叫什么名字？”

“……杨玉芬。”

“你是音乐老师？教小学的那个音乐老师？”

“嗯，过去是，现在教不动了，快下岗了，你想起来了？”

“还是没有。”我坦白，“我猜的，你既然给自己起名贝多芬，就多少和音乐有点联系吧？”

她好像不再因为我的忘记而生气，也没再向我举起表情的锤子。她好像被突然而至的幸福袭击得晕头转向了，我也有点意外，却没有一点幸福来临的感觉，只是预料到我和她之间的会面会有点麻烦。

确实有点麻烦。

7

两个月后，我约贝多芬在西厢见面，她爽快答应了。我很兴奋，好像一场盛大的艳遇正在等着我。那是五月的一天，一年中西厢最好的季节，天气不冷不热。见面的地点是我定的，站前旅馆。之所以选择这个地方，一是住宿便宜，二是环境熟悉，可谓轻车熟路。我说站前旅馆，她并没反驳，我想她一定是个随遇而安，处处为人着想的好女人。定好的是下午五点见面，三点不到我就到了，一直在旅馆的登记室和老板娘黑玫瑰聊天。我和黑玫瑰说我在她这里订个单间，黑玫瑰什么都没问，还冲我脥脥眼，好像她什么都明白的样子。之后就去那条烂肠子一样的胡同闲逛，买一盒烟边走边抽。胡同里到处都是半熟不熟的脸，这样很好，我和他们偶尔点头，有时连点头都不点，一晃过去了。

我不知道自己在他们眼里是个什么样的形象。但有时我会为自己在自己眼中的形象好奇。在一家装着镜子一样的玻璃大门前，我停下脚步，清晰地看到了自己：还是那么高那么瘦那么玉树临风，大大的黑框眼镜罩在我大大的眼睛上，确实很像那个末代皇帝。不过，此刻我的样子可比那个倒霉的家伙强多了，很多小报上说他是个性无能，皇后敢给他绿帽子戴，妃子和他闹离婚，除了当过一段伪皇帝，他一生甚至连个“根儿”都没留下……他怎么能和我比呢？我儿女双全，对女人有挡不住的吸引力。

我敞开风衣扣子。那天我穿了件风衣，风衣还是很多年前买下的，据说现在早过时了。但我喜欢，只要天气不是太冷或太热，每次出门我都穿它。我还喜欢把双手插在打开的风衣口袋里。这样走起来，会感觉很拉风。二十多年前，我就是穿着这样一件风衣去见的兵工厂那个姑娘。她对我说：“富贵，你穿风衣的样子真是迷死人，你要是再胖点，戴上墨镜就是电影里的小马哥。”同样是二十多年前，我穿着这样一件风衣去见了崔莺莺，那时她还是克里木的一个好姑娘，据说是方圆百里都数得上的漂亮的姑娘，她见了我后，两眼始终盯在我米色的风衣上不肯离开，结婚后，她才对我说了实话，说自己是因为先看上了我穿的风衣才看上穿风衣的我。

穿着风衣在那条胡同转了两圈，抽完了一包烟，回到站前旅馆时，旅馆前的空地上已经多出一辆崭新的红色马六。马六边上站着个女人，穿着时尚的毛裙，戴着墨镜，涂着猩红的嘴唇，如果她嘴上再叼个烟卷就更有意思了。

我没想到她就是贝多芬。还想过去“借个火”和她搭讪，看现在的风衣男还能不能吸引一个陌生时髦女人的注意。

她却一眼把我认出来了，她一边摘下墨镜，一边冲我打招呼：

“你好。”

“你好，你是贝……”她以这种方式出现多少出乎我意料。想象中，她应该是一个拘谨的、穿着紧身中式服装，戴着白框眼镜的女人。

她说：“我是杨玉芬。”

没想到杨玉芬变成了这样一个时尚的女人。这对我倒是个新挑战。我把她请到了旅馆二层的单间，请她在一张沙发上坐下。房间有点暗，还有一种别样的味道。杨玉芬四顾一下房间，眉头稍稍皱起。我递给她矿泉水，她打开了，嘴往那里沾了沾，却没喝。我敢肯定她没喝。我多少有些尴尬，想好的一些话一句话没说，在房间干坐不到五分钟，我们就出来了。

吃饭的地方是她定的，也在一条胡同里。在胡同中央一个黑墙红瓦的四合院内。不过，这条胡同可比站前旅馆那条胡同看上去好多了。她没开车，我们是走着去的。刚进大门，就有漂亮女服务员笑脸迎上来，杨玉芬冲她们点点头，说定好了的，服务员就知趣地退下了。

菜点得不多，四菜一汤，很精致。饭前，她问我是否来点白酒。我说好。这个吃饭的地方雅致得有点让人不舒服，我确实想喝点酒。酒上来后，我问她要不要来点，没想她竟答应了，说，给我一个小杯子吧，我用小杯子陪你喝点。

喝上酒，我的胆子就大了，开始毫无顾忌地看她。

“怎么样，想起我是谁没有？”她被看得有点不好意思。

“你现在这样子，我更想不起来了。”

她低头一笑：“我变化大吗？我也知道自己变了，变得有时自己都不认识自己了。”

“是变好还是变坏了呢？”我把杯中酒一饮而尽，斜睨着她。

“是希望我是好一点还是坏一点呢？”

“最好坏一点。”我说，“好人有什么意思？”

“变坏了你就更认不出我了。”

“你一出现我就认出来了。心想，这不就是二十五年前的那个村姑杨玉芬吗。”

她笑起来：“我怎么觉得你一点都没变啊，还是当年调戏倪姑那个‘和尚’。”

我感觉我脸红了，我居然还会脸红。不过，我想这一点杨玉芬看不出来，因为，我一喝酒就会脸红，酒已经成了我掩饰自己脸红的道具了。“一开始确实没认出你来。怎么说呢，你变化太大了。变得这么年轻……时尚……还漂亮……”我恭维着她，斟酌着用词。

“好了，好了，别跟我拽词了，我知道你心里想的是什么。”

“那我想的是什么呢？”我皮笑肉不笑地冲她笑了下，好像被她窥破了机关一样。

“要是冬天就好了，”她喝了一口酒，话题却岔开了，“最好再下一场大雪，还挤在西关的那个饭店一起吃火锅，你还记西关那个火锅店吗，我后来还去找过几次，早不见了。”

“雪？火锅？”我随口应付着，眼睛不由自主望向窗外，窗外是将晚的五月艳阳天。

“是啊，红泥小火炉，绿蚁新焙酒，那才有喝酒的气氛，不是吗？你还记得刚才说到的小姑娘倪姑不？我也很多年没见过她了，去年见过一次，也变得快认不出来了，她现在柳河市一所中学教书，听说离婚了……不过，听说又要结婚了……”

“是吗？”我有点心不在焉。说实话我一点不关心什么尼姑不尼姑，也早忘了曾经对她的调情。她结不结婚离不离婚和我有毛关系？横竖又不会和我结婚。我现在满心思转的是，快点把酒喝完，早点回到旅馆的房间，然后，我要把这个看上去变得假模假式的女人狠狠掼到床上，压在身下，我要让她发出野兽一样单纯的嚎叫而不是在这里喋喋不休！

两个多小时后，这场酒终于结束了，账是她结的。她很仗义，这很好。外面已经完全黑下来，我仗着酒劲，把胳膊搭上她肩头，她身子一抖，把我的手抖掉了。我想也好，她这是怕被人看见，那就回旅馆吧。她确实跟我上了楼，没什么话。房间门刚一关上，我就把她挤在了门那里，臭嘴一下子就啄到了她敞开的脖颈上。她挣扎。我索性把她抱住，手触到了她前胸。她低声说：“你想干什么？”干什么？能干什么呢？你把我约过来我能干什么呢？难道就听你的一车废话？

她使劲挣脱我，转身站在席梦思大床旁边。我饿狼般扑过去。谁知她早有防备，我一个人重重地扑倒在床上，席梦思床垫怪叫了两声把我身体往高弹了几弹。这太失败了。等我转过脸来，这个女人已转身出了屋。我好像听到她的两声轻笑。还有她冷静得可怕的声音。她说：“荀老师，你喝醉了。”

她是在耍我么？

8

发出的留言没任何回复，仿佛石沉大海。我很失望。我关掉电脑，走出网吧，吕长义的电话就过来了，问我现在在哪儿，我说在西厢，他说那好，我也在西厢，你过来一起吃饭，鸿运大酒楼，二层，牡丹亭。

事情就这样巧。当我赶到鸿运大酒楼二层，雅间“牡丹亭”里已一派热闹，他们觥筹交错，推杯换盏，看来已经进行了一段时间。我的到来显得突兀和唐突。我算了下时间，从网吧出来到鸿运大酒楼我打车也就用了十分钟，看来这次酒局只是吕长义临时想起才喊我过来的。这让我多少有些失望。

屋里大概坐了七八位，我迅速打量了一圈，发现除了吕长义，没有一个是我认识的。吕长义的位子正对着雅间门，我刚一进来他就发现了。他脸上明显带着酒气，说富贵你来晚了，罚酒三杯，罚酒三杯。吕这样一说，在座的纷纷回头看我，他们看我的眼神，并不热情，离我最近的一个胖子懒洋洋地拉开他旁边的一把椅子，而另一个胖子用手指点我面前不知什么时候已经满好的一杯酒，意思是，这是你的，错不了。这两个胖子一看就是著名的酒囊饭袋，被这样两个胖子左右夹击可不是件美事。我不得不矜持起来，说中午刚喝过，这会还头疼得厉害。一个胖子说，谁中午又没喝过呢？另一个胖子说就是，快来吧，吕站长已经说话了，干了三杯再说话，这可是咱们西厢酒局的规矩！

我看了眼吕长义，他仍然是那头标志性的披肩长发，白色中式上衣，黑框平光眼镜，非常有范儿，他个子没我高，但人家骨架魁梧，脸上棱角分明，眼镜后面藏起来的那双大眼分外深邃。

每次见他，他的身边总不缺少女人。这天也一样，他的身边照例坐着两个女人，这两个女人一着红衣，一袭翠绿旗袍，大红大绿，却一点都不显俗，被包间的里射灯一照，真是光彩照人。

吕长义说，富贵啊，今天这头三杯酒你必须喝，喝完，我再向你介绍今天的重量级人物。

我以为他要介绍的重量级人物是他身边的女人，就又朝她们看过去，穿红衣的女人此刻正和中间位置一个满面红光的西服男私语，那西服男自从我进来就没正经看过我一眼，我却对他看了再看，再看之下，就觉得他很面熟，好像哪里见过。我把眼光扫到穿旗袍的女人时，发现她也正探究地看向我。我说："你……你是？我们肯定哪里见过？要不，怎么看上去这么面熟？"

女人没说话，吕长义却哈哈笑开了，他说：“紫衣，听到没有，今天一到西厢，已经有多少男人冲你说好面熟了？刚才李局长就说你好面熟，这会富贵也看你面熟，看来女人的漂亮脸蛋就是一张招牌啊，男人看了都面熟。”

吕长义的话，让牡丹亭里的气氛再次掀起个小高潮，冲淡了我刚来时的冷场和尴尬。那个叫紫衣的女人娇嗔道，白老师少见多怪，我就是西厢人嘛，老家就在西厢，西厢人看来自然是觉着面熟了。

“老乡好。老乡见老乡，两眼泪汪汪。老乡见老乡，不喝酒不爽。富贵，把酒端起来，别废话，三杯都给我喝了。”

喝下三杯酒，我感觉一团火苗腾的一声爆燃了。那是兴奋的火苗。我确实有点兴奋，现在一点不觉得吕长义晚叫我过来有什么不对了，他叫我过来是为介绍重量级的朋友给我，这说明人家心中还有我嘛！

吕长义要介绍的重量级朋友竟是那个看上去满面红光的西服男，就是吕长义口中的李局，原来他竟是西厢教育局的局长。“这可是你们西厢教育界头牌人物。党政一把手！”，吕长义加重语气说。那个李局就谦虚地摆摆手，说老吕客气，老吕客气，眼睛只是往我这里瞟了瞟，一副高高在上的领导做派。我终于知道为什么看他面熟了，我该在西厢电视台里见过他，一个任何场合都穿西装打领带的家伙。

我表面上唯唯诺诺，内心也不把这家伙当回事，你不爱理我，我还不爱理你呢，教育局局长又怎么了？还不是东风镇混球书记一样的角色。我对政治人物不感冒。

原来这一桌人物，除了吕长义都是西厢人士。也怪我孤陋寡闻，这些西厢人，我竟一个都不认识。这个缘故，影响了我在酒场上的发挥。和陌生人喝酒总是别扭的，况且这些陌生人还都是一个地方的，这尤其别扭。我又不得不装得热情一些，主动一些，因为吕长义向在座的介绍了："富贵是个作家"。虽然反响并不热烈，可还是有了效果，两个胖子开始向我举杯，说"得罪得罪，作家啊"，我不知他们口里的得罪是什么意思。他们怎么就得罪我了？穿红衣的女人也装着饶有兴趣的样子问我都写过什么大作，我说："不值一提，我是写小小说的。"红衣女人说，小小说好，我就爱看小小说，长篇大论我才不爱看呢。吕长义说，富贵的小小说在全国都是有一号的，他最有名的一篇叫《狗男女》。红衣女人没听清，问什么男女？我说"狗男女"，大狗小狗的狗，男女关系的男女。我这样一解释，红衣女人听清楚了，她一下笑出了声，她一笑，传染似的，牡丹亭里的人都哈哈大笑，就连那个李局也禁不住笑了。我身边的一个胖子说，这名字好，真好，狗男女，哈哈。我也很得意，趁他们的笑告一段落，还补充说，我的小小说集《狗男女》也快出来了，到时候一定送给在座的各位批评。可能是我这句话有了效果，说完这句话，除了那个李局，在座的纷纷向我举杯祝贺。我也一扫刚来时的满脸晦气，对敬来的酒来者不拒。我很快喝多了，红衣女人开始叫我苟老师了，她居然要和我喝三杯，我毫不犹豫地喝了，我说美女敬酒必须喝，三杯酒算什么，交杯酒都喝，于是又有人起哄让我和那女人喝交杯酒，女人看了眼身边的李局，慢慢地说，喝交杯也行，但要男女有别，我喝一，你喝三，怎么样李局？李局就鼓起掌来，说好好好。说实话，一进来我就看出了这红衣女和李局的暧昧。一看就是对狗男女。还有我看着眼熟的旗袍女人，在红衣女人和李局交头接耳的时候，她一直和吕长义窃窃私语，虽然这个女人表面上一副清高脱俗的样子，可一看她看吕的眼神就知道两个人清白不了。交杯酒喝过，我的头陡然涨大。

酒喝多了，脑袋却越来越清醒。桌上有人提议紫衣表演节目，难道这女人是个演员？紫衣毫不怯场，从座上离开，往后退两步，用手把腰间聚拢的旗袍往下扯了扯。她站起来我才发现，这也是个在悄悄发福的女人。不过，她个子高挑，看起来并不明显。她站在那里，向后拢了拢自己一丝不乱的头发，说唱什么呢？就给大家唱个《女驸马》吧。这也是我特别献给李局的，希望李局喜欢：

为救李郎离家园
谁料皇榜中状元
中状元着红袍帽插宫花好哇
好新鲜哪！
我也曾赴过琼林宴
我也曾打马御街前
人人夸我潘安貌
原来纱帽罩啊罩婵娟
我考状元不为把名显

我考状元不为做高官

为了多情李公子

……

紫衣还没唱完，大家就疯狂鼓掌，大声叫好。紫衣唱完，大家还不依不饶，说再来一个，再来一个。紫衣却见好就收，回到座位上，又变戏法似的拿出两轴书画，说我这里还有字画，也是送给李局的，请李局笑纳。

李局微笑着刚要接，却被身边的红衣女人接过了，红衣女人因为刚才被紫衣抢了风头，脸上有些讪意，动作故意夸张，说话也开始毫无顾忌："送给李局的，也就等于送给我的，送给我们大家的，大家都要看一看，看美女送了个什么好东西给我们李局。"说罢，红衣女人就把画打开了。刚打开，她就禁不住捂着嘴笑了起来，说这画的是个啥呀？

那画是我再熟悉不过的。那正是我之前送给混球书记，又从混球书记那里偷拿出来送给吕长义的黑孩的画：粗重的毛笔在宣纸中心任意画出的那个"笨蛋"。

很多人都被这个"笨蛋"弄得不知所措了。吕长义却拖着腔子说，这画真是太棒了，难为怎么想出来的，一看就知道师出有名，此画深得儒家文化的精髓，深谙传统画留白的艺术，又有现代艺术家博采众长的深邃和意境，紫衣送李局此画，大有深意啊，深意是什么呢，深意就四个字：功德圆满。

吕长义这一番解释，大家又开始啧啧有声，说妙啊，妙，这是谁画的，怎么想到的呢。

吕长义说，要说这画作者呢，恐怕大家也都有耳闻，他就是你们西厢出来的大文豪，大作家，大文人——北京《华夏文化报》的副总编黑孩先生。

我故意吃惊道：原来是黑孩啊，这家伙和我还是同乡和同学呢，一起光屁股长大的发小，他屁股上现在还有块巴掌大的人形胎记。

有人就笑了。

我说，25 年前，西厢举办过一次笔会，那是西厢县迄今为止唯一的一次官方笔会，那次笔会我们东风镇有两个人参加，就是我和黑孩……

这句话说完，吕长义身边的紫衣突然用手轻拍着脑门对我说，我也想起来了，没错，没错，是有那么一个笔会，我当年也参加了……那年我正读高三，因为在西厢报上发了一篇小散文，也被杨天晴老师叫过来了……怪不得你说看我面熟，我也觉得好像哪里见过你，原来就是那次笔会，黑孩老师我倒忘了什么模样了，不过，我记得你，苟老师，你还给自己起个笔名叫和尚呢。

我说，难道你就是那个尼姑?

紫衣说，是啊，我就是倪姑，身份证上现在还是倪姑这两个字呢，紫衣是吕老师给我取的笔名。

后来紫衣出去去洗手间，我也借故跟了出来，在外面，紫衣对我说：“那次笔会还有一个杨姐，你还记得不？”

我刚要说怎么不记得，话到嘴边，却摇摇头。

后来我想，这次我的头摇对了。因为紫衣紧接着说：“她就是杨玉芬啊，你忘了？”

我说：“时间太久，忘了。”

“我倒是见过几次她，她变化挺大的，她现在已经是一所小学的校长了，你知道她老公是谁吗？就是屋里那个李局。生活真的太奇妙了，是不是？不过她从来没对我说过这事，她的嘴可真严实。”

紫衣说完这句，我感到牡丹亭里响起了一声雷，一道耀眼的闪电从天而降，大脑顿时一片空白。我什么话也没说，我说什么呢？杨玉芬和我聊天时说过，她说自己是个快下岗的老师，而她的丈夫是一个已经下岗待业的工人。我不知道哪个才是真实的杨玉芬。

9

后来我回忆了一下那天晚上的情形，不得不同意紫衣说的，生活真的太奇妙了。

那天晚上真实情况大致是这样的，在柳河市某县城教书的紫衣，和丈夫离婚后想调回西厢，吕长义为她找了自己师范时的同学，现在西厢教育局的局长李朗，恰好李朗后天就要随省教育厅出国考察，因此，吕长义带紫衣特地从柳河赶过来设宴欢送李朗，同时送黑孩书画给李朗当见面礼。吕长义临时叫我，没想到会和25年前的“尼姑”故地重逢。

故事就这样简单。

可简单的故事还是越来越复杂了，因为背后牵扯出一个杨玉芬。这是我万万没想到的。

对这样的一个结果，我能说什么呢？只能说，生活真的太奇妙了。

虽然还没得到最后验证，但我已经十拿九稳，我碰到的杨玉芬，很可能就是西厢教育局李朗的夫人杨玉芬。

我甚至都想为这个奇妙的组合写一篇小小说了。

不过，写小小说又有什么用呢，我现在不缺这种雕虫小技的小小说，我缺的是白花花的银子，缺的是新崭崭的人民币，没有钱，我的《狗男女》很可能印不出来，没有钱我连一份600块钱工资的工作都保不住，没有钱，连妻子孩儿们都动不动就给我脸色看……现在，还有什么比钱更重要的呢？

我一直在试图寻找那个暂时消失了贝多芬——杨玉芬，我隐约觉得这个女人没准是我的一根救命的稻草，如果说，昨天晚上没见紫衣——倪姑之前，我只是隐约觉得找到杨玉芬或许就是一根救命的稻草，那么经过昨晚的一场酒局，我发现找到杨玉芬几乎是一种必然的使命了。

我现在目标明确：这些日子我一直在找她，是想向她借五万块钱。五万块钱对于一个开着马六轿车挎着名牌包包的女人算得了什么呢？不过，这都是我之前的想法，现在我的想法变了，因为她的身份也变了，她是小学校长，丈夫是西厢教育局局长，对于这样一个女人，五万块钱是不是太少了？我应该多借点，八万？还是十万？想到这里，我就兴奋了，手心就开始冒汗。我已经很久没见过成摞的人民币了，成摞的人民币掂在手里是什么滋味？一定沉甸甸的，很过瘾。

我现在对从她手里搞到钱有充足的把握。虽然那次见面没把她“上”了，让我痛心疾首，可是不久之后，我还是让她在我面前脱光了自己。我想这就是我向她借钱的“筹码”。

那次站前旅馆见面之后，我生气了，她仿佛也做了错事一般，小心翼翼地在 QQ 上和我打招呼。她问我是不是真生她的气。我当然生她的气，还从来没有一个女人把我撇在旅馆自行离去的呢。不过我嘴上可不是这么说的，我只是说，怎么会呢，那天我确实喝多了。我还让她能原谅自己的鲁莽。说自己当时实在是情非得已。

我故意冷着她，有时她和我打招呼，如果正赶上我和别的女人视频，我更是对她的问候和搭讪回复得漫不经心，甚至开始打心眼里讨厌她出现，你知道，那就像看一个女人在当众给你演 A 片，这时候旁边却有个喋喋不休的女人在说些不咸不淡的话，你不煞风景才怪。

可女人就是这样奇怪的动物，你越是冷淡她，越是不理她，她越是上赶着来了，来的时候你打都打不走。那些像风一样的女人在和我视频之后也会很快像风一样消失。在她们消失的日子里我很快变得抑郁寡欢，希望寻找到新的适合下手的猎物，而这时的杨玉芬一再顽强的出现，却是再好不过的时机了。我尝试着和她温柔地搭讪，像敏捷的猎豹一点点靠近它的猎物，我的耐心显得优雅而从容，而女人又是很容易在优雅而从容的猎手面前俯首就范的。

10

送走吕长义和紫衣，我重又成了徘徊在西厢的孤魂野鬼，我还在想着如何才能找到杨玉芬。我不明白杨玉芬怎么突然人间蒸发了，难道就是因为和她视频时那些截图？可那些截图算什么？她又怕什么呢？

我打了她的电话，手机提示是无法接通，我又给她发了短信，短信的内容和QQ里的留言一样，我说我想见到她，真的想见到她……我感觉自己就像一条正在寻找主人的仓皇逃窜的老狗，还像一个贱贱的……贱人。

快走到站前旅馆的时候，手机突然响了，我一下兴奋起来，打开手机接听时，手都有点抖了，我满心欢喜，没想到听筒里连呼带喘传出来的竟是个男声："是富贵哥吗？你是富贵哥吗？我找富贵哥。"竟是彪子。

"不是我是谁？"我没好气地说，"不好好和你嫂子装修，给我打电话干啥？"

"富贵哥，你在哪儿啊？你快回来吧，我嫂子出事了……她装修时从梯子上摔下来了，正在二医院等着你来交押金住院呢。"

"押金多少？"

"最少一万。"

"一万！你让我偷去啊？"

我赶到东风镇二医院的时候，已是下午五点多钟了。这几个小时里，我从西厢赶回东风镇，低三下四，到处求人，把所有能想到的人都想到了，把所有能借钱的人都借到了，加上自己手里的一千块钱，好不容易才凑够了一万块钱。到医院的时候，崔莺莺已经被抬进病房。她一直闭着眼睛，我去床边喊了她几声，她才睁眼看了我一下，却什么话也没说。我问：“彪子呢？”她头向门口那里摆了一下，不知什么意思。

我把一万块钱放在她床头，责备她：“你干什么吃的？不知道注意点安全？”崔莺莺把眼闭上了，眼角却有泪滚落下来。

又过了会儿，终于看到满头大汗的彪子出现了。彪子说：“富贵哥你怎么才回来啊，急死我了。”

我指了指床头的一万块钱，去借钱了。

彪子看了看钱，说：“太好了，医生催促好几回了。住院押金还没交呢。”

彪子叙述崔莺莺摔伤的过程，当时莺莺正骑在自制人字梯上给一家房顶刮磁，刮到中间时那梯子不知怎么哗啦一下散了架，莺莺毫无防备，从上面坠落下来。

“片子照过了，右臂粉碎性骨折，胯骨摔伤。”

“胳膊怎么骨折的？”

“嫂子摔下来时下意识用左手拄了下地面……”

我想骂句什么，忍住了。这时候崔莺莺喊彪子，指了指床头的钱，我把钱拿给彪子，让他赶紧去交押金。

彪子跑着出去了，我坐回莺莺病床前，问她怎么样，感觉好点没有。崔莺莺睁了一下眼，又闭上了，她还在生我的气，气我气走了孩儿们。我知道。

过了会，彪子又风风火火地跑回来，说富贵哥，医生说了，嫂子胳膊明天就得手术，手术费最少还得三万块钱，他让我们赶紧去筹钱。

我一听就火了，说什么医院，抢钱啊，刚交一万，又要三万。

彪子说："医生说，那是手术费，嫂子的胳膊如果不尽快手术，就又截肢的危险。"

我说："我去找他们，让他们把押金退了，我们去别的医院，我们去西厢，要不就去柳河市医院，我们不在这里治了。"

崔莺莺突然哭了起来。和我结婚二十多年，还是第一次看到她哭。她虽然平时话不多，但一直很坚强，就是吵架最凶，甚至我动手打她的时候，都很少听到她哭，顶多看她掉几滴眼泪。这次却哭了，是那种压抑的哭，因为压抑而让哭声都变了形的哭，那哭声一会喑哑，一会尖细，一会像哭，一会像笑。我一时吓住了。彪子也一再求我，说富贵哥，还是赶紧想办法筹钱吧，这里有我呢。

我跺了下脚，说钱都借遍了，上哪里筹钱？

彪子说，再想想办法吧，终究会有办法的。

还能想什么办法呢，能想的办法基本都想到了。我觉得考验一个人能力的时候莫过于让他去向人借钱。如果一个人到了无钱可借的地步，也就山穷水尽了。

我现在就到了山穷水尽的地步。

从二医院出来，我把手机里那些冷冰冰的名字再看了一遍，发现过去那些经常拨过去的名字在此刻毫无用处，我想到了向黑孩借钱，向吕长义借钱，甚至还想到了向那个已更名紫衣的倪姑借钱……但我开不了口，开了口也未必能借到，如果借不到钱，那连以后见面说话都不可能了。这个时候，能救我的只有杨玉芬。

可杨玉芬在哪儿呢？

在街上走着走着，我恍惚间进了一家小网吧，机械地输入着往日再熟悉不过的用户名和密码，QQ 上仍然死一般的沉寂，我又开始翻看那些丑陋的裸体女人了，我把那些不认识的女人一一删除，毫不犹豫地删除，一点气息都不留地删除。其实，我更想删除的是杨玉芬，我现在对这个女人一点都不留恋，只有刻骨的仇恨，可当鼠标点向她其中的一张照片时，我却好像一下找到了灵感。

我把杨玉芬留了下来，然后点开贝多芬的图像，最后通牒般给她留言，我告诉她，如果 24 小时内得不到她的回音，我就让她所有的艳照在网上到处开花。

我知道这样做很卑鄙，很下作，但卑鄙就卑鄙吧，下作就下作吧，对于一个山穷水尽穷途末路的人，高尚是高尚者的墓志铭，卑鄙才是卑鄙者的通行证。

留完言，关掉电脑，对着黑乎乎的屏幕，我笑了。

刚从电脑前起身，短信就过来了。打开信息，却是彪子发过来的，彪子说：“嫂子说了，让你别急，千万别把这件事告诉两个孩子，钱实在没处借，就去她娘家求求她哥。”

自从那次车祸后，我背负着他哥的两万块钱的债务跑到北京后，我们就再没联系过，我和她娘家人已经势同水火，那两万块钱后来虽然还了，可也和她娘家人形同陌路，你会去向陌路人借钱吗？他会借给你吗？他不但不会借给你没准还会就此羞辱你。

我再也不想尝到被人羞辱的滋味了。我宁肯铤而走险。我宁肯背负骂名。我也不要被羞辱了。杨玉芬会羞辱我吗？不会。她只能唾弃我，我有什么可被她羞辱的呢。反而是她自己，她自己要承受住即将而来的羞辱。

这样一想，我就解脱了，走出网吧时，我甚至向那个网吧女老板神秘地笑了一下，也许是得意的一笑吧，谁知道呢？谁知道从她网吧里出来会出现什么？也许奇迹就在走出网吧的一瞬间发生了。谁知道呢！

那一刻我甚至有点洋洋得意。走出网吧，走上东风镇街头的时候，我的嘴角还残留着那抹微笑，可紧跟着被冷风一吹，我的眼泪却下来了。

11

最后通牒般的留言效果是立竿见影的，晚上九点，已经消失多时的杨玉芬的电话终于打了过来。虽然心里做好了准备，可接到她电话时，手还是一个劲地抖。

“荀富贵，你想干什么？”她叫我荀富贵？不是荀老师，也不是富贵哥，而是荀富贵。那是我吗？

我叹口气："你终于出现了……"

"我想知道，你究竟想干什么？"

"我不想干什么，我们见面谈谈好吗？"我彬彬有礼。我想，一个濒临灭绝的猛兽碰到猎物的时候也是这样彬彬有礼耐心十足的吧？"

"见面？"她冷笑起来，"你以为我还会和你见面吗？"

"你会的。"我说，"过去不是你一直在找我吗，找了二十五年了，现在终于找到了，你怎么舍得不和我见面呢？何况，你是那么好的人，看上去一直是那么好的一个女人，也许从来就是，从二十五年前就是，你善良、温柔、善解人意……"

"住嘴！你这个——卑鄙小人！"

"我是卑鄙，可不是个小人，认识我的人都夸我高大俊美，就连汽车售票员都说我有帝王相，像末代……皇帝"我笑起来。

"恶心！卑鄙！无耻！下流痞……我都不知道用什么来形容你了，你这个烂人！我真是瞎眼了，怎么会再认识你呢？"

"是啊，为什么呢，也许这就是缘分吧？"我沉着地应对着她的愤怒，觉得如果我们面对面，她如果有枪的话，肯定会一枪打爆我的头。多亏只是手机。"你不用自责，也别后悔，你没瞎眼，你认识我没错啊，我还是你二十五年前的富贵哥。"

"你……你，怎么变得这么厚颜无耻了呢？"

"都在变。我相信你也没怎么高尚，不然……"

"住嘴！你住嘴……你到底想干什么？到底想要什么？"

我猜测，她此刻一定是哭了。

“钱。”我不想和她兜圈子了，“我一直找你……”

“就是为了钱？”

“……是。”

“一直找我就为了钱？”

“我碰到了难处，没办法……”我不想再激怒她。

“那你为什么不明说？为什么要威胁我？”

“因为你始终不出现，像失踪了一样，因为我实在找不到你……”

“要多少？说吧。”她打断我。

“八万……五万也行。”我临时改了口：“算我借你的。”

“你这是敲诈！苟富贵，”她突然再度爆发，“我要报警，我要让警察抓你这个烂人，你这个流氓。我不会给你钱的，五万？五分钱都不会给你，我宁肯给一条流浪狗也不会给你！”

“好吧……”我说，“那是你的自由，钱是你的，你当然想给谁就给谁，其实你不也一直在骗我吗，你说你是快下岗的老师，一个一直不得志的小老师，后来我才知道你真实的身份是校长了，女校长，啧啧，多好听官儿啊。当然，这在你也许真算不得什么，因为你还有更得意的，你还有下岗多年的丈夫……我多一句嘴，想问问，你丈夫是不是姓李，叫李朗啊？是不是从教育局下岗的啊？”

“……李朗，你把他怎么了！”

我笑了起来。我说：“我能把他怎么样呢，我这样一个烂人，能把一个堂堂的西厢教育局局长怎么样呢？他就要出国了，说不定正这会正在省会某个高级酒店里，说不定身边还搂着另外一个女人，女人说不定穿着红衣服或绿旗袍……你不知道吧，我和他——你亲爱的丈夫，我们昨天晚上就见过面了，我们还一起喝了酒……”

她失控地哭起来。她确实哭起来了。这很好。她哭了好一会，才平静下来。她说，“李朗是个怎样的人，我比你了解，比你知道，用不着你来说三道四……”

“好吧，我闭嘴。”我说，“我刚才不过是发挥了一下想象力，不算数的……”

“你不会把……不会把那件事说给他吧……”

“没有。怎么会呢？你也不必自责。不说他了，说说我们的事，我的事……我是说钱的事，你答应了？”我说，“我是实在没办法了才找你，她人还在医院里呢……不然……”

“谁……谁在医院里？”

“别提了。我现在就需要钱。算我借你的好了，我会还给你的……”

“……你什么时候要？”

“最好今晚。”我忙说。

杨玉芬答应了。她问我在哪里见面。我让她把现金给我准备好，然后在鸿运大酒楼订个房间等我。她开始有些犹豫，后来也答应了。

这个时候，我看了下时间，已经是晚上九点半了。这就是说，我十点钟的时候，就能拿到杨玉芬的五万块钱。五万……是不是太少了点呢？我有点后悔刚才自己说出的数目，这是不是太便宜了这个女人？她那么有钱，我至少该要她八万、十万。废物。我狠狠骂了自己一句。我点起一根烟，开始在街上招手打出租。

到西厢大桥时，杨玉芬的电话到了。她说：“鸿运205房间。我到了。”

杨玉芬坐在205房间靠窗的沙发上，一脸冷漠地看着我。我想起上次在站前旅馆也好像是205房间，就笑了，说还是这里好，比站前旅馆的205强多了，那里老是有种怪味。见她一直不说话，我止住笑，搭讪着问：“你还没吃饭吧？要不要再来点宵夜？”说到这里，我才想起从早晨到现在已经一整天没吃没喝了，此刻，我又饿又渴。

我打开瓶免费的矿泉水喝起来，对着杨玉芬不好意思地笑了：

“我一天没吃饭了，又饿又渴，要不先出去吃点？”

“说正事吧。没有五万，我只取了三万。”

“说好了五万……”我一口水差点喷出来，“那是救命钱！”

“行了，也不用表演了，你不就是缺钱吗？钱，我现在给你拿来了，不是故意的，银行都关门了，取款机上最多只能取三万。”

“说好了五万，我大老远跑来，你却只有三万，你是在逗我玩吧？”

“只有三万。”杨玉芬没有和我争论的意思，好像也不屑和我争论，她开始从挎包里给我掏钱，一摞，两摞，三摞……确实只有三摞。掏到第三摞的时候，她忽然把手中的钱向我的面前砸过来，气急败坏歇斯底里地冲我砸过来，她压抑着自己的愤怒，低声对我说，“苟富贵，你给我数好了，这是三万块钱，你一张张给我数好了，数好了，我和你就再也没关系了，这是买你手中我那些可耻的照片的，我希望你回去就删除它们……”

“要是多加两万，我现在就可以删除它们……”我指了指酒店里的电脑，无耻地说。

“你不要得寸进尺。”杨玉芬说，“你不要欺人太甚。这三万你要是不拿，我一分不会再给你。”

“何必呢？”我看到她掏空的挎包内有一把亮闪闪的东西一闪，仔细一看竟是一把水果刀。她干吗带把刀子来呢？我想。我不和她争了，双手开始往自己的挎包里装钱，我小心翼翼地劝她：“气大伤身。我们是什么关系？不要情人不做，连朋友都做不成嘛……我是真有急事……我说过，算我借你的好了，等我有了钱，我会还给你的。”

“不用你还！”她恶狠狠地说，“我只求你两件事，一是把那些照片删除，二是不要把这件事说出去，不能让李朗知道，不然……这点你能办到吧？”

“能，应该的。我是不能办到的人吗？”

“那就好，我再相信你一次……我一直相信你……”她突然恸哭起来，捂着脸。

“何必呢……”我过去劝她，手搭上她的肩膀。

她却一下把我的手打开了：“拿开你的臭手，拿上那些臭钱，给我滚开，滚得远远的，我再也不想看到你了。”

说这些话时，她的身子一直哆嗦着。看上去楚楚可怜。她让我滚，可我怎么能滚呢？怎么能拿到钱就滚呢？如果不是崔莺莺，我想，我不会这样卑鄙。杨玉芬其实是很好的一个女人，比崔莺莺强多了。她抽动的脖颈在灯下既性感又可怜，我过去，蹲在她身边，一把把她抱在怀里。她又开始挣扎，又让我滚。她压低着声音冲我吼。她压抑的声音却再一次鼓励了我，提醒了我，我想本来说好五万，她却拿来了三万，不论如何，这亏吃大发了。我想起那次她把欲火中烧的我扔在站前旅馆一个人离去才场景，想到刚才在她包里那个亮闪闪的匕首，觉得她那是故意给我看的。是在故意吓我。我能是个被她吓住的人吗？我虽然饿了一天，但勃发的情欲和复仇的欲望却让我气壮如牛。

我把她从沙发上抱起来，把她抛在床上，开始疯狂地脱她的衣裳。

杨玉芬放在床边的手上还挎着那只漂亮精致的小挎包，我想把那挎包拿掉，她却双手抬起拥抱我。她是真的在拥抱我。多少年了，多久没被女人这样抱过了？我玩过那么多女人，那么多的女人都像一件僵尸一摊水一样瘫着。我觉得我要回报杨玉芬，要好好给予她，要加加倍努力地干她……最后的一刻，不知为什么，我竟哭了，眼泪鼻涕流了她一身。泪光中，我看到杨玉芬的一只手离开我的后背，她抬起的那只手里多出了把光闪闪的东西，是刀子！然后，她把那把刀子突然举起来，向我裸露的前胸狠狠狠狠地扎了过来……